Allitera Verlag

edition monacensia
Herausgeber: Monacensia
Literaturarchiv und Bibliothek
Dr. Elisabeth Tworek

Die Reihe der ausgewählten Werke von Carry Brachvogel, herausgegeben in der *edition monacensia,* wird fortgesetzt mit dem Titel:

Alltagsmenschen. Roman

Carry Brachvogel

Im Weiß-Blauen Land

Bayerische Bilder

Herausgegeben und mit einem Vor- und Nachwort versehen
von Ingvild Richardsen

Münchner Stadtbibliothek
Monacensia
Literaturarchiv und Bibliothek

Allitera Verlag

Weitere Informationen über den Verlag und sein Programm unter:
www.allitera.de

Juli 2013
Allitera Verlag
Ein Verlag der Buch&media GmbH, München

Umschlaggestaltung: Alexander Strathern / Dietlind Pedarnig, München
unter Verwendung eines Werbeplakats aus dem Jahr 1910
Bildnachweis U3 und S. 6: Carry Brachvogel, Münchner Stadtmuseum, Sammlung Graphik, Plakate, Gemälde
Printed in Germany · ISBN 978-3-86906-468-0

Inhalt

Vorwort

Man kann mit der Eisenbahn die Fahrt unternehmen, die freilich weniger pittoreske Augenblicksbilder bietet als andere Strecken unserer Heimat, die aber, sofern man nur ein wenig Fantasie hat, das Schönste bietet, was eine Reise überhaupt geben kann: Illusionen. Immer bedauere ich die schulmeisterlichen Seelen, für die jede Reise nur ein Art Inventarsaufnahme ist, nie aber ein dichterisches Erlebnis.

Carry Brachvogel, in: »Das Goldene Rössel«

Als »Im Weiß-Blauen Land« 1923 im Verlag Knorr & Hirth erschien, hatte es einen weißen Einband, der ganzseitig von einer blauen Linie eingerahmt war. Ein zusätzlich angebrachter gelber Papierstreifen warb folgendermaßen für den Inhalt des Buches: »Carry Brachvogel erzählt von der Fraueninsel und ihrem seligen Künstlervölkchen, vom Ritter Heinz von Stein, von Altötting und dem Goldenen Rössel, von Münchner Frauen und schönen Bayerinnen, schildert eine Floßfahrt und einen Almtanz und lässt Erinnerungen aus dem alten München und an die teure Zeit von 1817 wieder aufleben – die bayerische Landschaft im Chiemgau, am Inn und an der Isar tritt mit ihren charakteristischen Gestalten und ihrer Geschichte lebendig vor das Auge.«

Die Münchnerin Carry Brachvogel (1864–1942) war eine Berühmtheit ihrer Zeit. Im ersten Drittel des 20. Jahrhunderts avancierte sie zu einer in ganz Deutschland bekannten Schriftstellerin und Feuilletonistin. Jahrzehntelang führte sie einen literarischen, nahezu legendären Salon in Schwabing. Doch dem nicht genug. 1913 gründete sie zudem den ersten Schriftstellerinnen-Verein Münchens. Bedeutende Persönlichkeiten traten ihm bei: Ricarda Huch, Annette Kolb, Helene Böhlau, Isolde Kurz und viele andere. Noch 1924, zu ihrem 60. Geburtstag, wurde die erfolgreiche Schriftstellerin deutschlandweit gefeiert.

Wenige Jahre später zählte nur noch, dass sie jüdischer Herkunft war. 1933 erhielt sie Berufs- und Publikationsverbot und auch der »Münchner Schriftstellerinnen-Verein« entzog ihr den Vorsitz. 1942 wurde sie zusammen mit ihrem Bruder, dem Historiker Prof. Dr. Siegmund Hellmann, nach Theresienstadt deportiert, wo beide wenige Monate später starben. Neuauflagen der Werke Carry Brachvogels, die damals sehr verbreitet waren, sind nach dem Ende des nationalsozialistischen Terrors nicht bekannt. Sie wurde aus der kollektiven Erinnerung verdrängt – und zu Unrecht vergessen.

Carry Brachvogel war eine äußerst produktive, sehr vielseitige Autorin und hat zu Lebzeiten um die 40 Werke veröffentlicht: Romane, historische Frauenbiografien, Novellen, Erzählungen, Legenden, zwei Theaterstücke, einen Kriminalroman, zahlreiche Feuilletons und Essays. Sie war berühmt für ihren eleganten und geschliffenen Schreibstil, für ihren psychologischen Scharfblick und eine ganz außergewöhnliche Charakterisierungskunst, aber auch für ihren bissigen Humor, ihre Ironie und ihre zuweilen boshafte Schlagfertigkeit.

Carry Brachvogel war ihrer bayerischen Heimat zeitlebens sehr verbunden. 1920 schreibt sie: »Mein Leben ist äußerlich so einfach gewesen, dass es kaum verlohnt, darüber zu berichten. Es hat sich ganz und gar in meiner Geburtsstadt München abgespielt, in dieser farbigen, von Kunst überfluteten Stadt, deren Humor voll Anmut ist und die es versteht, Gegensätze lächelnd zu versöhnen. Eine ganz richtige Altmünchnerin bin ich aber doch nicht, denn alljährliche Reisen haben mich nach fremden Ländern geführt, von denen ich eines oder das andere sogar ein wenig liebe. Das hat aber meine Bauerntreue nicht zu erschüttern und meine spezifisch süddeutsche Art nicht zu verändern vermocht.«[1]

Entsprechend verbrachte sie ihre »Sommerfrische« jahrzehntelang in Teisendorf im Chiemgau und zog sich oft sogar mehrere Monate dorthin zurück.[2] Meist mietete sie sich in der sogenannten Vitzthum-Villa ein, die dem Kunstmaler Georg Vitzthum gehörte.[3] So erstaunt

1 Brachvogel, Carry: Einleitung zu Das Grammophon. Berlin/Leipzig 1920.

2 Vgl. Brief vom 4. September 1919: Carry Brachvogel an Helene Raff (Staatsbibliothek München, Handschriftenabteilung, Raffiana VI, Brachvogel).

3 Auskunft von Josephine Brachvogel: Die alte und sehr eindrucksvoll bemalte Unterkunft (siehe Abb. auf S. 9) wurde leider 1964/1965 abgerissen. Auskunft

es denn auch nicht, dass sie eine große Kennerin des bayerischen Landlebens war. Ihr Roman »Die Könige und die Kärrner« (1912), der die Schicksale eines alten Bauern- und Brauereigeschlechts im südöstlichen Bayern schildert, erhielt großes Lob: »Der Bauernroman [...] schildert meisterlich die schweren, zähen Naturen des Landvolkes, die Carry Brachvogel aus jahrelangem Leben unter ihnen gründlichst kennengelernt hat.«[4] Doch man bewunderte auch, wie gut sie den oberbayerischen Dialekt beherrschte: »Darf man auch von einer Schriftstellerin im Range Carry Brachvogels eine Beherrschung des Hochdeutschen voraussetzen, so überrascht doch den Kenner unserer bäuerlichen und bürgerlichen Mundart die Treffsicherheit, mit der die Verfasserin den oberbayerischen Dialekt behandelt und damit eine Klippe umsegelt, an der so viele unserer beliebtesten (besonders hochdeutsch angehauchter) Erzähler jedesmal kläglich scheitern, wenn sie sich hochgemut und selbstherrlich in diese gefährlichen Gewässer wagen.«[5]

von Altbürgermeister Fritz Lindner aus Teisendorf: Auf dem Grundstück steht heute der Pfarrhof und das Pfarrheim St. Andreas Teisendorf.

4 Baudissin, Eva von: Emma Haushofer-Merk und Carry Brachvogel. In: Münchner Neueste Nachrichten, Nr. 160, Beilage: Frauen-Zeitung, 1924.

5 Schubart, Arthur: Brachvogel, Carry: Die Könige und die Kärrner. In: Münchner Nachrichten, 14. Oktober 1912.

Ihre bayerische Heimat steht immer wieder im Zentrum von Carry Brachvogels Schaffen, selbst wenn sie aus der Ferne fokussiert wird. In »Der Berg der Mütter« (1922) wenden sich ein erfolgloser Münchner Maler und ein Münchner Bierbrauerssohn enttäuscht von ihrer Geburtsstadt ab. Griechenland lockt mit neuen Möglichkeiten. Doch – erfolgreich werden sie erst, als sie lernen, ihre Wurzeln wertzuschätzen. Heimat – Wahrheit – Bekenntnis zu sich selbst – mit diesem Dreiklang schließt das Buch.

Einige der im »Weiß-Blauen Land« versammelten Erzählungen waren schon zuvor als einzelne Feuilletons erschienen. Ihre Geschichten nennt Carry Brachvogel auch »Bayerische Bilder«. Kaleidoskopartige Szenerien sind es denn auch, Merkwürdigkeiten und Besonderheiten bayerischer Landschaften, Sehenswürdigkeiten, Menschen und ihre Gewohnheiten, die ins Blickfeld treten. Sie erzählt Dinge, die in keinem Reiseführer stehen. So verrät sie ein altes Rezept für ein Chiemseegedicht, klärt den Leser mit leisem Zynismus darüber auf, warum man nicht dreimal heiraten sollte, oder begibt sich auf historische Spurensuche nach dem, was sie den »Münchner Spießbürger« nennt.

Bei seinem Erscheinen 1923 erhält das Buch viele positive Kritiken. Brachvogel wird bescheinigt, eine der wenigen wirklichen Kennerinnen Bayerns und seiner Bewohner zu sein. »Unter den Münchner Schriftstellerinnen gibt es nicht viele, die das weiß-blaue Land und seine Bewohner so von Grund auf kennen wie die Verfasserin des lesenswerten Buches. Auf zahlreichen Sommerstreifzügen, auf stillen Fahrten durch weitentlegene Winkel wie in den Gassen des heutigen und des vergangenen Münchens hat sie mit hellen Augen sich umgesehen, und was Natur und Kunst, Geschichte und Gegenwart ihr dabei verraten haben, gibt sie nun hier in farbig gestalteten und seelisch belebten Aufsätzen wieder. Ihre Schilderungskunst ist von erstaunlicher Mannigfaltigkeit. Niemals belehrend – obwohl viel Wissen um Gewesenes und Gegenwärtiges ihr zu Gebote steht – weiß sie von fernen und fernsten Zeiten so anschaulich zu erzählen, daß selbst das dunkelste einst dem Leser zum Greifen nahe kommt oder sie bietet Bilder aus unseren Tagen und flicht durch sie die Ranken ihres sonnigen Humors, dem, je nach Stoff, auch ein Körnlein frischer Satire beigemischt ist.«[6]

[6] Schede, Kurt: Carry Brachvogel: Im Weiß-Blauen Land. Bayrische Bilder. Rezension. In: Kölnische Zeitung, 17. März 1925.

Carry Brachvogel begegnet den Landschaften, Orten und Dingen mit einer spezifischen Haltung. Sie lässt sie auf sich wirken, versucht zu erspüren, welcher Geist sich hinter ihnen verbirgt: »Da steht nun das goldene Rössel seit einem halben Jahrtausend, von vielen beguckt, von vielen bestaunt, doch so recht nach Gebühr nur von wenigen gewürdigt. Die Menschen merken garnicht, daß über ihm noch etwas Lebendigeres, Heißeres liegt als der Nimbus des Kunstwerks: die Fröhlichkeit der anmutigen Fürstin, auf deren Geheiß es entstand.«

An Orten, über die sich in Reiseführern nichts findet, sucht sie selbst nach Spuren früherer Epochen: »Wie schön ist solches Forschen, Suchen und Finden! Hier leuchtet an einem Bauernhaus, das sicher ehedem zum Kloster gehörte, in verblaßten Farben ein altes Wappen, dort plätschert ein feiner Wasserstrahl aus einem Barockwasserspeier, da gewährt ein Tor den Ausblick auf einen Hof mit seltsamen Überschneidungen.« Vor allem aber interessieren sie die Besonderheiten eines Ortes: »Dies ist das seltsamste an dieser kleinen Insel, das was sie erhabenen Kulturstätten gleichstellt: ihr großer Besitz sind ihre Toten [...]. Dies kleine Geviert Erde birgt so viele Namen von Klang und Wert, daß man sich erstaunt frägt, warum gerade hier sie alle sich zur letzten Ruhe betten ließen.«

Der Wechsel der Zeiten beschäftigt Carry Brachvogel immer wieder und ein ums andere Mal versucht sie, die Vergangenheit zum Leben zu erwecken und in die Gegenwart zu holen: Dem alten München versucht sie am Chinesischen Turm auf die Spur zu kommen, wenn dort die Blasmusik spielt: »Es klingt ein Ton aus ihr heraus, der weit über die Kinderzeit hin in die Tage schwebt, die wir alle nicht oder wenigstens nicht mit Bewußtsein erlebt haben. Er schwebt um die Tore der Vergangenheit, die sich langsam und lautlos vor ihm auftun, wie die Tore in Märchen. Da tritt denn das alte München heraus, das wir wohl aus kulturhistorischen Büchern und Erzählungen als anmutigen Mummenschanz kennen, – aber wer kann richtig sagen, was eigentlich das alte München ist?!«

»Im Weiß-Blauen Land« lädt den Leser ein, auf Entdeckungstour in München und Bayern zu gehen, auf Carry Brachvogels Spuren zu wandeln, Landschaften, Sehenswürdigkeiten und Orte aus ihrem Blickwinkel zu betrachten und sich den Wandel der Zeiten bewusst zu machen. Kenner des weiß-blauen Landes werden so manche neue

Entdeckung machen – und natürlich auch alle, die dieses bisweilen so seltsame Land ohnehin schon immer kennenlernen wollten.

Ingvild Richardsen München, Mai 2013

Drei bayerische Kleinodien

Zwei Seerosenblätter, deren Stiele sich anmutig kreuzen, bilden das Klosterwappen von Frauenchiemsee und wahrlich! nie hat Heraldik die Wirklichkeit poetischer und zugleich bestimmter versinnbildlicht als diese aus Stein gemeißelten Blätter einer Nymphae. Denn grün, zart und flach schwimmt die Fraueninsel auf den azurnen Wellen des Chiemsees, den in weitem Umkreis die blauende Alpenkette umzieht. Wenn man den Vergleich weiter fortsetzen wollte, könnte man sagen, daß die weißen Mauern des Klosters gleich dem Kelch einer Wasserrose aus dem Inselgrün hervorschimmern. Doch dies Bild würde die Eigenart des kleinen Eilands keineswegs erschöpfen, denn die Insel, die ohne das Kloster nur das Idyll eines in Lindenblüte und Rosenduft eingebetteten Fischerdorfes böte, erhält durch das ehrwürdige Haus des heiligen Benedikt ein besonderes Gepräge von Geistigkeit und vornehmer Gewöhnung.

Frauenwörth ward die Insel genannt im Gegensatz zu dem benachbarten Herrenwörth, das ein Männerkloster trug, und Reiz und Namen einer Frau scheinen immer noch um die Ufer der Insel zu schweben, wenngleich diese Frau seit mehr als tausend Jahren in der Klosterkirche schläft und im Leben vielleicht nie die war, als die sie den Dichtern und den nachdenklichen Gemütern der Fraueninsel erschien. Irmingard hieß sie, war eine Tochter Ludwig des Deutschen und die erste Fürstäbtissin dieses Klosters, das der Baiernherzog Tassilo schon im Jahre 783 gegründet hatte. Nicht freiwillig soll sie auf der Insel gelandet sein. Magen und Sippen drängten sie von der Heimat fort, auf die einsame Insel. Taten's aber nicht etwa, weil sie einen unerwünschten Freier im Herzen trug, sondern weil sie sich mehr mit politischen Angelegenheiten und Intrigen beschäftigte, als den Männern ihrer Familie wünschenswert schien. Das Bild der politischen Frau im Nonnenschleier ist nun freilich weniger rührend als das der verliebten, aber die halb-historische, halb-legendäre Gestalt wird darum nicht uninteressanter, nur pikanter und moderner. In einem Zeitalter, das den Frauen eigentlich eine Art Haremsleben anwies, nimmt sich die Gestalt dieser gebieterischen und geistig begabten Frau gar tröstlich aus.

Die stille Insel war jedenfalls der rechte Platz, um ein unbändiges Herz zur Verzweiflung oder zur Ruhe zu bringen. Wie Frau Irmingard ihr Los getragen, hat wohl Keiner je erfahren, aber umso mehr haben sich die Dichter gemüht, es zu ergründen. Karl Stieler, der prachtvolle, unvergeßliche Sänger des bayrischen Hochlands, hat ihr und ihrem Geschick einen ganzen Zyklus von Gedichten gewidmet, darunter das schöne:

Weihnacht am Chiemsee

Es geht der Christtag dämmernd nieder,
Und um den Sims weht grimmer Wind,
Dort lehnt, den Mantel um die Glieder,
Frau Irmingard, das Königskind.

Der See liegt wie gebannt im Eise,
Ein weites Blachfeld, öd und grau,
Und an ihr Krönlein rührt sie leise,
Das Abendgold wird abendgrau.

Vereiste Zweige, dunkle Raben,
Die Spur von Elch und Hirsch im Schnee,
Und Sang und Sonne sind begraben,
Eine Ferge nur geht übern See.

Er folgt dem blauen Rauch am Strande,
Dort wohnt sein Trost vor Schnee und Wind,
Doch ohne Trost lugt in die Lande,
Frau Irmingard, das Königskind.

Vielleicht hat der Dichter in diesem melancholischen Bilde die Wahrheit konterfeit. Vielleicht hat Irmingard durch Tage, Wochen, Monde verzweifelt nach der Sonnenuhr geblickt, hat gemeint, daß ihr Zeiger nie voranrücke, hat in ohnmächtigem Zorn gehadert, daß sie nur das Herz eines Mannes besaß, nicht auch seinen Arm und seine Kraft.

Vielleicht ersann sie in schlaflosen Nächten abenteuerliche Fluchtpläne, träumte davon, wie sie wieder am Hofe zu Aachen erscheinen und das alte Spiel mit der Macht aufs Neue beginnen könnte. Vielleicht – – Vielleicht aber, wenn sie zur Frühsommerzeit im Duft der Lindenblüten schritt, und auf die Rosenpracht der Fischergärten sah, vielleicht hat sie dann ihren Frieden mit sich und der Welt gemacht und gefunden, daß es noch Besseres auf Erden gibt, als das Gezänk und die Händel ehrsüchtiger Männer. Vielleicht hat sie sich dann gerne beschieden in ihrem kleinen Reich, war ein wenig eitel daß ihr, der Äbtissin, eigene Gerichtsbarkeit zustand, als wäre sie ein Großer im Reich, hat das goldene Krönlein, mit dem sie unter einem Thronhimmel gekrönt worden war, so stolz getragen, als wäre der zierliche Reif die Krone von Byzanz. Und vielleicht, ja vielleicht haben die Nonnen ein wenig gemurrt, daß die Frau Fürst-Äbtissin ihnen gar so selbstbewußt und hoffärtig durch das Kirchenportal voranschritt …

O, dies Portal von Frauenchiemsee! Man mag vor allen möglichen mächtigen und prächtigen Domportalen gestanden haben und kann sich doch nicht dem Reiz entziehen, der von diesem Dokument romanischer Baukunst ausgeht. Wilde Jahrhunderte haben ihm freilich hart zugesetzt, ein besonders barbarisches hat es weiß übertüncht, aber deshalb bleibt sein kleiner Vorraum mit den ganz primitiven, ganz zernagten, aus Fratzenköpfen aufsteigenden Säulen doch von einer unbeschreiblichen, erinnerungsschweren Schönheit. Wenn drinnen hinter der tausendjährigen Eisentüre der Sang der Nonnen erschallt, dann rührt man nur scheu die Klinke, als wäre sie noch warm von einer Frauenhand, als säße drinnen Frau Irmingard tiefgesenkten Hauptes, mit dem Ohr der Hora, mit dem Herzen verklungenen Zeiten lauschend …

Dies ist das seltsamste an dieser kleinen Insel, das was sie erhabenen Kulturstätten gleichstellt: ihr großer Besitz sind ihre Toten. Nicht just die Frau Irmingard, die doch wohl mehr ein Spiel dichterischer Fantasie ist, als vielmehr die Toten, die in dem kleinen Friedhof liegen, von der alten Kirche nur durch eine neue Hecke getrennt, die sich zu einem grünen Tore wölben will. Dies kleine Geviert Erde birgt so viele Namen von Klang und Wert, daß man sich erstaunt frägt, warum gerade hier sie alle sich zur letzten Ruhe betten ließen. Da liegt Max Haushofer, der geistreiche, tiefe Bayerndichter, der eben viel zu geistreich, zu tief und – – zu sehr Bayer war, um je den Ruhm zu erlangen, der dem Dichter der »Verbannten« und des »Ewigen Juden« gehört hätte. Da liegt Emil Lugo, der treffliche Landschafter, Ruben, der Akademieprofessor aus Wien und Wilhelm Jensen, der teure Dichter, der aus Schleswig-Holstein kam und in Bayern heimisch wurde.

Wie sie alle hierher kamen? Ja, das ist es eben, die Toten sind der Reichtum dieser Insel, und das, was sie im Leben gewesen sind, wird von Reisebüchern nur schwach angedeutet, wenn diese berichten: »Die Wirtschaft war einst Mittelpunkt fröhlichen Treibens der Münchener Künstlerwelt.« Weß Geistes Kinder die waren, die einst hier frohes, von Geist und Witz übersprühtes Künstlerleben führten, das liest man am besten in den großen Fremdenbüchern des Wirtshauses nach, die sich zu anderen Fremdenbüchern ungefähr so verhalten, wie eine goldene Ehrenkette zu schäbigem Talmi. Die Schöpfer dieser Fremdenbücher, der »Chronik der Insel«, waren etliche Maler, die so um das Jahr 1828 herum die Insel »entdeckten«. Zwei von ihnen, Max Haushofer (der Vater des Dichters) und Karl Ruben heirateten die schönen Wirtstöchter von der Insel, zogen mit ihnen fort wohin ihr Amt sie rief, nach Prag und Wien, kamen aber jeden Sommer in die Heimat der Frauen zurück, wo deren starke Art fest verankert lag. Kamen wieder, zuerst als junge Eheleute, dann als reife Männer, umgeben von Kindern, die später wiederum ihre Kinder herführten zur Seeroseninsel, kamen auch noch weit her aus Ost und Süd um im blumenüberschütteten Sarg zum letzten Mal über den See gerudert zu werden …

Das ging so Jahre, Jahrzehnte, bis die Entdecker der Insel gestorben, ihre Kinder wiederum Greise geworden waren, und die Insel zum zweiten Mal entdeckt wurde, diesmal aber nicht von Künstlern, sondern von banalen Sommerfrischlern. Seitdem ist hier alles anders geworden. An Stelle der alten Wirtin, deren Braten, Krapfen und Strauben in der »Chronik« gar oft verherrlicht wurden, ist ein moderner Gasthausbetrieb getreten; neben den alten Fischerhäusern machen sich elegante Villen breit, und wo einst fröhlicher Künstlergeist zu harmlos-drolligen Festen lud, ertönt heute der inhaltslose Lärm einer banalen Sommerfrische. Doch nur die Äußerlichkeiten der Insel, ihre landschaftlichen Reize, ihr Lindenduft und ihre Rosenblüte sind der Allgemeinheit preisgegeben, – von ihrer Seele wissen die Scharen nichts, die Tag für Tag mit den Dampfern kommen und gehen. Ihre Seele gehört den Andern, die ihr den göttlichen Atem einbliesen, die durch die Fülle ihrer Fantasie dies kleine Eiland weit über seinesgleichen hinaushoben.

Wohl kommen immer noch einige aus der früheren Zeit her, aber ihre Schar mindert sich von Jahr zu Jahr und sie tragen auch schon zu schwer an Erinnerungen, als daß sie noch auf eine fröhliche Gegenwart bedacht wären. Sie schütteln wohl den Kopf, daß hier alles so anders geworden, meinen, daß sie eigentlich hier gar nichts mehr zu suchen hätten, kehren aber doch jeden Sommer wieder, – die Insel läßt sie nicht los. Vielleicht müssen sie immer wiederkommen, weil ihnen hier einst ein großes Glück widerfuhr, vielleicht zieht sie ein teures Grab her, vielleicht aber ist der Bann, in dem sie stehen, ein letztes Vermächtnis Irmingards an ihre Insel. Vielleicht wollte die Frau, die im Leben nicht zur Macht kam, sie wenigstens im Tode haben und keinen mehr freigeben, der je in den Bezirk ihres verschollenen Reiches trat …

* *
*

Frauenwörth ist unrettbar der Allgemeinheit verfallen, doch in seiner Nähe gibt es noch verträumte Nester genug. Von hier eine halbe Stunde Dampferfahrt nach Seebruck und schon lockt ein andres Idyll, das, vom Fremdenstrom wenig bespült, in manchem Zug an Frauenwörth erinnert ohne sein Abklatsch zu sein. Ein schöner Weg durch üppige Wiesen und durch tiefen Wald führt nach Kloster Seeon und seinem lieblichen See. Lange ehe man das ehemalige Kloster erreicht, merkt man schon, daß man sich einer alten und wohlhabenden Kulturstätte nähert; da ist eine Meierei, die man an der stolzen Art ihres Baues und an dem grauen Haubendach sofort als ehemaliges Kloster gut erkennt, und richtig, die Kühe stehen in einem Stall, dessen gwölbte Decke von Säulen getragen wird! Dann erscheint als bescheidener Auftakt vom Seeoner See ein ganz kleiner Wassertümpel, immer mehr Häuser im Klosterstil machen sich auf, schließlich schimmert hinter hohen Bäumen das mächtige Schloß, eine ehemalige Benediktinerabtei, mit zwei braunen Zwiebeltürmen hervor.

Seeon hat nur eine geistliche Vergangenheit, keine künstlerische Legende wie Frauenwörth. Während aber das Kloster der Fraueninsel mit kurzer Unterbrechung bis auf unsere Tage Kloster geblieben ist, starb der letzte Abt von Seeon schon 1817 *extra muros* in Traunstein. Das Schloß ging dann ein wenig von Hand zu Hand, gehörte lange den Herzögen von Leuchtenberg, die als Stammmutter ja eine bayrische Königstochter haben, wenngleich sie selber vollständig russifiziert sind, sodaß auf dem kleinen Seeoner Friedhof immer wieder die russischen Kreuze mit den dreifachen Querbalken und der fremden Inschrift stehen. Wer's nicht gesehen hat, kann sich nicht vorstellen, wie absonderlich sich diese Malzeichen einer östlichen Kultur neben unsren einheimischen Kruzifixen und Grabschriften ausnehmen …

In respektvoller Entfernung von den braunen Zwiebeltürmen, wie sich's für artige Laien schickt, schmiegt sich das Dörfchen um den See herum, dessen regungsloser blauer Spiegel Schloß, Kirche, Dorf und Hügel so klar zurückwirft, daß man begreift, wie die naive Einbildungskraft des Volkes auf die Sage von versunkenen Städten kommen konnte. In sanften Buchten wiegen sich Schwärme gelber und weißer Wasserrosen, Möwen streifen über die Wellen, glitzern im Sonnenlicht goldig auf, daß man meint, es seien lauter Sternentaler, die vom Himmel ins Wasser fallen. Ein langer Holzsteg führt über den See vom Schloß zum Ufer herüber, und hier erschließt sich ein Landschaftsbild von schwer zu beschreibendem Reiz. Weit hinter Zwiebeltürmen, Haubendächern und Waldkämmen steigen jetzt Berge auf, so blau, als ströme der See unablässig seine Wellen über sie hin. Tiefblau sind sie wie das Land, das von alters her die germanische Sehnsucht suchte, nur ihre äußersten Umrisse löst die Sonne in stäubendem Goldflitter auf. Wenn man auf diesem Steg steht, überfällt einem eine schwere, süße Melancholie. Wieviele heiße, junge Augen mögen von hier aus mit brennender Sehnsucht nach den blauen Gipfeln geblickt, wieviele demütige oder vermessene Wünsche mögen sie überklettert haben, um glaubensselig oder machtgierig in Sankt Peter einzuziehen! Von diesem Steg aus begreift man, wie ein Volk jahrhundertelang nichts anderes träumte, als wie es diese Berge erreichen und jenseits ein Reich gründen könnte, das von ewiger Lenzluft und alten Mythen durchströmt war. Man begreift's mit einem Male, bloß weil die Berge so blau sind und ihre äußersten Umrisse wie stäubendes Gold schimmern …

Das dritte Kleinod erreicht man, indem man entweder den Rückweg über den Chiemsee bis Prien und von da den Bummelzug bis Station Teisendorf nimmt oder man fährt mit der Schneckenpost bis Endorf und von dort nach Teisendorf, das wie ein stiller Wächter vor eine der anmutigsten Idyllen Bayerns tritt, den verborgenen Schatz so wohl hütet, daß nur wenige seinen Namen kennen. Von Teisendorf erreicht man in kaum anderthalb Gehstunden Höglwörth, erreicht es auf einem Weg, der über kleine Bäche, blumenstrotzende Moorwiesen und dunkle Waldschluchten führt und immer wieder an Schwind'sche Landschaften erinnert. Langsam hebt sich dann über schwarzen Tannen die graue, zerrissene Romantikerstirne des Hohen Stauffen empor, spiegelt sich in einem See, in den aus einer Halbinsel ein altes Kloster hineinragt, das wiederum an das Kloster von Seeon gemahnt. Aber nur auf den ersten Blick, nur in den Äußerlichkeiten, denn wenn Seeon an lichten Tagen ganz Helle, ganz Heiterkeit ist, so behält Höglwörth auch unter strahlender Sonne sein dunkles, melancholisches Gesicht. Unbeweglich, tiefgrün, beinahe schwarz liegt der See, zuweilen nur geht durch die weißen und gelben Wasserrosen ein leises Beben, als wüßten sie von Schrecknissen, die dieser schwere, dunkle Grund eingeschluckt hat. Tannen und Fichten sind vom Berg bis an den Wasserspiegel herabgestiegen, bewachen ihn gebieterisch, fast angstvoll, damit er ihnen nicht langsam und tückisch von der Erde eingesogen werde, wie die tiefen Buchten, die sie und der Stauffen noch als grünen Wasserspiegel kannten und die heute schon fester Boden geworden sind. In verschwiegenen Nächten mögen sie wohl Zwiesprache halten mit dem Stauffen und dem sagenumsponnenen Untersberg über längst vergangene Zeiten, da hier noch die Römer saßen und dem Mithras opferten, und wie später die frommen Brüder vom hl. Augustinus kamen, bauten, lehrten und Bier brauten. Und wie dann im Jahr 1817 das Kloster aufgehoben wurde, aber nicht etwa durch die Säkularisation, sondern weil die Unbotmäßigkeit im Kloster und gegen das Domkapitel in Salzburg zu arg geworden war. Von den Mithrasopfern redet ein Stein, der lange an der Kirche von Höglwörth eingemauert war, dann aber ins Nationalmuseum nach München überführt wurde, wie auch die Klosterbibliothek nach München kam, während Höglwörth selbst an einen Großgrundbesitzer verkauft wurde, in dessen Familie es sich seitdem forterbt.

Wenn sich aber auch die Hauptstadt an dem aufgelassenen Kloster bereichert hat, so ist die Schönheit Höglwörths doch unzerstört geblieben, weil es hier gar keine sogenannte Sehenswürdigkeit gibt, gar nichts, was Reisebücher mit einem Sternchen bezeichnen, weil alles tief eingesponnen liegt in Vergangenheit und Vergessenheit, sodaß man sich auf den Zufall und das eigene suchende Auge verlassen muß, wenn man die Köstlichkeiten ausfinden will, die von einer früheren, reichen Epoche übrig geblieben sind. Doch wie schön ist solches Forschen, Suchen und Finden! Hier leuchtet an einem Bauernhaus, das sicher ehedem zum Kloster gehörte, in verblaßten Farben ein altes Wappen, dort plätschert ein feiner Wasserstrahl aus einem Barockwasserspeier, da gewährt ein Tor den Ausblick auf einen Hof mit seltsamen Überschneidungen und altersgrauem Erker, daneben wölbt sich ein Portal mit mächtigem Steinarchitrav und dem Lilienwappen. Einmal versucht man wohl auch einen düsteren, verfallenen Hausgang zu passieren, öffnet eine banale Eisentüre, die aussieht, als ob sie in ein Kellergewölbe führte und steht plötzlich dem Alltag entrückt in einem Hof, der kaum größer ist als ein mäßiges städtisches Wohngemach, aber so reich an Reiz und Stimmung, daß jeder Deutsche ihn kennte, wenn – ja wenn der kleine Hof eben nicht in Deutschland läge, sondern in der Schweiz, in Italien oder sonst wo. Steile Mauern umschließen ihn von allen Seiten, steigen so hoch, daß die Sonne nur vom Zenith aus hier hereinlugen kann. Zerfressen und zerklüftet sind sie, sodaß man nicht mehr unterscheiden kann, wie sie wohl einst gewesen; eine einzige Querwand leuchtet noch in wildem, unheimlichen Rot. Das sieht gespenstisch aus, als ob hier Blut geflossen wäre, das nie verlöschen kann. Wie gejagt von diesem Schrecknis stürmt eine schwarze Zypresse aus dem kargen Boden des Hofes himmelan, streckt ihr düsteres Haupt über die Mauern hinaus, der Sonne entgegen, um wenigstens die Stirne im Lichte zu baden, wenn schon der Leib es nimmer empfangen kann. Ein zerklüfteter Steingang, aus dessen Ritzen Gras und Unkraut wachsen, führt um den kleinen Hof her, ungezähmte Floxhecken flammen in weißer, rosenfarbener und violetter Pracht. Hinter ihrer jungen, lebendigen Schönheit strecken sich verwitterte steinerne Köpfe empor mit Mitra und Krummstab: die Pröbste des einstigen Klosters sind hier zu einem Frieden eingegangen, von dem sie, wie es scheint, im Leben nicht allzuviel verspürt haben. Auf drei Seiten ist der Hof ganz umgürtet von ihren in die Mauer eingelassenen, wunderschönen Grabsteinen aus rotem und weißem Untersberger Marmor, nur die vierte, blutigrote, ist von allen gemieden. Buschwerk und Baumgrün verschleiern sie ein wenig, verbrämen ihre Leere mit ein wenig Leben, indessen drüben, hinter weißen, rosenfarbenen und violetten Blüten altertümlich-gemeißelte Gestalten und Lettern vom Tode reden.

Die Zeit scheint hier stille zu stehen. Die Gegenwart weicht scheu zurück. Auf einem schönen, schmiedeeisernen Bildstöckl, das unter der Zypresse steht und von grünen Ranken umklettert ist, erblickt man über dem unkenntlich gewordenen Heiligenbildchen das Zifferblatt einer Uhr, der die Zeiger fehlen; wie ein tiefsinniges Symbol kommt einem dies Zifferblatt vor, das alle Stunden verzeichnet aber keine mehr ansagt. Auf diesen Grabsteinen, die vier bis fünf Jahrhunderte zurückreichen, kann man lesen, daß ihre Herren stolz, tapfer und baulustig gewesen, und die Architektur von Höglwörth beweist, daß diese Grabreden nicht lügen. Doch über all der Tapferkeit, dem Stolz und der Baulust blüht es heute in weißer, rosenfarbener und violetter Pracht, – braucht's da noch eine Uhr, um die Flüchtigkeit der Stunde zu künden?! In diesem kleinen Todeshof herrscht ein so tiefes, bedeutsames Schweigen, daß man beinahe an der eigenen Stimme erschrickt und sie dämpft, um den Schlaf der Jahrhunderte nicht zu beleidigen. Schreitet man dann durch die banale Eisenpforte wieder hinaus zur Wirklichkeit, so kommt einem vielleicht die Sage vom Mönch von Heisterbach in den Sinn, der meinte, er hätte nur e i n e Stunde verträumt und derweil war es ein Jahrtausend ... So zeitlos, so verschollen liegt dieser Erdenwinkel da, daß er sogar noch den Nachhall eines Trutzrufs aus verklungenen Jahrhunderten bewahrt hat.

In dem kleinen Wirtshaus, das sich oberhalb Höglwörth an der Staatsstraße befindet, auf der täglich ungezählte Autos nach Reichenhall hinabrasen, findet sich ein renoviertes, aber längst wieder nachgedunkeltes Bild sonder Kunstwert, dessen Naivität und Sprache aber anmuten, als läse man ein Flugblatt aus den Bauernkriegen. In drei Felder geteilt, zeigt es einen Bischof, einen Fürsten und einen Landmann und unter ihnen die Verse:

B i s c h o f :
»Ich mit meiner Lehr'
Viel Leut' zue Gott bekehr'.«

F ü r s t :
»Ich mit meiner Macht
Hab' Land und Leut' an mich gebracht.«

L a n d m a n n :
»Haha, wenn Gott und ich nichts tät',
Ihr Beide nichts zu essen hätt'.«

Vor etwa fünfzig, sechzig Jahren soll dies Bild noch in vielen Bauern- und Wirtshäusern zu sehen gewesen sein, ist aber natürlich seitdem von modernen Öldrucken verdrängt worden. Die letzte Zuflucht des bauernstolzen Trutzrufes ist Höglwörth geblieben …

Gar schön sitzt sich's dann unter hundertjährigen Kastanien vor der altertümlichen »Tafernwirtschaft« in Höglwörth, dem Untersberg gegenüber, dessen kühnes, langgestrecktes Massiv nicht wie ein einzelner Berg wirkt, sondern wie ein Gebirgsstock, den die Sonne in eine stäubende Goldwolke aufzulösen scheint. Man sitzt, sinniert ein wenig, schaut fast gerührt der alten, gelben Postkutsche nach, die behäbig, sonder Eile, wie sie es seit Großvaters Zeiten gewohnt ist, über Anger (»das schönste Dorf Bayerns«) dem Weltbad Reichenhall zustrebt. Und man wird gewahr, daß weder die Eisenbahnen, noch die Motorposten so schönheitsmordend sind, wie rückständige Nörgelsucht immer behaupten möchte, – man muß nur an der richtigen Wegbiegung aussteigen …

Die Bücher der Fraueninsel

Gleich einer zarten Luftspiegelung schwebt die kleine Insel Frauenwörth auf der majestätischen Fläche des Chiemsees. Ganz von ferne, als fürchteten sie, das zarte Ding zu zerdrücken, strecken ihr die Alpen die granitenen, von Sonnengold überstäubten Arme entgegen. Von den Ufern des Sees blinken über blaue Wogen weiße Dörfer her, nachbarlich grüßt nur die dunkelgrüne Landzunge von Herrenwörth, auf der sich melancholisch das verlassene Schloß eines königlichen Träumers erhebt.

So klein das Fleckchen Erde aber auch ist, das sich Frauenchiemsee nennt, so ist es doch schon seit Jahren von Sommerfrischlern aller Länder und Zungen »entdeckt« worden und in der Hochsaison sitzen vor jedem Motiv (die Spaßvögel der Insel haben die Motive längst numeriert!) mindestens drei Malschulen und auf dem schmalen Weg unter den großen Linden oder auf der Terrasse des neuen Gasthofs trifft man so viele Bekannte und Unbekannte, daß man sich nur wundert, wie sie alle Platz finden. Natürlich sind die meisten Leute, besonders die Insulaner selbst sehr entzückt von dem Aufschwung, den die Insel genommen hat, aber die ältere Generation der Zugvögel, die's gewohnt ist oder war, seit zwanzig, dreißig, vierzig Jahren oder gar noch länger hier ihr Sommernest zu bauen, die denkt voll melancholischer Erinnerung an Zeiten zurück, da das kleine Eiland noch nicht modern war und die Chronik der Insel erst anhub.

Die Chronik der Insel, – bei dem schwerfälligen Wort läuft dem Leser vielleicht ein kleiner Schauder über den Rücken. Er denkt an mächtige Folianten, deren dicke, altersbraune Pergamentseiten von den ersten Kulturanfängen Frauenwörths berichten, von den Äbtissinnen des Klosters, ihren Gerechtsamen, Stiftungen und Fehden, wie zuerst die Hunnen, dann die Schweden in die geweihten Mauern eingebrochen und wie die Säkularisation das Kloster vorübergehend aufhob. Aber die Chronik der Insel ist ein ganz ander Ding, ist kein von Historiographen verfaßter Wälzer, sondern ein in bunten Farben leuchtendes Mosaikbild, woran alles mitgearbeitet hat, was je auf dieser Insel Witz, Laune und künstlerische Einfälle besaß. So entstand die Chronik der Insel in der Gestalt von vier mächtigen Fremdenbüchern, wovon 3 Bände im Gasthaus zu sehen sind, während der erste und in seiner Art wertvollste sich in der Bibliothek der Münchner Künstlergenossenschaft befindet.

Das Wort »Fremdenbücher« veranlaßt vielleicht abermals den bewußten kleinen Schauder. Da der Leser es vernimmt, denkt er wohl an die Dokumente der Unkultur, die er als Fremdenbücher großer Hotels oder Schutzhütten durchblättert hat. All das dumme Zeug fällt ihm ein, das triviale Menschen da hineingekritzelt haben, die gleichgültigen Namen, die belanglosen Meinungsäußerungen über Verpflegung, Aussicht, Wirtin und Kellnerin, und die völlig überflüssige Versicherung, daß der Schreiber dieser Fadheiten im nächsten Jahr wieder kommen wolle. Wie himmelweit verschieden die Fremdenbücher der Insel von diesen Banalitäten sind, erhellt allein schon die Tatsache, daß sie, obgleich sie sich zum Teil im Inselgasthof befinden, doch keineswegs ihm gehören, sondern heute insgesamt Eigentum der Münchner Künstlergenossenschaft sind und in den Besitz der Staatsbibliothek übergehen werden, falls sich die Künstlergenossenschaft je auflösen sollte.

Über achtzig Jahre, bis ins Jahr 1828 reichen die Blätter dieser Inselchronik zurück. Die Welt sah damals noch anders aus als heute, wußte nichts von Eisenbahn, Dampfschiff und Weltverkehr. Da zogen eines

Tages aus München drei blutjunge, lustige Malerlein aus, die wenig in der Tasche, aber desto mehr im Kopf hatten und sicher jeden fragten: »Was kostet die Welt?«, obgleich ihr gesamtes Barvermögen nicht über etliche bayerische Gulden betragen haben mag. Die drei verwegenen Gesellen hießen Haushofer, Boßhardl und Trautmann und schienen damals wohl einer so gut wie der andere, aber den Namen Haushofer muß man sich doch besonders merken, nicht nur weil diesem Geschlecht später ein bedeutender Dichter, Max Haushofer, entspringen sollte, sondern auch weil die beiden Max Haushofer, Vater und Sohn, Maler und Dichter, bis zu ihrem Tode die eigentlichen Chronisten der Inselbücher blieben. Hören wir nun, wie sie uns auf dem tiefvergilbten, ersten Blatt des ersten Fremdenbuches die Entdeckung der Insel schildern.

»In der Zeit, da man schrieb eintausendachthundertzwanzig und acht, begab es sich, daß von München, der guten Stadt, etliche gute und tapfere Gesellen auszogen auf ritterlich Fahrth und Abenthewer. Als ein Haubtmann und Führer hatten sie auserkührt Maxen Haushofer und ihren Zug gerad gericht gegen Süd, allwo die Gebürg stehen und die großen Wasser.« Weil es eben noch kein Dampfschiff gab, auf dem man bequem und sicher die Rundfahrt auf dem wegen seiner Stürme berüchtigten Chiemsee hätte machen können, nahmen die jungen Leute einen Kahn, ruderten vergnügt umher, achteten nicht des Gewitters, das aufzog und merkten es erst, als ihr Nachen vom Sturm wild umhergeschleudert wurde und schließlich unfreiwillig ans Ufer der Fraueninsel fuhr. »Der Ort allwo sie saßen, was ein wild Insul, grünbewachsen. Selbige Gegend war bewohnt von ein absonderlich Nation und wildfremd Volk, das aber sehr duldsam und zutunlich sich gebährdethe, nachdem ihnen die Seehelden mehrere Stück Geld gezeiget, ihre Höhlen ihnen zur Herberg anwiesen, Nahrung ihn' gebracht und sie überhaupt recht ansehnlich traktieret han.«

Man kann sich denken, welchen Reiz für junge Maleraugen die grüne, von Rosen umsponnene Fischerinsel hatte, die damals sicher noch ebenso unberührt dalag. wie tausend Jahre früher, als die erste Äbtissin hier landete. So beschlossen denn die drei Gesellen, die daheim weder von einem Weib noch von einem komplizierten Apparat modernen Komforts erwartet wurden, hier zu bleiben, ein Entschluß, der ihnen noch sehr erleichtert wurde, weil »der keck Kapitano obendrein entdeckt hatte, wie etzliche [etliche] unter des Seevolks Töchterlein ihmbe [ihm besonders] gut gefallen mochten. So nahm die Insel ihren Anfang und kam zur Kenntnis der übrigen Erdteile.«

»Die übrigen Erdteile« scheinen denn auch die neueste geographische Entdeckung mit gebührender Aufmerksamkeit betrachtet zu haben. Die allzeit reiselustigen Engländer kamen in erster Linie auf die grüne Fischerinsel, erheiterten die Malersleut durch ihren landesüblichen Spleen, wie im Jahre 1835 »der seltsame Mensch und Hundsfreund Dr. Karol Nooth mit seiner gelieb Bestia Deyin (Diana)« oder erfreuten die bayrischen Mägen mit den Segnungen britischer Küchenkultur. »1835 erschien Henrikus Marr, als welcher der schätzbare Erfinder der Beefsteaks von denen Engländern alhero gebracht und die wild Köchinnen darin unterwiesen hat.«

Jahr um Jahr vermelden sie so im hübschen Stil alter Chronisten, was sich auf der Insel ereignet und wer außer der Feder auch noch den Stift führen und die Farbe meistern kann, der setzt eine hübsche Illustration dazu. Der Ruf der lustigen Malerherberge auf der Insel beginnt an Bedeutung und Verbreitung zu gewinnen; was immer die langen Locken und das Samtjakett trägt oder sich auf dem Parnaß umhertummelt, unternimmt einmal eine Sommerfahrt auf die Malerinsel, zeigt im Fremdenbuch, weß Geistes Kind er sei, und gar mancher von ihnen mußte sein lebelang immer wiederkehren, sei's, daß es ihm der Zauber der Insel oder auch eine von des Seevolks Töchtern angetan habe. »Anno 1838, dem dritten Oktober, war die lustig Hochzeit des berühmten Führers und Entdeckers Maxen Haushofer mit dem ersten Meerfrewlein, so er auf der Insel entdeckte, Anna benamset, aus dem Geschlecht der »Dumbser«. Die Dumbser, die Wirtsleute der Insel, hatten aber noch mehr hübsche Töchter; 1840 war die zweit Hochzeit und lustsam Beilager des bemeldten Meister Ruben mit dem zweiten Meerweiblein, Susanne, deren Schwester.« Der junge Österreicher, der um die Susanne Dumser freite, war Christian Ruben, der spätere Akademiedirektor von Prag und Wien, dessen Bild »Columbus bei der Entdeckung Amerikas« wohl jedem bekannt ist und dessen Namen mit dem Kunstleben Prags und Wiens unlöslich verknüpft ist.

Wer aber glaubt, daß auf die Insel nur Maler und nicht auch Malerinnen gekommen seien, befindet sich in einem großen Irrtum. Sehr bald schon meldet die Chronik mit einem humoristischen Seufzer: »Item sind unter anderen schlimmen Fährlichkeiten in diesem Jahr wiederum sieben weiblich Malergesellen auf der Insul gewest.« Ein wenig später, zur Krinolinenzeit, sehen wir sogar schon eine ganze weibliche Malschule sehr ergötzlich abkonterfeit: junge und alte Weiblein im gewaltigen Reifrock, den Herrenwinker oder sonst ein Hutungetüm auf dem Kopf, malen eifrig dasselbe Motiv, eine ziemlich blöd dreinschauende Fischerdirn in einem Kahn. Ein anderes, von Löff[t]z sen. gezeichnetes und getuschtes Bildchen zeigt einen im Grünen auf dem Rücken liegenden schnarchenden Mann, den vier lustige Krinolinenweiblein kichernd aufnehmen. Darunter liest man: »Wie die weiblich Malergesellen ain arm, schwedisch Maler im Schlaf heimlicher Weis nach Art derer Weibsen auf dem Ganszipfel abkunterfeyen.«

So heimtückisch die holde Weiblichkeit sich aber auch gegen die armen Maler betrug, so scheint doch die Insel gerade um diese Sommergäste rundum weidlich beneidet worden zu sein. Wenigstens vermeldet die Chronik, daß, als die Gäste von Herrenchiemsee ein ländlich Fest arrangieren wollten, sie genötigt waren, die Damen der Insel dazu auszuleihen, was natürlich nur zur Hebung der Fröhlichkeit beitrug. »Begunnte auch bald beim lieblichen Spiel der Frau Musika ain gar hefftig Walzen und zierlich Bainschwenkken. Ist kainem die Nacht zu lang gewest, hann aber die von Frauenwörth nix abgelassen, hingegen die Weibsen sein und fürsichtig alle wiederum der Insula einverleibet.« An Festen gab's überhaupt keinen Mangel. Jedes kleine Ereignis der Insel und jedes große der Zeitgeschichte wurde in der Chronik in Wort und Farbe, in der Wirklichkeit mit Musik und Tanz verherrlicht, wobei die Festunternehmer sich selbst mit hübschem Spott bedachten. »Und seynt in denen Schiffen, so mit farbigem Flitterwerk und Blumen behangen gewest, auf den Ganszipfell hinübergefahren, daß denen Insulanern schier der Verstand vergangen vor grausamer Pracht und Herrlichkeit.« Ach, die Ansprüche an Pracht und Herrlichkeit waren damals noch gering und die Preise der Lebensmittel waren es erst recht. Zur selbigen Zeit kostet der Morgenimbiß mit zwo Stuck Ey 15 Weißpfennige, der Schoppen gemain Wein 18, der besser mehr. (1872.) Von der Entdeckung der Insel bis zur Notierung dieser beneidenswerten Frühstückspreise waren über vierzig Jahre vergangen. Mancher von den lustigen Gesellen, die damals zuerst auf dem Eiland gelandet, war schon fortgezogen in das geheimnisvolle Land, von dem es keine Wiederkehr gibt, wiederum manch anderer war vom unbekannten Malerlein zum berühmten Namen geworden, aber die Liebe zur Chronik überdauerte Tod und Ruhm. Zu den Urgästen waren im Laufe der Zeit die bekannten Chiemseemaler Wopfner und Raupp gekommen und jedes Jahr fand sich, wenn auch nur vorübergehend, der junge Wilhelm Jensen ein, der zwar nicht auf der Insel, aber doch am Chiemsee das schöne Mädchen kennen lernte und freite, das ihm sein großes Lebensglück gab. Man kann sich denken, daß die Chronik da blühte und gedieh und daß Rücken, der eine hübsche Träumerei, und Viktor Scheffel, der lustige Verse spendete, sich nicht in schlechter Gesellschaft befanden. Das bunte und launige Fremdenbuch wuchs seinen Verfassern immer mehr ans Herz und leise Angst dämmerte schon in ihnen auf, daß barbarische Reisende von seinem Wesen nichts verstehen und es auf ihr Niveau herunterziehen könnten. Gleich aber verspotten sie sich selbst, erzählen eine drollige Geschichte, wie der Meister soundso (sein Name ist mir entfallen) aus Angst vor etlichen banausischen Familien die Chronika auf dem Ganszipfel eingegraben und bis zur Abreise der bewußten Banausen vor dem verborgenen Schatz Wacht gehalten habe. Zeichneten ihn auch daneben, den Kneifer auf der Nase, die Hellebarde in der Hand, ein moderner, grimmiger Hagen des teuern Fremdenbuches. Als die Barbaren dann wieder das Weite gesucht haben, ist die Freude so groß, daß selbst das tollpatschige Wettermännchen, das immer zur Unzeit erscheint oder verschwindet, mit etlichen Versen bedacht wird:

»Was ein recht's Wettermännel ist,
Schlupft aus dem Haus, sobald es gießt,
Aber bei hellem Sonnenschein
Duckt es sich schleunig wieder hinein.«

Immer farbenreicher werden die Blätter des Buches, das zuerst mehr dem Wort und dem Knittelvers gehört hatte. Freilich ist es immer Malerei im Geschmack der sechziger und siebziger Jahre, der auch von einem Tiroler Buben noch Süße und Anmut verlangte. Die Sucht nach Originalität, die heute manchen zu wahren Veitstänzen künstlerischer Äußerung verführt, war damals eben nicht Mode, aber wenn einer was ganz Besonderes war, so merkte man's doch. Das sah man, als der erste Band der Chronik sich zu Ende neigte und der nunmehrige Chronist, der junge Max Haushofer (der Sohn des langverstorbenen Inselentdekkers) auf das letzte Blatt zu dem Bild eines greisen Einsiedels schrieb:

»Kein Fahrzeug mehr auf dem blauen See,
Kein Glück mehr unter den Bäumen!
Ich möcht', wo ich auch geh' und steh',
Das Leben verschlafen, verträumen.

Geschlecht um Geschlecht versank in die Flut
Des Lebens seit Jahren, seit Jahren,
War alles so lieb und alles so gut,
Und ist alles dahin gefahren.

Du Sturm, der über die Welt hinfährt,
Und du, arme Feder, vollende:
Das Leben ist nicht des Schreibens wert –
Hie hat dies Buch sein Ende.«

Max Haushofer lehrte damals schon am Polytechnikum Nationalökonomie und sein Hirn war schon erfüllt von den Phantasien, aus denen er später seine eigenartigen und gewaltigen Dichtungen »Der ewige Jude« und »Die Verbannten« formte, aber der Humor kam bei ihm, der ja auch den köstlichen und dennoch so tiefsinnigen »Prinz Schnuckelbold« schrieb, nie zu kurz, und wenn auch das alte Buch mit dem tiefen Weltensehnsuchtsklang endete, der Haushofers bestimmende Note ist, so beginnt dafür das neue mit einer fröhlichen und eindringlichen »Mahnung an den Leser«, die in jedem der kommenden Bände bald in Versen, bald in Prosa wiederkehrt:

»Für's Erste sollst Du dies Buch nit wie ain gemain Frembdenbuch traktieren und mit nassen Fingern nit sein Blättlin umwenden, noch viel weniger Bier und Bratensaft hineinträufeln oder es sonst wie verschimpfieren, sondern sein acht darauf haben. – Zum zweiten merk', daß es nit jeden erlustieret, wie Du geheißen und wann Du dagewesen, sondern daß man auch wissen möcht', weß Geistes Kindlein Du gewest. Willt Du also was in die Chronika schreiben, so lass' es nit genug sein am Namen, sondern mach' ein Bildlein, Reim oder Schwank dazu. So einer Meier oder Müller gehaißen, was fragt die Welt nach fünfzig Jahr danach – –

Und so Du ein langweiliger Mensch bist, lass' es ungelesen seyn und es ist besser, Du fährst von dannen, denn es vreut Dich nicht!«

Die Maler ließen sich's nicht zweimal sagen und die Dichter auch nicht. Wopfner, Raupp und Höker spenden schöne Landschaftsblicke, Gabriel Max, der damals verlobt war, zeichnet stimmungsvoll einen jungen Pilger, der vor einem bräutlich geschmückten Mädchen kniet: »Willst Du mit mir gehen?« Anton v. Werner wirft mit ein paar Strichen einen prächtigen Bismarck hin und schreibt darunter: »Da Er selbst nicht hier gewesen, hab' ich zum Opfer Ihn mir auserlesen.« Hermann Kaulbach malt eine schlanke Nonne mit einem Rosenkranz über dem himmlischen Schleier und Karl Stieler, der geliebte Bayerndichter, schreibt dazu:

»Der Morgen lacht, die Wälder blauen,
Es spielt der Wind auf weiter Flut,
Da sitzt im Söller unserer Frauen
  Frau Irmintrud.

Sie spricht: »Mein Herz ist jung an Jahren,
Noch ist mein Mund der Minne hold,
Mein Vater ist mit dem Kaiser gefahren,
  Um Ehr und Sold.

Meine Mutter rastet im kühlen Sande,
Und meines Liebsten Treu' und Stät',
Die hat schon lang im fremden Lande
  Der Wind verweht.

Es rauschen die Linden in leisem Schauer,
Es wirft der Wind die Blüten herein.
Die Schwalbe schwirrt um die hohe Mauer, –
  Ich bin allein!«

Frau Irmintrud mit den goldenen Haaren,
Frau Irmintrud mit dem süßen Blick,
Sie spricht: »So schau' ich hinaus seit Jahren
  Und wart' auf Glück!«

Max Haushofer schreibt hier zum erstenmal sein Lied »Versunken« aus den »Verbannten« nieder, das in seiner geheimnisvollen Sehnsuchtsstimmung wieder an das letzte Blatt des ersten Buches gemahnt:

»Ich komme, wenn's dem Geschick gefällt,
Nach siebenzigtausend Jahren
Aus einer unendlich fernen Welt
Wieder hierher gefahren.

Dann find' ich vielleicht ein weites Meer,
Das an die Alpen brandet;
Gewölk zieht bleiern darüber her;
Kein Schiff ist, das hier landet.

Einsam noch ragt eine Felsenwand
Empor mit zackigen Klippen;
Weiß säumen den geisterhaft stillen Strand
Gebleichte Drachenrippen.

Hier schau ich hinaus in die weite Flut –
Europa ist hier versunken!
Jahrtausende sind im Völkerblut,
In Weh und Sturm ertrunken!

Kein Haus mehr zeugt, kein Herd, kein Halm,
Daß Menschenglück hier gewohnt hat,
Weil Zeitensturm und Wetterqualm
Nicht Gott und Menschen verschont hat.

Nur du, geliebter Berg, allein
Wirst mir die Heimat weisen!
Still will ich im Abendsonnenschein
Um deine Felsen kreisen!«

Wollte man all die bekannten und berühmten Namen anführen, die in der Chronik mit Bild oder Gedicht vertreten sind, so müßte man einen kleinen Separatband herausgeben. Hans von Hopfen, Papperitz, Harburger, Thiersch, Seitz, Zimmermann, Lossow, Ferdinand von Miller seien nur auf gut Glück herausgegriffen, um eine allgemeine Vorstellung von dem zu geben, was diese Blätter bergen. Und den weithin tönenden Namen schließen sich schlichtere an, die erst eine

Zukunft und vielleicht nicht einmal die haben, so daß der Chronist einmal mit leisem Spott verzeichnet:

»In diesem Summer, so arg schön und trucken gewest, ist wieder ain sauber Häufflein Maler auf die Insul kommen, aber sovil auch kommen sind, kunnt doch niemand sagen: jetzt seyn ihrer genug. Denn derer Maler seynt nie genug, zumalen wann selbige so fein von Sitten und Gebährden seyn, wie in diesem Jar und nit nur wegen des Essens, Trinkens und Schlaffens kummen, sondern fürnehmlich wegen derer Malerey.« Und wieder ein andermal mokiert er sich gar nett und gutmütig über den billigen Haferltarock der Malersleut:

»Item ist in diesem Jahr vil wüst und naß Witterung gewest und han derhalben die Maler und ihre Freund das Karteln und Knöcheln erlernt und mit denen Goldgülden nur umbeinande geschmissen, daß es eine Freud' gewest zu schauen, wie die edel Malerey Reichtümer schaffet.« Daneben sind die Herren abkonterfeit, wie sie die Karten in den Tisch hineinhauen und den Würfelbecher wütend schwingen und auch ohne des Chronisten sanfte Ironie wüßte man, daß der Goldgulden in dieser Spielhölle eine nur vom Hörensagen bekannte Lastererscheinung war. Der Meister Raupp aber hat sich doch vorgenommen, dem Chronisten, seinem Freund, für die Frozzelei seiner rafaelischen Kollegen einmal eins auszuwischen und darum schrieb und malte er einst heimlich in die Chronik ein Blatt, das eine Geschichte erzählt, deren Helden Max Haushofer und -- eine Kuh sind. Die Geschichte ist so absonderlich und drollig, daß ich sie wörtlich hierher setze:

»Wie alldieweilen, so auch heuer, hat unser vieledler Chronista der sehr gelahrt Professor Meister Haushofer viel haiter Sprüchlin und Gedichten so auch von denen Malern und deren Absonderlichkeiten in die Chronika gespendt. Auch sain illustrieret und die Malersgesölln fleißig dazu angehalten, dieselben mit Bildlin zu zieren.

Seyn Ihme darob die Malersleut allwie auch die frumb Herbergsmutter, absunderlich der verehrt Leser zu villem Dank verpflicht. Läßt sich auch sunst vil gar Guts und Schöns von demselbigen vermelden. Nur die bös und spitz Zungen derer Weiberleut lassen verlauten, daß dersell vor ainer zahm Kuh in Ängsten entronnen schier gar bis in den tiefen See.

Die sell Kuh nemblich sey damalen in Familienangelegenheiten beim Tuchmacher gewest, allwo dersell Chronista hab zuschauen wölln, nicht aus straefflicher Neubegier, sundern zur Vermehrung derer Kenntnis und Wissenschaft in denen landwirtschaftlichen Dingen.

Ist dabei gewest zum ersten der sehr gelahrt Professor derer Bildnußmalerey und Magister Reiff aus der gueten und getreuen Stadt Aachen weit drunten im borussischen Rheinland. Zum andern unser vieledler Meister Wopfner.

Alldieweilen nun die Geschäfften selbiger Kuh nit nach derer Wunsch und willen verloffen, hub diesell an sich gar erschrökklich zu gebährden, absunderlich mit deme Fuß gar grausam den Boden zu scharren. Darob entsetzten sich die dreye so gar sehr, daß sie jählings entwichen, dersell Chronista in den See hinein, von wannen er schwimmend das rettend Gstadt erreichet. Desselbigen Wasserdroschkenfuhrwerk haben nimmer so eilig zu segeln vermöget, als dersell dazumalen über den See geschwummen.

Die andern zwo herentgegen han erst im Wirtshaus eingehalten, allwo dieselben hinter der Kucheltür' ain fest Bollwerk funden und ihren ausgehaltenen Schrekken mit ainer Maß tapfer bekämpfet han. Seynt auch Gott sey dank alsbald wieder vol gewest. *Relata refero.*

In seynen aufgezeichneten Schriften hat der vieledel Chronista diese Historiam dis anhero nit vermeldt. Herentgegen stet zu hoffen, daß dersell später bericht, in wieweit denen Weiberleut in dieser Sache zu trauen gewest.«

Aber nicht nur über die Maler und den Chronisten geht's lustig her, nein, auch über die vielen, die ach! gar so vielen Dichter, die immer wieder den See, die Insel, die Abendglocken und die verträumte Nonne besingen, schwirrt vergnüglicher Spott hin und gibt ihnen ein

Rezept zu einem feinen Chiemseegedicht.

So ain Fremdling anhero kumbt und benebst Essen und Trinken auch derer edlen Dichtkunst pflegen wollt, für denselben han wir ain Rezeptum zusamb gestellt, so daß hinfüro jeden, auch wann er nur kurz verweilet, möglich sey, nit nur kaine Schulden, sondern ain Poem zu hinterlassen. Hiezu nimmt man folgende Reyme:

Glut – Flut (stets zu verwenden)
See – Weh (oder auch: Wasserfee; Tee hingegen vermeiden)
Fische – Tische (oder wan's nottut: Frische)
Linde – empfinde (oder: Abendwinde)
Gemäuer – ungeheuer (oder: Feuer)
Insel – Pinsel (oder, was auch gut: Gewinsel)

Strand – Rampenwand (oder: allerhand)
Frauenwörth – unerhört (vielleicht auch: herzbetört)
Turm – Wurm (auch Sturm brauchbar)
Abendglocken – locken (Socken und Brocken nicht gut)
Sonne – Nonne (letztere mit Vorsicht zu verwenden!)
Wellenschaum – Traum (ev. Baum und: kaum).

Von diesen Reymlein nimm etwan ein acht oder zwölf Stuck, quirle selbige gut durcheinand oder laß sie von einem Kuchelmensch durcheinandrühren, setz noch etliche Wörtlein aus dem eigenen hinzu und das Poem ist fertig. *Probatum est.*«

Dies Rezept scheint denn auch unheimlich oft ausprobiert worden zu sein, denn auf einer der nächsten Seiten zeigt ein erschütterndes Bild, »Der wild gewordene Pegasus«, wie das Dichterroß wütend nach allen Seiten ausschlägt, während eine drollige Randleiste die unzähligen und immer wiederkehrenden Verfehlungen gegen das Versmaß glossiert. Aber neben dem Spott gibt's auch allerhand kleine Kulturkuriosa, deren Erläuterung beweist, wie die Verfasser dieser Inselbücher auch im Kleinen das Große und den Zusammenhang mit dem Ganzen zu erfassen verstanden. Da werden zum Beispiel neben die uralten Lindenbäume der Insel achtzehn junge Linden gepflanzt und sogleich widmet der Chronist sie und ihre Zukunft »den Enkeln«, ohne Aufdringlichkeit, ohne Tendenz, nur in sanfter und selbstverständlicher Resignation sich und sein Geschlecht mit den alt gewordenen Linden vergleichend:

»Wenn nun in absehbarer Zeit auch die jetzt noch hochragenden Bäume in morscher Kraftlosigkeit zusammenbrechen, so ist ein rüstig jung Geschlecht bereit, die ruhmvolle Erbschaft anzutreten.« Ungefähr zu derselben Zeit veranlaßt Meister Raupp, daß der letzte Einbaum des Chiemsees in das Münchner Nationalmuseum überführt wird und der Chronist sendet dem letzten Nachfahren der ersten Seefahrer diesen schalkhaften Ruf nach: »Seynt nämlich in selbiger Zeit die Ainbäum ausgangen und hat derohalben der bemeldete Meister Raupp den schönsten Einbaum, so noch vorhanden gewest, in Sicherheit bracht und in ain Museo verborgen, damit die Maler noch nach tausend Jar Ainbaum malen mögen, so vil sie gelüstet.«

Über vierzig Jahre hatte es gedauert, bis der erste Band der Chronik gefüllt war. Das Eilmarschtempo der neuen Zeit durchraste den zweiten in vier, den dritten in drei Jahren, – dann entsank die Feder der Hand des Chronisten und Max Haushofer fuhr als ein todkranker Mann nach Süden. Ein halbes Jahr später brachte ihn nicht das Dampfschiff, sondern das blumenüberschüttete Trauerboot nach der Insel und sie betteten ihn auf dem wundersam stimmungsvollen, kleinen Friedhof neben der Kirche, wo ihn schon die »Meerfräulein« erwarteten, die einst als fröhliche Bräute mit seinem Vater und dem Meister Ruben davongezogen waren, und der Meister Ruben dazu. Damals schrieb Wilhelm Jensen dem toten Freund als Nachruf in die Chronik:

»So stiegst auch du nun zu den Schatten nieder,
Der diesem Buch mit reicher Phantasie
Ein halb Jahrhundert lang den Halt verlieh.
Es war dein Werk: die Bilder und die Lieder
Von dir durchwoben es, gleichwie der Flieder
In jedem Jahr des Frühlings Poesie
Zurück hier bringt. Zur Blüte neu gedieh
Er jetzt; du aber siehst ihn nicht mehr wieder.
Als Letzter nun aus jener fernen Zeit,
Die unsres Lebens Frühling hier begonnen,
Gedenk ich deiner heut und im Geleit
Der Jugend Sonnentage, die verronnen,
Stumm auf den alten Wegen geht zur Seit'
Dein Schatten mir, sich noch mit mir zu sonnen.«

Inzwischen hat sich auch Wilhelm Jensen auf dem Friedhof der Insel zur Ruhe gelegt, und wenn er auch nicht der allerletzte aus der großen Zeit Frauenwörths war, wenn auch noch dieser und jener Name hellen Glanz über die Insel breitet, wenn auch noch öfter eifrig in den neuen Band der Chronik hineingekritzelt und hineingezeichnet wird, so schließen die Bücher der Insel doch in Wahrheit mit dem schönen Epilog Wilhelm Jensens ab. Die neue Generation, die heute über die Insel hintost, weiß nichts mehr von der alten und von dem fröhlichen Geist, der damals hier herrschte. Was sie heute da draußen Fröhlichkeit nennen, ist ja meist nichts anderes als Bohèmetum ohne Witz und ohne künstlerisches Gepräge. Und wenn die großen Dichter, die großen Dichter von heute im neuen Wirtshaus sitzen, dann schreiben sie großspurig nur ihre Namen ein und bedenken nicht, daß sie in fünfzig Jahren der Nachwelt ebenso gleichgültig sind, wie der Herr Müller oder Meier, von dem der Chronist in seiner Mahnung an den Leser spricht. Ein anonymer Spaßvogel hat solche Großspurigkeit ganz amüsant glossiert:

»Vier Herren wollten geistreich sein,
's fiel ihnen leider gar nichts ein.
Da dachten sie: wozu studieren?
Schon unsere Namen imponieren.«

Das Verschen ist ja recht hübsch, aber schließlich ist sein Geist nur die Dürftigkeit oder der Geiz der anderen. Die alten Bücher der Insel aber lebten von der Phantasie und der Laune der Menschen, die sie schrieben, und darum eben gingen sie an dem Tag zu Ende, an dem die alte Generation versank. Eine Generation, die auf der geliebten Insel so primitiv gewohnt und gelebt hatte, wie's heute kein Ladenjüngling mehr täte, die aber so reich war an Einfällen und Humor, daß sie jahrzehntelang Schätze verschenken konnte, ohne arm zu werden.

Die Toten von Baumburg

Wo die blaue Alz die sanften Arme öffnet, um die etwas temperamentvollere Traun zu empfangen, und ihr einen schönen Gruß vom Chiemsee zu sagen, steigen auf einem langgestreckten Hügel, weiß und mächtig, gefürstet von einem halbverblaßten, gigantischen Wappen die weitläufigen Mauern von Baumburg empor. Wohl an tausend Jahre saßen hier streitbare und gelehrte Pröbste, bis das Kloster zu Anfang des neunzehnten Jahrhunderts ein ziemlich alltägliches Klosterschicksal erlitt, – die Säkularisation. Umso ungewöhnlicher ist die Geschichte seiner Geburt: es wurde nämlich nicht, wie man bei einem Männerkloster annehmen sollte, von einem Mann gegründet, sondern von einer Frau, der Gräfin Adelheid von Marquartstein. Der wurde ums Jahr 1100 herum der junge Gatte von Mörderhänden erschlagen und auf dem Totenbette schenkte er seinem Weibe Marquartstein und all' seine andern Güter unter der Bedingung, daß sie einen Teil davon ehestens zur Stiftung der Margaretenkirche mit Kloster Baumburg verwende. Die gute Adelheid gelobte schluchzend alles was er wollte, aber es ging ihr nicht anders wie es vielen jungen Witwen geht. Nach einiger Zeit heiratete sie zum zweiten Male und nach wiederum einiger Zeit zum dritten Male und bei so vieler und vielerlei Liebe und Eheglück geriet der Marquartsteiner samt seinem frommen Gelöbnis etwas in Vergessenheit. Wenn man aber beim dritten Gatten angelangt ist, dazu vielleicht merkt, daß in der Ehe nicht immer alle guten Dinge drei sind, auch nicht immer das Beste zuletzt kommt, dann denkt man mitunter recht gern und wehmutsvoll zurück, wie nett und lieb der allererste Mann gewesen ist, und wenn's dann gar noch ans Sterben geht, dann fällt einem vielleicht siedheiß ein, daß man ihm allerlei schuldig geblieben ist. Der heiratsfreudigen Adelheid scheint es wenigstens so ergangen zu sein, denn das Versprechen, das sie einst an einem Sterbebett gegeben hatte, gab sie nun auf ihrem eigenen an den dritten Gemahl weiter, war aber klug genug, ihn gleich mit einem Eid zu binden, wahrscheinlich weil sie aus eigenster Erfahrung wußte, wie leichtfertig sonst mit Versprechungen umgesprungen wird ...

Der Witwer scheint im Augenblick weder Liebes- noch Ehegedanken gehabt zu haben, denn Kloster Baumburg wurde nun schleunigst, ohne süße Verzögerung gegründet und der Witwer erwies sich sogar als Galantuomo, ließ der Frau Adelheid, die doch wahrlich an dieser Gründung wenig teil hatte, einen schönen Grabstein setzen, auf dem sie wie eine echte Stifterin das Modell der Baumburger Kirche, in der sie begraben liegt, in der Hand trägt ... Ihr Schleppengewand und der Schleier, der ihr Kinn und Stirne verhüllt, sind fein gemeißelt, und sie macht ein gar liebes und etwas resigniertes Gesicht, so als ob ihr das Kirchenmodell und vielleicht noch manch andres zu schwer gewesen wäre: »Da hat man nun drei Männer gehabt, aber wenn's ans Tragen geht, hilft einem keiner!« Alte, prächtige Grabsteine sind überhaupt der Reichtum Baumburgs, ein Reichtum, der selbst in dieser an den Chiemgau grenzenden Gegend auffällt, der ja ganz durchpflügt ist von Totenkult und von wertvollen Andenken des Todes. Die Wände der Kirche, der Sakristei und des Pfarrhofs können all die steinerne Pracht kaum fassen, aus der mit rätselvollem Wappengetier, Hermelin und Pfauenfedern alte Geschlechter uns grüßen, deren Schilde längst zerbrochen sind. Namen tönen an unser Ohr, die wie Fanfaren klingen und doch nichts mehr bedeuten, nur eine ganz kleine, rötliche, viereckige Marmorplatte weckt persönliches Interesse; sie gehört einem mittelalterlichen Dichter, Herrn Poissel aus Raschenberg, und deutet den erhabenen Beruf ihres Inhabers durch ein Lorbeerkränzlein an, unter dem der rötliche Stein fast wie eine lebendige Dichterglatze aussieht ...

In der Gruft des längst ausgestorbenen Geschlechts der Törring von Stein aber ruht ein Gast, von dem sie im Leben wohl wenig Freude gehabt hatten. Herr Heinz von Stein ist's, der berüchtigte Buschklepper, der im benachbarten Schloß Stein hauste, den Kaufleuten ihre Waren, den Mädchen etwas Besseres abnahm ... Seinen Grabstein fand man vor Jahren, als in der Brauerei (Baumburg ist natürlich längst eine Brauerei geworden!) gebaut und Boden ausgehoben wurde. Unter vielen andern Grabsteinen und Särgen lag er, aber man erkannte ihn doch schnell, weil der Mann auf dem Grabstein nicht nach Art toter Ritter sein Schwert in gekreuzten Armen hielt, sondern es neben den schlaff herabhängenden Händen liegen hatte, die auch im Tode nicht das Zeichen des Heils beschreiben durften. Schändlich hatte er gelebt und war im Kirchenbann gestorben, die Jahrhunderte aber hatten Schuld und Fehle doch so weit getilgt, daß sich nun die geweihte Türe vor ihm auftat und er in die Totenkammer der Törrings einziehen durfte. Wüßten sie's, so wären sie, wie gesagt, nicht entzückt und auch ihm wäre sicher nicht wohl zumute unter lauter so anständigen, gottesfürchtigen Leuten, aber auf der Fahrt in die Ewigkeit kann man sich die Gesellschaft ebensowenig aussuchen wie im Sonntagszug ...

Die Kirche von Baumburg ist eine ziemlich banale, mäßig renovierte Renaissancekirche, in der jedoch das Blatt des Hauptaltars sowohl durch seinen Farbenreiz und seine Lebendigkeit auffällt, wie auch durch den Vorgang, den es versinnbildlicht. Nicht ein religiöser, sondern ein ganz menschlicher Vorwurf liegt ihm zu Grunde: ein köstlich frisiertes Ehepaar hebt dankerfüllt einen Säugling zu effektvoll geballten Wolken empor, von denen Maria mit den himmlischen Heerscharen niederblickt auf die entzückten Eltern, während im Hintergrunde die Silhouette von Baumburg sichtbar ist, zu dem Bresthafte und Kranke pilgern. Die Legende wollte wissen, daß dies Bild von Ludwig XIV. von Frankreich gestiftet worden sei, als ihm nach langer kinderloser Ehe endlich der Thronfolger geboren wurde; aber ich dachte mir gleich, daß diese Sache nicht stimmen konnte. Erstens lieferte die Frau des Sonnenkönigs den Dauphin so pünktlich ab, daß noch mehr Pünktlichkeit nur peinlich gewirkt hätte, und zweitens braucht man von Paris nicht gerade an die Alz zu wallfahrten, wenn man in Thronfolgernöten ist, sondern findet auch im eigenen Land eine Votivkirche. Und noch ein drittes, nicht zu übersehendes Moment spricht gegen die Legende: nie, gar nie hätte sich der Sonnenkönig so sorglos, ja schlampig hingekniet wie der hohe Herr auf dem Altarbild; er hätte immerfort gewußt, daß ganz Europa auf seine schönen Waden blickt und hätte mitten im heißesten Dankgebet versucht, die himmlischen Heerscharen durch eine elegante Beinstellung zu faszinieren. Der Herr, der so dankbar und wurstig kniet, ist also nicht der Sonnenkönig, sondern der Kurfürst Max Emanuel von Bayern, der damals in seiner Vaterfreude nicht ahnen konnte, wie wenig Glück dem Kinde beschieden sein sollte, das er da so dankbar zum Himmel hebt. Vielleicht ist dies gemalte Wickelkind der spätere römische Kaiser Karl VII., der mit Schande und frühem Tode büßte, daß er die Krone der jungen Maria Theresia angetastet hatte, vielleicht aber, ja wahrscheinlich ist das Baby der arme kleine Josef Ferdinand, der schon in der Wiege die Anwartschaft auf den spanischen Thron bekam und daher sehr früh starb …

Wäre er zu Jahren gekommen, so wäre Spanien bayerisch geworden und es läßt sich gar nicht ausdenken, wie schön das geworden wäre! Wir hätten auch am Ebro die alten Klöster in Brauereien umwandeln können und die spanische Grandezza durch bajuvarische Grobheit sänftigen, – aber es hat nicht sollen sein! Spanien hat eben seit dem Abfall der Niederlande kein Glück mehr, trotz seiner beneidenswerten Valuta …

Jahrhundert auf Jahrhundert war über Baumburg hingeweht, da, als man das Jahr 1800 schrieb, erschollen in seinen weißen Mauern grausige Schreie, herzzerreißendes Stöhnen und unaufhörliche, hastig gemurmelte Sterbegebete. Die alten Mauern, die doch viele Fehden der alten rauflustigen Zeit mit angesehen hatten, wollten wanken vor Schreck über all die arme, zerschossene, fiebernde Jugend, die man von Altenmarkt her in das zum Lazarett umgewandelte Kloster getragen hatte. Ihrer Tausende lagen hier, die bei Hohenlinden mit oder gegen Moreau gekämpft hatten und die in allen Schmerzen und aller Verzweiflung doch noch auf das Leben hofften, wie die Jugend immer auf das Leben hoffen muß, auch wenn es sie noch so oft narrt. Die jungen zerschossenen Kriegsleute narrte es hier zum letzten Mal: im Lazarett brach der Typhus aus, mordete sicherer und schneller als Kugeln und Granaten. Der Friedhof von Altenmarkt wäre viel zu klein gewesen, um all die Leichen zu bestatten; da trug man ihrer zweitausend nach dem stillen Buchenhain, der sich zu Füßen des Klosters schmiegt. Unter grünen Wipfeln bettete man sie im grünen Rasen, Österreicher, Bayern, Franzosen. Was verschlug es jetzt noch, ob sie im Leben einander »Erzfeind« oder »Waffenbruder« genannt hatten, wer wußte jetzt noch, wer sie gewesen und was sie gewollt hatten!? Nichts wußte man, als daß sie ihr junges Blut für einen Gedanken geopfert hatten und daß immer verehrungswürdig bleibt, wer für einen Gedanken kämpft und stirbt, gleichviel ob dem Gedanken Sieg oder Niederlage beschieden ist. Und weil jeder von ihnen so etwas wie ein Held gewesen, brauchten sie gar keine ruhmredige Grabschrift und keinen protzigen Grabstein, sondern ließen sich's an einem schlichten, schwarzen Holzkreuz genügen, das sich über der Ruhestätte eines jeden erhob. Unangefochten und verträumt lag der kleine Waldfriedhof wohl an hundert Jahre da; seine Gräber sanken ein, seine Kreuze vermorschten, verwehten, aus smaragdener Domkuppel sangen die Vögel süße Lieder von Liebe und Frühlingslust über die Toten hin. Eine kleine Kapelle war am Saume des Buchenhains errichtet worden, in der man alle Jahre ein Hochamt hielt, nach dessen Schluß weißgekleidete junge Mädchen Blumen und Kränze auf die versinkenden Gräber legten. Einfach war dies alles, herzlich und schön und hätte immer so bleiben sollen. Da aber kam irgend ein Verein auf die unglückliche Idee, diesen Ort zu »ehren« und »würdig umzugestalten«. Zu diesem Zweck rissen sie die alten Holzkreuze aus den Gräbern und lehnten sie an die Wand der Kapelle, wo sie armselig, wie erfrierende Kinder dastehen. Setzten dafür vor und hinter die Kapelle drei geschmacklose Denkmäler aus Sandstein für die Toten von Hohenlinden und die vom Jahr 1870/71, und haben es denn auch fertig gebracht, daß jedem, der den Waldfriedhof früher kannte, das Herz wehe tut, wenn er ihn heute wieder betritt. Ein wahres Glück nur, daß die Spender der drei Sandsteindenkmäler nicht zu den Kreuzen auch die Buchen haben ausreißen können und an die Stelle einer jeden ein Denkmal setzen! So ist wenigstens die smaragdene Domkuppel mit den gefiederten Chorsängern unberührt geblieben, und ein andächtiges Herz mag hier immer noch bei süßem Vogellied dem Zauber der Vergangenheit nachhängen, der um den grünen Rasen und seine jungen Schläfer spinnt …

Heinz von Stein

An einem schönen Herbsttage frischte ich eine alte Bekanntschaft wieder auf. Im Allgemeinen soll man solche Auffrischungen vermeiden, denn die Menschen sind inzwischen immer älter, s e l t e n aber netter geworden und man kann sich diese peinliche Konstatierung gegenseitig nur zu deutlich vom Gesicht ablesen. Doch der alte Mann, den ich wiedersehen wollte, war ja kein gewöhnlicher, sondern ein außergewöhnlicher Mensch, und meine erste Begegnung mit ihm lag weit, weit zurück! In früher Kinderzeit war er mir zuerst erschienen, in jener Zeit, da der Mensch, auch wenn er reist, doch nicht reist, sondern gereist wird und sich also auf seine Eindrücke in keiner Weise verlassen kann. Nach Jahrzehnten wollte ich Herrn Heinz von Stein wiedersehen, wobei ich aber gleichzeitig bemerken muß, daß m e i n Stein gar kein berühmter Stein ist. Man dankt ihm weder Preußens Wiedergeburt, noch eine moderne Weltanschauung, auch war er nicht mit der Geliebten Goethes verheiratet. Im Gegenteil! Mein Herr von Stein baute nicht auf, sondern verwüstete, und seine Weltanschauung bestand darin, daß er anderen Leuten ihr Geld und ihre Frauen wegnahm, woraus klar hervorgeht, daß er weder zu Berlin, noch zu Weimar in irgend einer Beziehung steht. Er lebte so ums Jahr 1300 herum auf seinem Felsenschlosse Stein, zu dem ich, wie gesagt, einmal gereist worden war und von dem mir die Erinnerung langer, unterirdischer Gänge, schrecklicher Felskammern und eines tiefen Brunnens grausig im Gedächtnis geblieben war. Besonders den Brunnen konnte ich nie wieder vergessen, denn in ihn ließ, so hieß es, der Ritter, jeder Ethik bar, die Mädchen werfen, deren er überdrüssig geworden war. Dem Kinde war dies alles unsäglich greulich erschienen, im Lauf der Jahre waren aber die Eindrücke doch etwas abgeblaßt und da heimatliche

Schönheitssucher mir immer wieder beteuerten, dass Schloß Stein zum schönsten gehöre, was man sehen könne, entschloß ich mich also, Herrn von Stein an der Traun zu besuchen.

Stein ist von zwei Seiten her gleich unbequem zu erreichen. Entweder man verläßt den Schnellzug München-Salzburg an der Station Traunstein und benutzt eine verträumte Lokalbahn, oder man fährt von Seebruck am Chiemsee mittels eines Wagens durch das wellige, von schönen Waldbäumen bestandene Gelände der stillen, blauen Alz, die sich in Altenmarkt sogar zu einer Art Wasserfall steigert. Aus tiefen Obstgärten tauchen weiße, behäbige Bauernhöfe auf mit grauen Holzaltanen, auf denen eine wilde Blumenpracht in roten, gelben und violetten Flammen brennt, indes um Tannen und Buchen das sinkende Jahr schon einen leisen, goldbraunen Schimmer breitet. Es ist, als ob ein heißgeliebter Mensch zu langer Trennung von uns gegangen wäre: man spürt noch seinen Händedruck, seine Küsse und muß weinen, weil man sie noch spürt ...

Ziemlich unvermittelt steigt dann am Ufer der Traun ein jäher Felsrücken empor, der ein mächtiges Kastell trägt. Man ruft zuerst erstaunt: »Aha, Schloß Stein!«, merkt aber gleich, daß man hier nicht im Singular sprechen darf, dieweil dieser Felsrücken drei Schlösser trägt und so gleichsam einen kunst- und kulturgeschichtlichen Abriß in Lapidarschrift darstellt. Hoch droben, von Buchen- und Lindengrün umwoben, stehen Mauern und Türme, die noch der Römerzeit gehören, während im Bauch des Felsens, in unterirdischen Gängen und Schlupfwinkeln, Herr Heinz sein romantisches Raubritterdasein führte. Weil aber in Bayern jegliches Schrecknis gar lieblich durch Hopfen und Malz überwunden werden kann, blicken Rom und Mittelalter auf eine Brauerei herab, die einem adeligen Gutsbesitzer gehört. Leider hat er sich neben der tröstlichen Brauerei auch ein ganz modernes Schloß bauen lassen, ein Schloß mit rosenfarbenen Mauern, schneeweißen, verschnörkelten Säulenkapitälen, bei dessen Anblick einem eine Erinnerung an langverklungene Zeiten aufsteigt: an Erdbeercreme mit aufgespritztem Schlagrahm ...

Während ich auf den Kastellan wartete, der mir das alte Schloß zeigen sollte, erstand ich ein kleines, zum Verkauf ausliegendes Heftchen »Heinz von Stein, der Wilde genannt, als Mädchenräuber und kühner Raubritter nach dem Leben geschildert«. Ich habe für Bücher mit verlockenden Titeln schon viel mehr gezahlt als für dies kleine Heftchen, aber keines hat mir mehr Spaß gemacht und mich dem Helden, den es schildern wollte, näher gebracht, als dies kleine, mit Heinzens Bildnis geschmückte Büchlein. Wie anschaulich und markig malt der unbekannte Verfasser schon die äußere Erscheinung seines Ritters:

»Die Natur hatte seinen wilden und leidenschaftlichen Charakter in seinem Gesicht bezeichnend ausgedrückt, indem sie ihn mit zwei Eberzähnen begabte, die aus dem Unterkiefer herausgewachsen waren und die Oberlippe derart bedeckten, daß sie seiner ohnehin unheimlichen Physiognomie einen unheimlichen Ausdruck verliehen. Sein kolossaler Körperbau paßte zu seinem Gesichte, und das struppige, borstige Bart- und Haupthaar zeigte nur zu deutlich an, daß er kein Mann des Friedens war. Die dunklen, schwarzen Augen, aus denen ein zügelloses Leben hervorschimmerte, verbunden mit einem fürchterlichen Schnurrbart, der unter seiner Adlernase thronte, gaben seinem Antlitz die größte Ähnlichkeit mit einem blutgierigen Ungeheuer, das jeden zu verderben droht, der in dessen Nähe kommt.«

Obwohl ich die Ansicht des Verfassers, den Schnurrbart als Symptom der Blutgier anzusehen, nicht teile, las ich doch mit wohligem Gruseln weiter und hoffte schon auf der nächsten Seite ungeheuerliche Schandtaten von dem Manne zu vernehmen, der noch keinen geschickten Zahnarzt zur Verfügung gehabt hatte, um sich seine Eberzähne (wahrscheinlich waren es nur Überzähne!) reißen zu lassen. Es wird allerdings von Plünderung, Erpressung und Mädchenraub berichtet, aber das Ganze scheint sich doch in ziemlich harmlosen Grenzen bewegt zu haben:

»Mit Schmeicheleien und zärtlichen Reden pflegte sich der Ritter Heinz nicht viel abzugeben. Er umfaßte kurz und gut jede der schönen, zartgebauten Jungfrauen mit seinem Arm, dessen Kraft auch der stärkste Mann nicht zu widerstehen vermochte und (hier stockt vielleicht dem Leser der Atem, aber ganz umsonst!) brachte jeder einen herzhaften Kuß bei, worauf er mit seiner ganzen wilden Schar ob ihres fruchtlosen Sträubens und ängstlichen Wesens in ein helles, langanhaltendes Gelächter ausbrach.«

Na, wenn in der Burg weiter nichts passierte als »ein herzhafter Kuss«, dann hat der Herr Heinz seinen schönen schlechten Ruf ganz umsonst bekommen …

Doch es kommt noch anders. Der kußfreudige Ritter hatte auf dem Meierhof von Trostberg ein unsäglich schönes Mädchen gesehen, das nicht auf den üblichen Sammelnamen Maria oder Anna hörte, sondern höchst zeitgemäß Waltraut hieß. Natürlich raubte er sie, schleppte sie auf sein Schloß, wo er ihr ein besonderes Gemach zur Wohnung anwies. Auch in diesem Fall scheint er sich zunächst recht *comme il faut* betragen zu haben, schickte nur seinen Lieblingsdiener Kunz zu ihr: »er brachte das Frühstück und meldete den nahenden Besuch seines Gebieters. Ersteres verschmähte sie, ob des zweiten fiel sie in Ohnmacht.« Da die junge Dame nicht frühstücken mochte und man mit leerem Magen bekanntlich recht unangenehm ist, so machte sie, als sie aus ihrer Ohnmacht erwachte (die wahrscheinlich mit dem leeren Magen im Zusammenhang stand!), dem Ritter einen furchtbaren Trara, bei dem Heinz aber seltsamerweise gar nicht grob wurde, sondern Axiome prägte, als wäre er ein moderner Überdichter. So antwortete er der Waltraut auf ihre larmoyanten Auslassungen über die Gesetze der Ehre und des Vaterlandes: »Ich kenne diese Gesetze des Wahnsinns, von albernen Greisen entworfen und von Kahlköpfen gepredigt, die Schnee in den Adern und Eis in den Lenden haben, Halbmenschen und Zwerge des Menschengeschlechts.« Außer solchen und ähnlichen Redensarten fällt ihm aber auch gar nichts ein, nicht einmal das nächstliegende, und darum verläßt er das Gemach der Jungfrau, – ich glaube, diesmal ist sogar der herzhafte Kuß unterblieben. Dagegen vertiefte er sich in ein Gespräch mit Kunz, der offenbar in der Kunst, mit Damen umzugehen, ebenso unerfahren ist wie sein Gebieter und darum zu der betrüblichen Erkenntnis gelangt ist: »Mein Herr, jungfräuliche Ziererei ist im Bayerlande wahrer Ernst. Du hast noch keine Gelegenheit gehabt, solche Jungfer in dieser Beziehung kennen zu lernen, wie ich sehe. Dies Geziefer ist wild und unbändig wie ein angeschossener Eber. Sieh diese Narbe hier! Das war eine Wunde, die mir ein so unwirsches Ding in München beigebracht hat, als ich sie meiner Liebe überführen wollte. Ritsch, war sie mit einem Messer bei der Hand!«

Da der rührend unerfahrene Kunz und sein nicht minder unerfahrener Gebieter von der weiblich-bayerischen Standhaftigkeit so felsenfest überzeugt sind, verfallen sie auf den ältesten Trick, der doch schon bei Tristan und Isolde so viel Unheil angerichtet hatte: sie wollen der spröden Waltraut einen Liebestrank eingeben. Leider weigert sich der Eremit, den sie um dies Hausmittel der Venus angehen, und weil Ritter Heinz allmählich nun doch fuchtig geworden ist, schreit er den Eremiten an: »Stirb denn, du alter Heuchler!« und stoßt ihm einen langen Dolch ins Herz.

Und jetzt wird der angeblich-verworfene Raubritter ganz sentimentalisch. »Schild und Speer hingen verwaist an der Wand. Ohne hineinzublicken hielt er das alte Heldenbuch voll der schönsten Geschichten und Sagen vor sich aufgeschlagen, unberührt leuchtete das liebliche Gold des duftenden Rheinweins in dem vor ihm stehenden Humpen.« Er hat zwar dem Kunz gegenüber geprahlt: »Toller Kerl, als wenn du meine Siege nicht wüßtest!«, aber da die Waltraut nichts von ihm und der Eremit nichts von dem Liebestrank wissen wollte, fällt ihm noch etwas Törichteres ein als der Liebestrank: er geht zu einer alten Jugendgeliebten, Eva, und schwärmt ihr von der Waltraut vor: »Sie ist heiter wie die Morgensonne und lieblich wie eine Venus. Sie sehen und über alles lieben war das Werk eines Augenblicks.« Und er erzählt weiter, daß sie eine »schlanke Taille« habe, und »einen schelmischen Trotzkopf« und er fleht die ältliche Eva an, daß sie ihm helfe, die schlank-schelmische Waltraut zu dem bekannten herzhaften Kuß zu bewegen …

Von dem Augenblick an, wo Eva in die Erscheinung trat, verlor der Ritter in meinen Augen jegliches Ansehen. Männer, die eine alte Geliebte nicht anbringen können, dürfen freilich nicht verlangen, daß man sie für Raubritter großen Stils hält … Ich habe darum das Buch schnell und flüchtig zu Ende geblättert und kann deshalb nicht genau berichten, was noch darin steht. Nur soviel weiß ich, daß der Ritter Waltrauts Vater umbringt, während Waltraut Befreiung durch ihren heimlichen Bräutigam, der natürlich Siegfried heißt, erwartet. »In diesem Augenblick stürzte Heinz im Nachtkleid zur Kerkertür herein.« Wenn man bedenkt, daß die Geschichte so um das Jahr 1300 spielt, ist das Nachtkleid entschieden eine bemerkenswerte kulturhistorische Erscheinung. Vielleicht aber, ja wahrscheinlich hat es gar nicht existiert, sondern ist dem Ritter nur von dem feinfühligen Verfasser schamhaft übergeworfen worden, damit der Wüstling auch in der Nacht noch recht anständig aussieht! »Ihn sehen und sich mit dem Dolch die keusche Brust durchbohren, war das Werk eines Augenblicks.« Hört man dann noch, daß der Dolch ihr von dem sterbenden Vater in die Hände gespielt wurde, wird man sich der Einsicht nicht verschließen können, daß die Meiersleute aus Trostberg »Emilia Galotti« gelesen hatten … Dann bringt Siegfried den Heinz um und darauf sich selber, aber nicht ohne vorher erfahren zu haben, daß er eigentlich zu Heinz und Eva »Papa« und »Mama« hätte sagen müssen …

Als ich in Eile auf die letzte Seite gekommen war, erschien auch der Kastellan, ein altes Männchen, das ein Bündel Späne in der Hand trug, um die Finsternis der unterirdischen Gelasse zu erhellen. Eine schwere Eisentüre tat sich knirschend auf und als sie sich hinter mir schloß, standen wir in tiefem Dunkel, das nur der rötliche Schein des brennenden Spans auf etliche Schritte Entfernung erleuchtete. Nun ging's über glitschig-hohe feuchte Felstreppen, durch schmale, gewundene Steingänge und unwirtliche Felskammern, daß man zuweilen hätte meinen können, man traversiere einen Kamin oder unwillkürlich nach Eisengriffen auslugte, die einem über die hohen Stufen etwas weghelfen sollten. Gespenstisch hüpfte das rote Flämmchen hin und her; Tageslicht drang nur spärlich durch etliche Luken und Schießscharten herein. So mangelhaft die Beleuchtung aber auch war, so genügte sie doch, um überall den regelmäßigen Quaderbau römischer Steinmetze zu zeigen, die mit erstaunlicher Geschicklichkeit Natur und Kunst zu verbinden gewußt, indem sie den rohen Fels bald zum Gang höhlten, bald als Grundmauer, bald als Deckengewölbe verwendeten, behauenes Gestein nur da anbrachten, wo die Urgestalt des Felsens versagt hatte. Die nach verschiedenen Seiten laufenden Gänge, die heute leider zum Teil verschüttet sind, hatten ursprünglich eine Länge von zwanzig Kilometer, sodaß die verschiedenen Kastelle, die hier über die ganze Gegend verstreut standen, unterirdisch verbunden waren und im Notfall durch ungesehenen Nachschub von Besatzung immer aufs Neue verteidigt werden konnten. Ein einundzwanzig Meter tiefer Brunnen, dessen Schacht in die Traun mündet und der noch tadellos erhalten geblieben ist, sorgte dafür, daß die unterirdische Besatzung niemals Wassermangel litt, diente vielleicht auch als eine Art Frachttunnel für Lebensmittel oder für Botschaften. Dies ganze zyklopische, von römischem Geist ersonnene und ausgeführte Felsnest kann von dem mittelalterlichen Raubritter nicht erbaut, sondern nur erweitert und ausgenützt worden sein, und neben diesen Offenbarungen alter Strategie und alter Meisterschaft der Baukunst kommt einem Herr Heinz von Stein mit seiner Buschklepperei und feinen Mädelgeschichten einigermaßen primitiv und albern vor …

Der Kastellan freilich schien anderer Meinung. Wies zwar immer wieder auf den römischen Ursprung der Veste hin, aber man konnte doch deutlich merken, daß sein Herz und seine Bewunderung dem Raubritter gehörten. Er sprach von dessen Greueltaten mit einer Hingebung, die etwas Jüngerhaftes an sich hatte; kein Goetheforscher kann sich mit mehr Inbrunst in die zerrissenen Socken des Olympiers versenken, als das alte Männchen in die Abscheulichkeiten des Herrn von Stein. Das Herz ging ihm sichtbarlich auf, wenn er erläuterte: »Segn's, da drin hat er die Madeln verhungern lassen, so a Stucka vierfünfhundert!« oder: »Schaun's, da draußen von dem Blutturm, da hat er's n'unterg'stürzt, bald's eahm nimma g'freut hab'n!« Und als wäre er dabei gewesen schilderte er den Tod der Waltraut und des Eremiten, wies auf einen kaum sichtbaren rötlichen Flecken an der Wand und meinte befriedigt: »Da hat'n der Siegfried abg'stochn!«, gerade als ob er eine Viertelstunde vorher dem Vatermörder mit dem gefüllten Maßkrug zugetrunken hätte ...

Dieser Heinz von Stein war offenbar für ihn, wenn nicht gerade ein Heros, so doch das, was man im studentischen Comment »ein Urviech« nennt, ein Tausendsasa, über den man sich anstandshalber nach außen hin ein wenig entrüsten muß, für den man aber innerlich doch Zuneigung hegt. So sehr hatte er sich in sein Ideal »eingefühlt«, daß er ihn wie einen modernen Junggesellen betrachtete, plötzlich in einer mäßig erhellten Felskammer behauptete: »Da hat seine Köchin g'schlafn! Möchten Sie da schlafen?« Ich war im Augenblick nicht fähig, die Sache dieser Schlafgelegenheit zu überlegen, weil mich tiefes Mitleiden mit dem toten Raubritter befiel. Wenn der sich hier auch noch mit einer Köchin abplagen mußte, dann hatte er all seine Sünden schon bei Lebzeiten abgebüßt! Eine Köchin ist ja ohnehin nur selten eine Quelle reinster Freude; aber erst im Mittelalter unter der Erde mit einer »Perfekten« zu hausen, nein, ich danke! Die wird schön geschimpft haben, wenn er einmal von der Straßenräuberei nicht pünktlich zum Mittagessen heimgekommen ist oder wenn die Trostberger Hennen zu kleine Eier gelegt haben! Und den Kopf, den sie ihm angemacht hat, wenn sie einmal wegen einer Belagerung am Sonntag Nachmittag nicht hat ausgehen können oder wenn ihr ein feindlicher Pfeil in den Morgenkaffee geflogen ist! Wahrhaftig, die Köchin wäre ein mildernder Umstand in Heinzens wüstem Leben gewesen, sofern sie nicht nur in der üppigen Phantasie des Kastellans gelebt hätte! Aber die Wirklichkeit wußte nichts von ihr und so bleibt sein Bild ohne jeden märtyrerhaften Schein, wenngleich die Begeisterung des Kastellans von Gemach zu Gemach wuchs, sodaß man aufs Neue sehen konnte, wie die Stätte, die ein guter Mensch betrat, noch über die Jahrhunderte hinaus geweiht ist ...

Als wir die letzte schauerliche Treppe erklommen hatten, tat sich abermals ein Tor auf und wir traten hinaus aus Römerzeit und Mittelalter in einen sanft besonnten Laubgang, auf den Buchen und Linden langsam goldfarbene Blätter niederstäubten. Schon kamen andere Wißbegierige heran, denen der alte Kastellan dramatisch die Mordtaten seines Herzblatts berichten konnte, mein Weg aber führte an dem erdbeerfarbenen Schloß mit den Schlagrahmkapitälen vorbei nach Kloster Baumburg, wo Heinz von Stein außerhalb der Friedhofsmauer begraben wurde, weil er im Kirchenbann starb und also wenigstens im Tod ein verfluchter Kerl gewesen ist …

Der Weg nach Altötting

Jedem frommen Bayern schlägt das Herz höher, wenn er den Namen »Altötting« hört. Man braucht sich aber deswegen nicht das ganze Land in ständig gesteigerter Herztätigkeit vorzustellen, – die Weiß-Blauen sind nicht so, wie manche Leute sie sich vorstellen und andere sie wünschen. Deswegen aber hat »Altötting« doch seinen besonderen Klang. Vor jedem Auge erscheint »Die schwarze Mutter Gottes«, das uralte, berühmte Gnadenbild, vor dem wir uns als Kinder immer ein wenig gefürchtet haben, weil es gar so schwarz war … Später haben dann die Grüblerköpfe unter uns versucht, einen Zusammenhang zu finden zwischen dem Gnadenbilde und dem König aus dem Morgenland, der anbetend vor der Krippe kniete. Noch später haben wir in jugendlicher Freiheitsrenommisterei die Achseln gezuckt. Und noch später, – heute, – da man weiß, daß auch Freiheitsrenommisterei nur eine Art Bigotterie ist, heute spürt mehr denn einer die Sehnsucht, den Weg nach Altötting zu gehen …

Wenn man ihn nicht in übertragenem Sinne geht, realistisch ausgedrückt, wenn man mit der Bahn hinfährt, soll man trachten, einen Tag zu erwischen, an dem sich Altötting gerade festlich für eine Kirchenfeierlichkeit schmückt. Die grüne Ehrenpforte aus Tannengirlanden für den Primizianten oder den Weihbischof ist just die rechte Eingangstüre für das schmucke, kleine Nest, dem allerdings die architektonische Silhouette fehlt, denn die Neuzeit hat hier nur vor den

Kirchen Halt gemacht. Gasthöfe und Wohnhäuser sind blitzblank, frisch geweißt, Überreste aus Vorvätertagen würde man vergeblich suchen. Doch in der modernen Helle der Reinlichkeit und des Freilichts sehen die bunten Ketten, Bilder, Rosenkränze, Herzen, Kerzen und Amuletten doppelt farbig und heiter aus, die eine kleine, rings um die Kirchen angesiedelte Budenstadt zum Verkauf ausbietet. Von Türmen und Fenstern grüßen die weiß-blauen Landesfarben und daneben die päpstlichen Fahnen mit ihrer faszinierenden Farbenzusammenstellung von gelb-weiß, die so goldig wirkt, daß man denkt, solch eine Fahne wäre trunken von Sonne und Tageslicht. Licht und Farbe, wohin das Auge blickt, und dazwischen die freundlichen Zeichen eines naiven Glaubens. Alle Vorstellungen von finstrem Aberglauben zerflattern in dieser Atmosphäre voll Frische und kräftiger Tönung. Liest man gar erst noch an einem großen Schild »Mechanische Krippe«, so denkt man unwillkürlich der Zeiten, da gerade das Mönchstum alle Errungenschaften der Wissenschaft und Technik treulich hütete, wenn es nicht gar selbst erfinderisch und schöpferisch voranging …

Die kleine Gnadenkapelle, die das hochberühmte Muttergottesbild birgt, ist von großem Reiz. Die kleine schwarze Holzmadonna mit ihrem Kindchen auf dem Arm ist natürlich nicht von Anfang so negerfarbig gewesen, sondern erst von den Jahrhunderten und dem Kerzenschwalm so nachgedunkelt worden. Sie hat ein liebes, ernsthaftes Mädchengesicht, nicht so süß und verhimmelt, wie andere Madonnen. Sie sieht auch gar nicht so lilienzart aus, sondern wie eine gesunde, nachdenkliche aber innerlich zufriedene Mutter, – beinahe wie die ältere Schwester ihres Kindchens. Die schweren Prachtgewänder, mit denen sie und es bekleidet sind, die edelsteinstarrenden Riesenkronen, die sie Beide tragen, scheinen diese zierlichen Gestalten erdrücken und in prunkende Götzenbilder verwandeln zu wollen. Allzu unkünstlerisch wirkt auch der silberne, zum Teil sogar vergoldete Gnadenaltar mit dem Kranz silberner Armleuchter, der ihn umfängt, mit den großen Silberherzen, die von allen Seiten auf ihn herniederschweben, mit seiner Überfülle von Kreuzen, Leuchtern, Blumen, Kerzen, Statuetten, die ihn bedrängen. Fünf mächtige ewige Lampen sprechen ein verständlich römisches Wort in das Chaos brünstigen aber stillosen Stammelns hinein: sie sollen nämlich die fünf Erdteile darstellen. Der ganze Erdkreis auf dem Altar einer Kapelle, – es ist eine uralte Melodie, die da aus dem sanften Knistern einer Ölflamme klingt …

Aus einer kleinen vergitterten Nische, hoch oben an einem Wandpfeiler, flimmern silberne und goldene Urnen: sie umschließen die Herzen der wittelsbachischen Kurfürsten und Könige. – –

Überaus anmutig wirkt die Kapelle, wenn sie von knieenden Betern erfüllt ist, über die ein breiter, heller Sonnenstrahl fällt. Dann leuchtet es ringsum auf, wie ein Strahl der Verheißung. Die silbernen Leuchter glitzern, die Kerzen brennen mit schmalen, inbrünstigen Flammen, die Papierrosen in den Altarvasen scheinen zu duften, über das schwarze Gesichtchen Marias gleitet es wie ein Zucken. Um das Haupt jedes Knieenden webt es wie ein Heiligenschein. Und man meint zu hören, wie sich in den silbernen und goldenen Urnen die Königsherzen recken in verzweifelter Sehnsucht, nur einmal, ein einziges Mal noch einen Schlag tun zu dürfen, der diese goldige Sonne grüßt …

Von außen führt um die Kapelle her ein auf gemauerten Pfeilern ruhender Rundbogengang, mit Stein gepflastert, Wände, Pfeiler, Decke mit Votivtafeln und -geschenken so dicht bedeckt, daß es von Ferne fast aussieht wie eine großgemusterte Tapete. Am Eingang liegen fünf, sechs hohe, rohe Holzkreuze, die man zuerst als Weihgeschenke betrachtet, da ja selbst auf den Watzmann solche Sühnenkreuze hinaufgeschleppt worden sind … Später erst wird einem Zweck und Bedeutung dieser Kreuze klar. Die Votivtafeln reichen weit, weit zurück, stammen sogar zum Teil noch aus dem sechzehnten Jahrhundert. Diese sind natürlich entsprechend renoviert und geben so ein recht anschauliches, mitunter unterhaltendes Bild von der wüsten Einbildungskraft und der wilden Lust am Fabulieren, die diesen Jahrhunderten innewohnten. Die Krankheiten und Gebresten, die Maria damals heilte, würden heute auf jedem medizinischen Kongreß Aufsehen erregen. Da steht ein gelahrter Doktor in Schaube und Barett entsetzt vor dem Krankenbett eines Knaben: »dem ist auf seiner zungen ain krot gewachsen.« Oder: »Barbara ain dienerin des Gräfinger weber zu Praunau ist mit großem mangl beladen gebesen, in ihr tag und nacht genagen, gebissen, groß angeschwollen, angeruft Maria, die Junkfrau, aus glüb von ihr gangen schlangen, die ain ains mans Arm lang.« Oder auch weniger seltsame Krankheit aber nicht weniger seltsame Heilung: »Magret des hans eyseleis tochter von mundraching ist bey vier jahren etwas unrichtig gewesen. Hat sie ihr brueder her gen unser frauen versprochen mit ainem gesungen lobamt. Ist su von stund an durch fürbit der mueter aller guaten zu yr vernunft kumen.«

Je weiter die Zeit voranschreitet, umso anspruchsvoller wird der Mensch, selbst an einem Gnadenort. Während frühere Jahrhunderte die Himmlische nur für die Gebreste der Menschen bemühten, soll sie sich neuerdings auch als Veterinärarzt bewähren. Alle paar Schritte sieht man gemalte Pferde, Ochsen, Kühe, Kälber, unter denen feierlich geschrieben steht: »*Ex voto*.« Fast immer kniet auf dem Bilde ein dankbares Bäuerlein und ein kindlicher Text erzählt, wie glänzend die Himmelskur gelungen ist: »eine gewiesse Person verlobte sich hierher vür kranke Pferde und Maria hat geholfen.« Daneben gibt's natürlich noch bis auf unsere Tage allerlei menschliche Anliegen, die als kulturgeschichtliche Dokumente beachtenswert sind. Da kehren z. B. regelmäßig wieder die »Peine«, d. h. Knochensplitter, die hierher »verlobt« worden sind, – zweifelsohne die Malzeichen der berühmten, beliebten Sonntagsrauferei. Da zeigt immer wieder eine Votivtafel einen, der »unschuldig« in Haft saß und dann »durch die Fürbitte Mariä« befreit wurde. Juristisch ausgedrückt heißt dies wohl soviel wie »Mangel an Beweisen«. Ein sehr inniges Familienleben offenbart eine *in natura* aufgehängte Holzhauerhacke. »Mit dieser Hacke hat ein Ehemann seine Frau auf den Kopf geschlagen. Durch Anrufung der Maria ist sie wieder gesund geworden.« Ob das arme Weib nach seiner Wiederherstellung auch den in solchen Fällen ebenfalls recht wirksamen Staatsanwalt angerufen hat? Wahrscheinlich nicht. Wahrscheinlich hat ihr das Altöttinger Wunder die Überzeugung gegeben, daß sie weiteren ähnlichen Liebesbeweisen des vortrefflichen Gatten ruhig entgegensehen darf ... Auch poetisch wird's dann und wann:

»Von einer Schmerzenswut unendlich stark,
Ward ich gepackt am Rückenmark,
Die trotzte vieler Ärzte Kunst und Müh',
Da rief zur Mutter ich und sieh',
Maria mild im Traume mir erschien,
Ich wachte auf und aller Schmerz war hin.
Der Menschen Ohnmacht draus erkenne,
Marias Macht unendlich nenne!«

Allmählich überfällt einen eine seltsame Stimmung, etwas von jenem mystischen Sinnesrausch, den Zola in »Lourdes« so meisterhaft geschildert hat. O, nicht Glauben, nicht einmal Sehnsucht nach Glauben, doch wie eine feurige Brunst schwält der Glauben der andern um einen her. Aus den fernsten Jahrhunderten, aus den abgelegensten Gegenden ertönen in diesem Rundgang hunderttausendstimmig zwei Schreie: »Maria hilf!«, »Maria hat geholfen!« Manchmal hängen die Votivtafeln so dicht übereinander geschichtet, daß nichts von ihnen abzulesen ist als dies: »Hilf!« Dies immer wiederkehrende Flehenswort macht einem schließlich den Kopf heiß und wirr. Man fängt an zu begreifen, was Massensuggestion sein kann. Die Grenzen der Möglichkeit wollen sich verschieben, das Wunderbare leibhaftig werden. Um all der unsichtbaren Hände willen, die sich hier flehend ausstrecken, um all der unsichtbaren Tränen willen, die hier strömen, wünscht, ersehnt man, daß Maria das Mirakel halten und alle Mühseligen und Beladenen seiner teilhaftig werden lasse …

Ein leises Rascheln und Schlurfen bringt einen aus transzendentalem Nebelrausch zur Wirklichkeit zurück, zu einer Wirklichkeit, die man in Jahren nicht vergißt, zu einem Bild so schrecklich, daß alle Reize des Gnadenorts davor versinken.

Die großen Holzkreuze, die vorhin an der Eingangswand lehnten, haben angefangen zu wandern. Bäuerinnen, junge und alte, haben sie sich auf die Schultern geladen, rutschen mit dem schweren Kreuz auf dem Rücken knieend, Gebete murmelnd, den Rundbogengang entlang … Wenn man es so erzählt, möchte es nur wie Brauch erscheinen, der keinen zu kümmern hat, außer den, der ihn übt; aber man muß mit eigenen Augen sehen, wie die Frauen keuchen, sich mühen, wie die Kniee versagen wollen, die gleich Füßen auf dem Steinboden wandeln sollen, wie der Rücken immer krummer wird unter der Last des Kreuzes. Manch einer hilft, wenn sie kaum mehr weiter kann, ihr Büblein oder Mädlein, indem es den Längsbalken des Kreuzes ein wenig emporhält, – kindliche Samariter neben der zu Tode erschöpften Mutter.

Doch das Grauen nimmt noch kein Ende. Jetzt merke ich, daß auf dem Steinboden eine ganz feine Rinne gezogen ist, eine Linie nur, aber unlöschlich eingeritzt. Die ist von den Knieen gezogen, die hier seit Jahrhunderten sühnend gewandelt sind, und von dem nachschleifenden Längsbalken des Kreuzes …

Entsetzt und erschüttert wende ich mich ab. Büßerinnen und Spur der Qualen werden mir zum Symbol. Ach, durch die ganze Menschheitsgeschichte zieht sich solche Spur und sühnend müssen auf ihr Völker wandeln, die gezüchtigt werden, weil sie nicht mehr von Zucht wissen wollten ... Sie erliegen fast unter der Last, die ihnen aufgeladen worden und keine Kindeshand streckt sich helfend aus, kein Gnadenbild verheißt Erlösung.

Nun scheint mir die Qualenspur Altöttings mit einem Male leicht und licht, denn ihnen, die auf ihr wandeln, werden ihre Sünden vergeben. Der Qualenweg der Völker aber ist schwer und düster und Niemand weiß, wann eine benedeite Hand sich ausstreckt und ihm gebietet zu enden.

Das goldene Rössel

Es ist kein Blutsverwandter und kein Nachkomme des hochberühmten weißen, das vor etwa zwanzig Jahren alle naiven Theaterbesucher in helles Entzücken versetzte. Es hat nicht Tausende von Aufführungen erlebt, nicht Hunderttausende an Tantiemen eingetragen, den Namen seines Autors nicht als meistgespielten Dramatiker dem staunenden Erdkreis verkündet. Es wird überhaupt nicht auf-, sondern höchstens vorgeführt, denn es ist kein Titularrössel, sondern eine kostbare Roßrealität. Trotzdem ist es auf keinem der großen europäischen Rennplätze jemals gelaufen, wenngleich sein Stammbaum älter ist als der ältester Roßfamilien. Niemals sind Wetten auf seinen Erfolg abgeschlossen worden, obgleich es als Angebinde künftigen Glücks einem regierenden Herrn von seiner wunderschönen Frau zum neuen Jahr geschenkt worden ist ... In der Einsamkeit seines Alters träumt das Rössel vielleicht noch zuweilen von jener reizenden bayerischen Isabella, die liebkosend seine Weichen gestreichelt und die ihr Schicksal nach Frankreich verschlagen hatte als Gemahlin Karl VI. Wenn das Rössel klassisch gebildet wäre und »Die Jungfrau von Orleans« kennte, würde es wahrscheinlich mißbilligend seinen klugen Pferdekopf schütteln: »Alle Achtung vor dem Herrn Geschichtsprosessor in Jena, – aber die Isabella hab ich besser gekannt als er! Die war einmal ein so süßes Prinzeßchen, daß jedem das Herz aufging, der sie ansah! Jeder hätte es begriffen, wenn ihr Mann nicht erst nach Jahren verrückt geworden wäre, sondern gleich bei der Hochzeit, – verrückt vor Glück über solch eine Herzliebste! Später freilich haben historische Mucker nicht genug Schlechtes von ihr erzählen können. Sie haben eben nicht begriffen, daß sie eine leichtlebige Süddeutsche war, blutjung, bildhübsch und nicht allzu gescheit. Ich, der ich so lange in Paris gelebt habe, weiß besser als alle, wie kompliziert es schon war, mit einem normalen französischen König verheiratet zu sein, – und nun gar erst mit einem anormalen!«

Selbst wenn man in Geschichte und Zoologie nur mäßig bewandert ist, weiß man jetzt, daß das Rössel, das ich meine, nicht von Fleisch und Blut, sondern ein Kunstwerk ist. Ein Kunstwerk, dem es nicht schadet, daß es nicht in dem an Kunstschätzen überreichen München wohnt, sondern ein wenig ländlicher, stiller, im Oberbayerischen, – in Altötting. Es verlohnt sich wahrhaftig, ihm zuliebe die Reise nach dem alten Wallfahrtsort zu machen, wenn auch nicht just mit Erbsen in den Schuhen *per pedes apostolorum*. Man kann mit der Eisenbahn die Fahrt unternehmen, die freilich weniger pittoreske Augenblicksbilder bietet als andere Strecken unserer Heimat, die aber, sofern man nur ein wenig Fantasie hat, das Schönste bietet, was eine Reise überhaupt geben kann: Illusionen. Immer bedaure ich die schulmeisterlichen Seelen, für die jede Reise nur eine Art Inventaraufnahme ist, nie aber ein dichterisches Erlebnis.

Die erste Illusion – die der behaglichen Postkutschenzeit – umfängt uns, sobald der Zug sich in Bewegung setzt. »Als der Großvater die Großmutter nahm« mag das gelbe Karriol mit dem blasenden Postillion ein ähnliches Eiltempo angeschlagen haben wie er. Auch die Gegend hat zunächst etwas Biedermäßig-Einschläferndes. Eine Ebene, die aussieht, als hätte eine ordentliche Hausfrau sie fest gescheuert und geschrubbt und in pedantischer Ordnung, sonder überflüssige Zufälligkeit, Bäume, Häuser, Kirchen aufgestellt. Alles sauber und hölzern wie aus der Spielzeugschachtel.

Nur der Name »Riem« bringt ein wenig Temperament in diese tadellose Natur. Man freut sich, da man ihn hört: für eine Sekunde stürmt das bunte Bild des Renntags an uns vorbei. Schlanke, nervöse Pferde, verhetzte Jockeis mit bunten Seidenjacken und alten, blassen Knabengesichtern. Schöne elegante Frauen in Wagen, Logen und auf Tribünen. Hier wirkliches, da geheucheltes Interesse am Pferdesport, aber überall, hier wie da, ein Jahrmarkt der Eitelkeit, eine jubelnde Daseinswonne des Einzelnen, daß auch er »mit dazu« gehört und im Triumph des siegreichen Jockeis den eigenen feiern darf …

Allmählich wird die Gegend malerischer. Ermangelte sie nicht der großen Wasserläufe, so könnte man sie mit niederländischen Landschaften vergleichen. Die zart aufgeworfenen Furchen der Äcker zeigen alle Schattierungen von braun: ocker-, schokolade-, pfeffer-, sandfarben, mit einem ganz leisen grünen Schimmer darüber, – die rührend junge Saat. Weiße Häuschen mit roten Dächern blinzeln kokett durch breit geästete Fruchtbäume, die selig in weißem Blütenschnee stehen. Spitze Kirchtürme ragen empor, und in dunkelbewaldeten Hügelzügen halbverschwindend steigen weiß und feierlich die langgestreckten Gebäude alter Burgen und Klöster auf. Die wenigsten von ihnen sind ihrem früheren Beruf treu geblieben, sondern haben sich als Kinder einer modernen Zeit erwiesen und den Beruf gewechselt. Sie umschließen Verwaltungsapparate, Erziehungsinstitute, ja eines von ihnen, beinahe das schönste, dient als Kretinanstalt. Es empfiehlt sich deshalb, nicht im einzelnen zu fragen: »Was ist dies?« oder: »Was ist dort?« Diese alten Burgen und Klöster geben eine so köstliche Illusion von primitiver Kraft und gelehrtem Frieden, daß es schade ist, diese Illusion mit den Härten einer nüchternen Notwendigkeit zu verjagen …

Immer dichter liegt der weiße Blütenschnee, immer kecker steigen die Hügelzüge in die Höhe. Ampfing, – das gibt festere Umrisse als eine bloße Illusion, weckt alte, mühselig eingeprägte Schulerinnerungen in uns auf und ein paar historische Fresken von starker Farbenglut. Zuerst fällt einem natürlich die sagenhafte Eierspeise des frommen Schweppermann ein und schaudernd frägt man sich, wie hoch sich wohl heutzutage die Kosten für »Jedermann ein Ei, dem frommen Schweppermann aber zwei!« belaufen müßten. Dann aber sucht unwillkürlich das Auge das grüne Feld ab, ob es nicht noch Huftritte und Blutspuren trägt von der mörderischen Schlacht, wo der schöne Österreicher und der großzügige Bayer miteinander rangen um das Kaiserdiadem …

Noch ein zweiter Österreicher kämpfte später auf diesem Feld und zwar mit ungleich mehr Glück als der Gefangene auf der Trausnitz. Der blutjunge Erzherzog Johann siegte hier im Jahr 1800 über die Franzosen … Den Seinen gibt's der Herr im Schlaf, – von weiteren kriegerischen Großtaten des triumphierenden Habsburgers ist nichts mehr zu melden. Er machte kein Heldenepos aus seinem Leben, sondern ein romantisches Idyll: er nahm die schöne Meraner Postmeisterstochter Anna Plochl zur Frau, lebte glücklich und zufrieden bis an sein seliges Ende. Zuweilen nur blitzten in diesem scheinbar bürgerlichen Eheglück verwegen-ehrgeizige Gedanken auf, die sich um den Sohn dieser Ehe, den Grafen von Meran, rankten. Gedanken, die nie zur Erfüllung schreiten sollten ...

In Mühldorf hat man Zeit, durch die reizenden Anlagen zu schlendern, die dicht am Bahnhof beginnen und zu Ausblicken über die Stadt hinleiten. Dies Mühldorf weckt die Illusion von verschlafenen südtirolischen Nestern, die immer noch von einer großen Vergangenheit träumen. Im hellen Sonnenglanz liegt es an einer Biegung des Inn, von den weißen Riesensträußen der Blütenbäume so verschwenderisch umstanden, als feierte es ein grandioses Brautfest. Die weiche, schwüle Luft, der man anmerkt, daß sie am liebsten um Weinreben striche, der weite, stille Marktplatz, die beinahe flachen Dächer der Häuser mahnen an südliche Sonnen. Ein finsterer alter Stadtturm, gezackt und mit Wappen geziert, möchte sich gerne aufspielen wie der Hort eines jener kleinen italienischen Gemeinwesen, die Königen und Kaisern Trotz boten. Doch hinter den weißen Hochzeitssträußen, über den renommistischen Turm weg, in die weinlüsterne Luft hinein leuchtet der Winterschnee der deutschen Berge ...

Der Zug dankt in Mühldorf in sichtlicher Erschöpfung ab und übergibt die Regierung der Linie Mühldorf-Burghausen. Sie hat das rasende Eiltempo ihrer Schwesterlinie abgelauscht und so könnte man beinahe in Tüßling aussteigen und das alte Spukschloß besuchen, das einmal eine Brauerei gewesen ist und in das sich jetzt keiner mehr hineintrauen soll, weil es drinnen geistert ... Man ermesse, was das in Bayern heißen will: eine Brauerei, in die sich keiner hineintraut! ...

Da es für die moderne Verkehrstechnik keine Entfernungen mehr gibt, schwindet endlich auch der letzte Kilometer, der von Altötting trennt. Zur festgesetzten Stunde mag man sich dann in der Schatzkammer der Stiftskirche einfinden, um unter anderen Kostbarkeiten das Kostbarste zu erschauen: das goldene Rössel.

Dies überaus reizvolle und fröhliche Meisterstück gotischer Goldschmiedekunst ist nicht weltberühmt wie das reiche Salzfaß zu Wien, das Cellini zugeschrieben wird, übertrifft es aber an Natürlichkeit und Frische der Empfindung. Ein goldener Hallenbau, von dem zu beiden Seiten feine Goldtreppchen hinführen zu einem goldenen, mit bunten Edelsteinen besetzten Haag. Darinnen thront Maria mit dem

Kinde, von kronentragenden Engeln umschwebt, knieende Heilige zu ihren Füßen. Auf einer Stufe unterhalb den Heiligen kniet Frankreichs König, der sechste Karl, in demütigem Gebet, ihm gegenüber ein Ritter, der den Helm mit der heraldischen Lilie wie ein Weihgeschenk darbietet. Unten im Hallenbau aber steht ein Page im reichen Prunkgewand aus bunter Emaille, das eine Bein weiß, das andere rot bestrumpft. Am goldenen Zügel führt er einen Emailleschimmel mit goldener Schabracke und goldenem Gehänge. Der Gesichtsausdruck des Pagen und des Schimmels ist ungemein fein, ja psychologisch erfaßt. Der Page bläht sich ordentlich in seinem Brokatwams und seiner Wichtigkeit, als rauschte schon auf der Treppe die Schleppe der schönen Dame, der er dient. Das Rössel dagegen sieht etwas mißtrauisch und übelgelaunt aus, als wollte es sagen: »Laßt mich doch daheim in meinem behaglichen Stall! Ihr zwei unterhaltet euch doch viel besser allein!«

Ein innerer Zusammenhang scheint zu fehlen zwischen der frommen Gruppe im goldenen Haag und dem flotten Stallmeister, der mit dem Emailleschimmel im Hallenbau steht. Und doch liegt in der Grundverschiedenheit der beiden Gruppen und ihrer naiv-willkürlichen Verschmelzung das Schicksal der Frau ausgedrückt, auf deren Befehl die Goldschmiede dies Kleinod ihres Kunstgewerbes fertigten.

Das Rössel, das ist die leidenschaftliche Pferdefreundin, die tollkühne Reiterin, die sich kindisch freut, als sie ihrem achtjährigen Buben auf dem Jahrmarkt zu Melun ein Schaukelpferdchen kaufen kann. Die Anbetung aber ist die bigott und bequem gewordene Königin, die ihre Wallfahrten nicht in Person macht, sondern *per procura* machen und diese geschäftsmäßige Frömmelei geschäftsmäßig buchen läßt. Das Rössel, das ist die glückselige Jugend, da das Leben vor ihr lag wie ein Rosengarten und der König so verliebt in sie war, daß sie selbst auf ihren Strumpfbändern sein Monogramm tragen mußte. Die Anbetung, das ist die Zeit der Heimsuchung, da Isabella den Gatten im Bilde zu den Heiligen flehen läßt, weil kein irdischer Arzt ihm mehr helfen kann ...

Karl flehte vergebens: die Tage der Lust und des Rössels kamen für ihn nie wieder. Isabella scheint es später zum zweiten Male verschenkt zu haben als Hochzeitsgabe an ihren Bruder Ludwig den Bärtigen, der jahrelang in Paris lebte und sich auch dort verheiratete. Er war es, der das Rössel aus Frankreich heimführte und nach Altöttlng brachte.

Da steht nun das goldene Rössel seit einem halben Jahrtausend, von vielen beguckt, von vielen bestaunt, doch so recht nach Gebühr nur von wenigen gewürdigt. Die Menschen merken gar nicht, daß über ihm noch etwas Lebendigeres, Heißeres liegt als der Nimbus des Kunstwerks: die Fröhlichkeit der anmutigen Fürstin, auf deren Geheiß es entstand. Sie überfunkelt es wie ein Sonnenstrahl, der durch Jahrhunderte glitzert. Wenn die Dämmerung in die Schatzkammern geschlichen kommt, wenn ihre durchsichtigen Hände ungezählte anmutige Täuschungen zaubern, dann meint man, das Rössel müsse mit dem Hufe scharren, der Page erröten vor Glück und Ungeduld. Und über die goldene Treppe herab rauscht die Schleppe einer schönen Dame …

Floßfahrt

Was ein Floß ist, wissen vom Hören wohl Alle, aus eigener Anschauung vielleicht nicht gar so Viele. Denn die Floßschiffahrt gedeiht nur in waldreichen Gegenden mit unschiffbaren Strömen, allwo man Holzstämme am besten und billigsten befördert, indem man sie zuerst zu einem flachen Schiffskörper zusammenfügt, mit andern Stämmen beladen stromabwärts treibt, um an Ort und Stelle das rasch improvisierte Fahrzeug wieder auseinanderzunehmen und weiter zu verfrachten.

München, vor dessen Toren schon die unermeßlichen Wälder Oberbayerns beginnen und durch das die grüne, wilde Isar rauscht, München war naturgemäß von alters her die bevorzugte Lände für die rein geschäftlichen Zwecken dienende Floßtrifterei. In neuester Zeit aber gibt es auch Vergnügungsfloßfahrten, die jedem Teilnehmer einen reizvollen und originellen Eindruck mit nach Hause geben.

Der Abfahrtsort dieser Flöße ist Tölz oder Mittenwald, ihr Ziel München; aber gleichviel von wo man den Ausgang nimmt, immer heißt es innerhalb der weiß-blauen Grenzen: »Am Anfang war der Berg.« Gleichviel aber, ob man nach dem nahegelegenen Tölz per Bahn oder persönlich per Rad schnauft, – dies schmucke Bergstädtchen lohnte sogar größere Mühe; denn schon sein ansteigender Marktplatz

(»im Anfang war der Berg«) ist eine Sehenswürdigkeit. Er ist ganz umschlossen von buntbemalten Häusern, deren Fresken zum Teil alt oder geschickt renoviert sind, zum andern Teil modern, jedoch mit soviel Geschmack an Altvätermuster angepaßt, daß man sich auf diesem weißen Platz ein paar Jahrhunderte zurückversetzt glauben kann in ein kleindeutsches Städtchen, inmitten einer Bevölkerung, die sich gar nicht genug tun kann an fröhlicher Volkskunst und Farbensinn. Und als ob die Natur selbst ihre Freude hätte an dem bunten Menschenspiel, schiebt sie, gleichsam als durch den Gegensatz wirkende Seitenkulisse, von überall her dunkle Wälder an Tölz heran. Zu Füßen der samtigen Tannen schäumt der eiskalte, eisklare Fluß und über ihre Wipfel schimmert in blauem Dust die Benediktenwand.

Eine flatternde weiß-blaue Fahne zeigt unten am Fluß die Lände an, wo das Floß seine Fahrgäste aufnimmt. Meist kommt es von Mittenwald oder Lenggries und tut hier so, als ob es nur aus purer Gutmütigkeit das Häuflein mitnähme, das seiner wartet. Da schaut man wohl erstaunt auf den weißen Sand des Flußbettes, der es an Qualität mit jedem Meerstrand aufnehmen kann. Fast ist man ein wenig enttäuscht, daß die Isar, das wilde Bergmädel, nicht nur über Kiesel und Steingeröll springt ...

Würdevoll schwimmt das Floß heran, auf dem ein paar rohe Bänke aufgeschlagen sind und das ein hoher Mastbaum ziert. Statt einer Flagge trägt dieser Mast einen Buschen aus Tannenreisern und Wiesenblumen. Primitiv und mächtig wie das Fahrzeug sind die Ruder, die es lenken. Das allererste Ruder, das je von Menschenhand geschnitzt worden ist, kann nicht primitiver gewesen sein als diese fünf bis sechs Meter lange Holzstange, die in einer gigantischen Schaufel endet. Sieht man diese Ruder untätig daliegen, hält man es kaum für möglich, daß ein Mensch unseres Körperschlags sie ordentlich aufheben, geschweige denn meistern könne; doch den Händen der Flößer gehorchen sie, als wären sie die Ruder eines leichten Damenbootes. Was sind diese Flößer aber auch für Kerle! Hochgewachsen, mit einer Brust und Schulterbreite, die jede Ententekommission in »Sicherungsgezeter« ausbrechen ließe, mit malerischen tiefbrünetten Gesichtern, stehen ihrer je zwei in Kniehose und Lederjoppe an jedem Ende des Floßes. Ganz leichthin, gleichsam nebensächlich führen sie die Ruder, nicht anders wie unsereins mit einem Spazierstock fuchtelt. Fällt während der Fahrt einmal ein flüchtiger Huschregen, spannt wohl einer von ihnen gemächlich einen Regenschirm auf, und in der einen Hand sein »Paradachl« haltend, lenkt er mit der andern gelassen sein Sechsmeterruder. Wer das nicht gesehen hat, kann sich schwer eine Vorstellung von der Komik dieses Bildes machen …

Langsam gleitet das Floß stromabwärts, das tiefgrüne Isartal entlang. Je weiter man sich von Tölz und seinen kleinen Nachbarorten entfernt, umso schöner wird die Landschaft, denn immer erhabener wird ihre Einsamkeit, immer geheimnisvoller ihr majestätisches Schwelgen, bis man schließlich träumen kann, daß man in einer jungfräulichen Gegend dahinfährt, die noch keines Menschen Fuß je betreten hat. Wald, wohin das Auge blickt, soweit seine Sehkraft reicht; Wald, Wald und immer wieder Wald. Tannen, Fichten, Buchen und Birken erklimmen wie ein gewaltiger, unwiderstehlicher Heerbann die Hügelreihen, die das Ufer der Isar bilden. Da und dort nur lassen sie ein starres Felsmassiv, eine graue Steinwand frei, als ob sich in dem gewaltigen Heerbann auch etliche Psychologen befänden, die sagten: »Kinder, zuweilen muss man auch Gegensätze heranholen! Das erhöht die Wirkung!« Hier und da sind Weiden, buschige Erlen ganz tief herabgestiegen, als wollten sie dem eilenden Floß schnell einen Gruß mitgeben an die leuchtende Stadt da unten, von der man hier nichts ahnt. Hier ragt kein Haus, hier schallt keine Glocke vom Turm, hier stapft kein Roß, hier tönt kein Wort. Wald heißt das Wesen und das Rätsel dieser Gegend, todeinsamer, urkräftiger Wald, der ahnen läßt, welchen Holzreichtum Bayern besitzt …

Langsam, ganz langsam gleitet das Floß. Diese kaum merkliche Fortbewegung paßt zu der stummen, großzügigen Landschaft, die nichts von Hast, ja kaum von Vergänglichkeit zu wissen scheint. Allmählich versinkt man in eine träumerische Dämmerstimmung, läßt sich Schwind'sche Märchen erzählen von den Sonnenlichtern, die glitzernde Goldschleier um die Tannenwipfel spinnen, und wie im Märchen atmet man die wundersamsten Düfte ein. Bald sind es Heckenrosen, die aus dem Wald herüber eine ganze Welle von Wohlgeruch senden, bald sind es Tannentriebe und Harztropfen, bald ein ganzes Feld geheimnisvoller Orchideen. Man lauscht und atmet ein und wundert sich nur, daß die Märchenprinzeß noch immer nicht erscheint, der all der Duft, all das Gold, all der Reichtum und all die Schönheit gehören …

Langsam weicht dann die Dornröscheneinsamkeit dem bunten Spiel des Lebens. Kloster und Burgen blicken jetzt von waldigen Höhen auf den schäumenden Fluß. Die beliebten Ausflugsorte und Villeggiaturen der Münchener tauchen auf, die gezackten Türme von Burg Schwaneck, wo einst fröhliche Künstlerfeste gefeiert wurden, Grünwald, Pullach, Großhesselohe und wie sie sonst alle heißen, die eine Schmuckkette des Isartales bilden. An der Lände von Maria Einsiedel findet dann die Fahrt ihr Ende, und man kann da sehen, wie Flößer, die mit einem Triftfloß ankommen, ihr Fahrzeug alsbald durch einfaches Zerlegen wieder in Baumstämme zurückverwandeln. Es wirkt ein wenig herzlos, beinahe so, als ob ein Reiter am Ende seines Rittes seinen Gaul schlachtete und transchierte. Aber schließlich ist es ja die Bestimmung der arbeitsamen Triftflöße, ihre Gestalt zu wechseln. Wird ihre Bestimmung bleiben, bis die Bändigung des wilden Bergmädels, Isar genannt, immer weiter voranschreitet und sie zuletzt zum schiffbaren Fluß macht …

Almtanz

Als ich in meiner bescheidenen Sommerfrische zum ersten Mal das Wort »Almtanz« hörte und auf primitiven Plakaten las, die da und dort angeschlagen waren, überfiel mich ein leiser Schreck. Ich dachte nicht anders, als daß Terpsichore, die uns seit Jahren so viele »Offenbarungen« geschenkt hat, schon wieder ein neues »Erlebnis« in Beinmuskeln darbieten wollte, und daß sie dem ländlichen Milieu entsprechend uns Ruh-, Mehlschmarrn- und Eierspeis-Motive choreographisch vermitteln würde … Ich überwand aber den kleinen Schreck heldenhaft und fand mich pünktlich zur festgesetzten Abendstunde vor dem Gasthaus ein, in dem der »Gebirgstrachten-Erhaltungsverein« seinen Almtanz tanzen wollte …

Das Wort »Gebirgstrachten-Erhaltungsverein« hatte mich schon etwas beruhigt. Es bot immerhin die Gewähr, daß Tänzer und Tänzerinnen beschuht und völlig bekleidet auftreten würden. Der große niedrige Saal des Gasthofs war mit Tannengrün, bunten Fähnchen, Wimpeln, Turner- und Schützenzeichen einfach und lustig geschmückt, nach Altväterweise erleuchteten ihn Petroleumlampen, die von der Decke hingen. In einer Ecke, auf einer Estrade, saß die Kapelle, bestehend aus einem Mann mit einer Ziehharmonika. Diese erhabene orchestrale Einfachheit hatte ihren besonderen Grund: die Ziehharmonika gilt nicht als »Tanzmusik« und wird eben darum gewählt, weil zur Erntezeit keine Tanzmusik stattfinden darf. Ein philologisch gebildeter Sommergast versuchte zwischen diesem Verbot und alter Überlieferung von der Heiligkeit der Ernte einen tiefsinnigen Zusammenhang aufzudecken, scheiterte aber alsbald an der gemeinen Wirklichkeit der Dinge. Die Tanzmusik ist zur Erntezeit nur deshalb verboten, weil man das »Blaumachen« der Knechte am folgenden Tag verhüten will. Das »Blaumachen« scheint dem Menschen eben angeboren zu sein, genau so, wie Hunger und Liebe ...

Der Saal ist gut gefüllt. Außen herum sitzen Sommergäste und ältere Dorfbewohner, in der Mitte treten Dirndln und Buben eben zum »Schuhplattler« an. Nein, hier wird keine Nacktkultur getrieben und keine Salontirolerei! Sie tragen alle das hübsche, landesübliche Kostüm: die Burschen die Krachledernen und Grobg'nagelten, die graue Lodenjacke und das verwegene Lodenhütel, die Dirndln dunkle, faltige Röcke, breitrandige schwarze Hüte, die zuweilen am Innenrand der Krempe reich mit Gold bestickt sind. Ernst, fast düster, würde dies Gewand wirken, wenn nicht die buntseidenen Brusttücher wären und die lichten Farbenkleckse rosenfarbener oder himmelblauer Schürzen ...

Der Schuhplattler beginnt. Norddeutsche Bundesbrüder, die ihr euch in »echt bayerischen« Singspielhallen rotseidene Röcke, spinatgrüne Hosenträger, geschminktes Lächeln, widerliches Hopsen und komödiantisches Juhuen als »echten Schuhbladla« aufreden laßt, kommt hierher und seht euch den Tanz an, wie er in Wirklichkeit ist! Mit Händepatschen und rhythmischem Aufschlagen der G'nagelten schließen die Burschen einen bewegten Kreis um die Mädchen, die sich mit in die Hüfte gestemmten Armen im langsamen Wirbel drehen bis sich für kurze Zeit jeder Bursche ein Mädchen holt und mit ihr davonwalzt. Doch kaum hält er sie, da entwindet sie sich schon seinem Arm, tanzt lachend, vielleicht mit einer neckenden Gebärde einsam weiter, daß ihr dunkler Rock sich bläht gleich einer Glocke, über der ein rosenfarbener oder himmelblauer Husch flimmert ... Nun beginnt der Bursch ihr nachzusetzen, verliebt, listig, leidenschaftlich. Er umkreist, umschleicht, umhüpft sie mit drollig-sehnsuchtsvollen Gebärden, doch immer, wenn er sich am Ziel glaubt, ist ihm die flinke

Dunkle entwischt und ein rosenfarbener oder himmelblauer Husch winkt neckend aus der Ferne …

Der Bursch läßt sich's nicht anfechten. Erwischt er sie nicht mit tanzender Kraft, so versucht er's mit fröhlicher Heimtücke. Kriecht ihr aus allen Vieren nach, wagt Blicke und Griffe, die für eine Generalsynode oder für einen Sittlichkeitsverein sicherlich den Gipfelpunkt der Immoralität darstellen würden, die aber hier, bei diesen robusten Menschen und ihrer naiven Sinnlichkeit nur heiter und unbefangen wirken. Und wenn nach Luftsprüngen, ohrenzerreißendem Platteln, Klatschen und Stampfen die Paare sich endlich vereint haben, der oder jener sein Mädel juchzend in die Höhe hebt und herumschwenkt, als wäre sie ein Glockenschwengel, dann denkt sich der Zuschauer kaum etwas anderes, als: »Gott sei Dank, sie haben sich!« und freut sich auf den nächsten Tanz, den »Haberer«.

Ich weiß nicht, ob das Wort »Haberer« in irgend einem Zusammenhang mit Haberfeldtreiben steht; jedenfalls aber ist der »Haberer« im Gegensatz zum Schuhplattler kein Tanz der Liebe, sondern ein Tanz des Hasses und wird darum nur von Männern unter Ausschaltung von Tänzerinnen getanzt. Wieder stellen sich die Burschen in einen Kreis, klatschen, springen und platteln. Dann spielt die Musik allmählich leiser und die Burschen hüpfen in ihren Grobg'nagelten so lautlos, als trügen sie Ballettschuhe an den Füßen. Wenn man's nicht gesehen hat, kann man sich schwer vorstellen, wie verblüffend die elastische Geräuschlosigkeit dieser schweren Menschen mit ihren plumpen Schuhen wirkt. Beim gedämpften Klang der Harmonika schleichen sie nun, zum Angriff gebückt, einer hinter dem andern her, entledigen sich mit spähenden Blicken ihrer Jacken und Hüte, die sie zu einem Hügel aufeinander schichten. Gleich darauf halten sie sich, je zwei und zwei, wild umklammert, erproben ihre Muskelkraft an den Fäusten und Stößen des Gegners. Die Augen blitzen, der Atem keucht; da und dort rollt ein Paar, im Ringkampf verkrallt, am Boden hin, ohne voneinander abzulassen. Andere wiederum haben die Fingerknöchel fest in die des Gegners verstrickt, reißen sich und ihn daran hin und her, daß man meinen sollte, alle Finger müßten draufgehen. Rings im Saal ist es ganz still geworden, man zittert beinahe, daß die Leidenschaftlichkeit der Darstellung die Grenze der Vorspiegelung überschreiten und Ernst machen könnte. Da spielt die Harmonika wieder lauter … Die verkrallten Finger lösen sich, die verkrampften Fäuste lassen voneinander ab, und fröhlich versinnbildlicht sich der Sieg, indem jeder »Sieger« den Unterlegenen auf die Kniee zwingt, ihm den Kopf fest niederdrückt und laut patschend die Rundung der Krachledernen mit starken Händen bearbeitet, während der »Besiegte« dazu mit den Fäusten rhythmisch auf den Boden trommelt …

Bunte Grazie liegt über dem »Bandltanz«, der friedlich anmutet nach der Wildheit des »Haberer«. Eine große Stange, von der lange, vielfarbige Bänder flattern, wird in der Mitte des Saales aufgepflanzt, Burschen und Dirndln fassen die Enden der Bänder, umschreiten scheinbar regellos, aber dennoch so bedacht die Stange, daß sie nach kurzer Zeit in einem schöngeflochtenen Bänderzopf dasteht, der durch abermaliges Umschreiten wieder in flatternde Bänder aufgelöst wird. Es gäbe noch mancherlei zu erzählen von anderen Tänzen, vom »Schustertanz«, von der »Bauernfrasäh«, vom (Verzeihung!) »Sautanz« und von allerlei hübschen und kuriosen Typen, die zuweilen an den »Rauchklub von Kraglfing« erinnern, mitunter auch mondäne Prägung zeigen; denn zwischen den echten Bauerntänzen wirbeln Walzer, Polka und Rheinländer, Burschen, Dirndln, Dorfeinwohner, Sommergäste, Kellnerinnen, kurz alles, was tanzlustige Beine hat, fröhlich durcheinander. Man glaubt gar nicht, wie hübsch es ist, wenn Terpsichore ohne jede Prätension tanzt, nur mit der Eingebung, der Lust, des Temperaments, des musikalischen Sinns und des guten Geschmacks …

Die Stadt mit dem roten Herzfleck

Wenn wir intuitive Reisekünstler sind, begeben wir uns gleich nach der Ankunft in Regensburg auf die Brücke, die über die Donau hinüber nach Stadtamhof führt und betrachten von hier aus die alte Bischofsstadt, die zwei gekreuzte Schlüssel im Wappen führt. Wie sie mit ihren mächtigen Kirchen, ihren verwitterten Türmen, ihren alten Torresten und Häusern sich dunkel vom lichten Blau des Nachmittaghimmels abhebt, gleicht sie so sehr einem Stich aus alter Chronik, daß es uns nicht Wunder nehmen würde, wenn ihre Menschen in mittelalterlicher Tracht, in schleppenden Brokatgewändern und mit geschlitzten Wämsern einhergingen. Zumeist sind wir aber keine intuitiven Reisekünstler, wissen auch von den Reizen der eigenen Heimat viel zu wenig, und darum kennen wir Regensburg eigentlich nur als die Heimat unzähliger Reichstage, mit deren Daten und Verlauf wir in der Schule geplagt wurden, ferner als die angebliche Geburtsstätte der Regensburger Knackwürste, deren Größe im umgekehrten Verhältnis zu ihrem Preise steht …

Weil man also bei der Ankunft von der Donaubrücke nichts weiß oder ahnt, besichtigt man zunächst den Dom. »Besichtigen« ist, freilich ein albernes Wort und man sollte es für Kunstwerke gar nicht anwenden, weil man Hohes nicht »besichtigen«, sondern erfassen, umfangen, erleben soll. Und den Regensburger Dom kann man in gewissem Sinn besser erfassen, erleben als manch anderen gotischen Dom, denn wenn das steinerne Filigran seiner Türme auch steil und grau in unbelebte Fernen strebt, so brandet das Leben, das geschäftige Leben des Alltags, doch bis an seine Pforten, denn um ihn her wird in den Morgenstunden Markt gehalten, so daß er sich nicht als Letzter einer längstvergangenen Zeit zu fühlen braucht, wie andere seiner Vettern, sondern immer noch lebendigen Anteil an allen Einzelheiten seiner Stadt hat. Dieser fröhlich bewegte Markt mit dem alten Dom in seiner Mitte gleicht wieder der Stadtsilhouette, die man von der Donaubrücke aus sicht, würde so gut als Schauplatz für »Faust« passen, daß man unwillkürlich umschaut, ob nicht um die nächste Ecke Gretchen oder Bärbelchen oder sonst ein armes süßes Ding biegt, das morgens zum Beten, abends zum Klatschen geht, bis es endlich selbst zum Klatschstoff wird …

Man kann in Büchern und »Führern« über den Dom viel Kunstgeschichtliches und Schönes nachlesen, und ich will ihm und der prachtvoll-mystischen Verzückungsglut seiner buntflammenden Fenster gewiß nicht unrecht tun, aber interessanter als er sind doch die romanischen Kirchen Regensburgs, wie etwa der uralte Stephansdom, der aus dem zehnten Jahrhundert, wenn nicht aus noch früherer Zeit stammt, oder das Portal der Schottenkirche, deren Namen wieder deutlich zeigt, wie die Engländer von jeher Weltbummler waren, gleichviel ob im Mönchshabit oder im Raglan. Es gibt ja gar nichts Schöneres als den freien Lebensstolz der romanischen Kirchen, und darum wirkt die Ulrichskirche, die aus dem dreizehnten Jahrhundert herkommt, ganz rührend und vielleicht auch ein wenig ärgerlich, weil sich in ihr schon der Rundbogen mönchisch einzuknicken beginnt.

Richtig gotisch ist sie noch nicht, aber auch nicht mehr rein romanisch, und so steht sie da wie ein Mensch zwischen zwei Weltanschauungen, von denen ihm die eine fremd werden will, während er sich doch mit der andern nicht herzlich befreunden kann. Aus diesem seelischen Zwiespalt hat sich die Ulrichskirche mit viel Glück gerettet, indem sie neuerdings jegliches Bekennertum aufgab und auf ihre alten Tage ein Museum wurde für römische Altertümer, die in oder bei Regensburg ausgegraben worden sind ...

Die Ulrichskirche birgt römische Kleinkunst, gewaltig aber wie von Zyklopenhand getürmt, ragt aus dem sogenannten Bischofshof die Porta Praetoria, ein nur aus ungefügen Quadern geschichtetes Römertor, das in seiner primitiven Zweckmäßigkeit und Majestät Roms Sinn und Wesen besser illustriert als ein ganzer Band Geschichte und Kulturgeschichte. Wie die Porta so als letztes Malzeichen verschwundener Größe dasteht, umsprungen und zum Teil überklettert von den erneuten Baulichkeiten des Bischofshofs, erinnert sie an die »Triumphgasse« der Ricarda Huch, wirkt trotz aller Jahrtausende lebendig, weil sie eben nicht ostentativ als »Sehenswürdigkeit« dasteht, sondern im Leben geblieben ist gleich einem alten Ahn, den junge Geschlechter umspielen. Dies ist überhaupt eine erfreuliche Linie der Silhouette Regensburgs, daß der Unterschied zwischen gestern und heute nicht durch architektonische Zaunpfahlwinke illustriert wird, sondern daß Stilgefühl und Geschmack mit Erfolg einen einheitlichen Eindruck anstreben, sodaß man Fremde in hellem Entzücken vor »alter Gotik« stehen sehen kann, die doch in Wahrheit erst zwanzig Jahre alt ist ...

* *
*

In Regensburg, der frommen Stadt, besaß in alten Zeiten jedes Haus seine eigene Kapelle und wenn diese auch heute fast immer als Waschküche, Kohlenkammer oder sonst einem profanen Zweck dient, so können sich fromme Gemüter dafür an den zahlreichen Kirchen der Stadt schadlos halten. Und weil der Klerus es aus guten Gründen von jeher gern gesehen hat, wenn die Frauen zwar in der Gemeinde, nicht aber in der Politik schweigen, so besaß Regensburg auch zwei reichsunmittelbare Frauenklöster, Ober- und Niedermünster, deren Äbtissinnen Sitz und Stimme im Reichstag hatten. Ich weiß nicht, ob sie jemals von diesem Recht Gebrauch gemacht haben und im Sitzungssaal des Rathauses erschienen sind, – aber es müßte ein hübsches Bild gewesen sein, wenn unter all die hohen und gelehrten Herrn eine Frau im fließenden Gewand, mit verschleierter Stirne getreten wäre, und sofern die Frau Äbtissin klug und schön (dies besonders!) gewesen wäre, hätten wohl auch die Männer jener Zeit nichts gegen ihr Erscheinen einzuwenden gehabt ... Jedenfalls aber ist es nicht uninteressant festzustellen, daß die neuzeitliche Frau Abgeordnete bereits einen historischen Präcedenzfall gehabt hat ...

Über dem Rathaus mit seinem gezackten, vorspringenden Giebeldach, seinem gemeißelten Steinportal und seinem Erker, von dem aus der Kaiser, wenn er zum Reichstag kam, sich dem Volke zeigte, liegt ein großer, unzerstörter Stimmungszauber, weil man spürt, daß hier alles echte Vergangenheit ist und nichts Gewolltes, Nachgeahmtes sich aufdrängen möchte. Der Saal, in dem die Reichstagsitzungen bis 1663 abgehalten wurden, wirkt majestätisch, nicht nur durch seine Größe, sondern auch durch die Schönheit seines dunklen, nur spärlich mit Gold betropften Holzplafonds, und durch die kostbare Gobelinverkleidung der Wände. Der älteste dieser Gobelins, aus dem dreizehnten Jahrhundert, stellt den Kampf des Lasters mit der Tugend dar, ein erbaulicher Gegenstand, der beweist, daß auch in grauer Vorzeit das Tugendhaftsein keine so einfache Sache war ... Ich möchte wohl wissen, was sich Kaiser Karl V. gedacht hat, wenn er während der gewiß oft recht langweiligen Reichstagsverhandlungen mit seinen mißtrauischen Augen diesen Gobelin anstarrte, und wie oft er ungeduldig mit den Fingern geschnipst oder die Goldnägel der Decke gezählt haben mag, während der Herr Dr. Eck und der Herr Dr. Melanchthon um scholastische Dinge miteinander haderten! Der Streit um die beiden Konfessionen war ja gewiß recht interessant, aber drüben im »Gasthof zum goldenen Kreuz«, wo der Kaiser abzusteigen pflegte, wartete die schöne Barbara Plumberger auf ihn ...

Ein anderer Gasthof dagegen, »Der grüne Kranz«, hat einen gottesfürchtigeren Lebenswandel gepflogen, denn in ihm wurde, da er noch ein Herrensitz der Stauffs war, der erste protestantische Gottesdienst zu Regensburg abgehalten (1541), dieweil die offizielle Toleranz erst ein Jahr später in die Erscheinung trat ...

Kaiser Karl und seine Barbara haben den im »Goldenen Kreuz« logierenden hohen und höchsten Herrschaften kein gutes Beispiel gegeben, und weil das schlechte immer gerne nachgeahmt wird, darf man wohl annehmen, daß all die edlen Herren, die den Gasthof im Lauf der Reichstage mit ihrem Besuch beehrten, nicht immer mit dem Gelübde der Keuschheit in Regensburg herumgelaufen sind. Eben darum ist es erstaunlich, daß in dieser Stadt Liebe oder galante Verschwendung gar keine bauliche oder künstlerische Kultur mit ihrer spezifischen Prägung zurückgelassen hat, daß keiner der hier lebenden und liebenden Fürsten das Bedürfnis spürte, sich oder seiner Liebsten ein hübsches Lustschloß zu erbauen. Auch die Bischöfe, die hier saßen, müssen ungleich tugendhafter oder – sparsamer gewesen sein als etwa die Herrn von Salzburg oder Passau, und darum findet man hier kein Mirabell und keine Altenau, sondern nur ehrwürdige Patrizierhäuser mit entzückenden, alten Fresken, Erkern, Fenstervorsprüngen und gezackten Giebeln. Auf stillen, weiten Plätzen plätschern verwitterte Brunnen, um verträumte Höfe laufen offene oder geschlossene Säulenarkaden, daß man meint, in einem florentinischen Hof der Mediceer zu stehen oder auch vor dem schönen alten Fuggerhaus in Schwaz. Schöner aber als sie alle sind die bandschmalen, dämmerigen Gäßchen, in denen verzwickte, winkelige Häuser so dicht aneinandertreten, daß man beinahe Angst bekommt, zwischen ihnen durchzugehen und die ein wenig an die ältesten Viertel von Paris oder Hamburg erinnern. Aber während dort die schmale, winklige Gasse ein Schlupfwinkel des Elends und des Verbrechens ist, hat man hier nirgendwo das Gefühl der Verkommenheit oder bitterster Not, vielmehr wirken all diese Gäßchen wie Kinderschuhe, denen die Stadt wohl entwachsen ist, die sie aber immer noch freundlich bewahrt und betrachtet, weil sie, da sie noch in ihnen wandelte, ein reiches, glückliches Kind gewesen ist. Und was für suggestive Namen haben all diese Gäßchen! Namen, aus denen soviel Naivität, soviel poetisches Empfinden spricht, daß jeder von ihnen wie der Titel eines Märchens oder wie ein Wort aus einem Volkslied klingt. Da schleicht ein »Fuchsengang«, stolziert eine »Weiße Hahnengasse«, prahlt eine »Blaue Liliengasse«, tutet ein romantisch-musikalisches »Posthorngäßchen«, funkelt ein »Silbernes Kranzgäßchen«, und über sie alle hinweg leuchtet der kleine Platz »Der rote Herzfleck«. In diesem Wort »Roter Herzfleck« liegt eine so nette, naive Erotik, daß man fast meinen könnte, der Kaiser Karl habe einmal in einer besonders verliebten Stunde seine Barbara so genannt oder sei so von ihr genannt worden und hätte späterhin dies Wort dem

Platz und der Stadt zum dauernden Gedenken seiner Liebe geschenkt. Es könnte so sein, aber es ist sicher nicht so gewesen, denn wenn Karl auch nur annähernd so war wie auf dem Tizianbild in der alten Pinakothek, dann ist ihm als Liebhaber sicherlich nur das unumgänglich Notwendige eingefallen und er hat keinen Schatz jemals zu erotischen Sprachschöpfungen hingerissen … Aber »Der rote Herzfleck« ist da und an dem einstigen »Gasthof zum goldenen Kreuz« spricht ein langes Gedicht von dem Sohn der schönen Barbara, von Don Juan d'Austria, und diese Symbole und Andenken verliebter Zeiten stehen der alten, sonst so tugendhaften Stadt so hübsch wie einem ernsthaften Mädchengesicht ein Schönheitspflästerchen …

Dem Astronomen Kepler zu Ehren, der hier auf dem Reichstag für den gregorianischen Kalender sprach und in der Stadt im Elend starb (wie sich's für einen Geistesarbeiter in deutschen Landen ziemt), haben die Regensburger eine Straße »Keplerstraße« genannt. Dagegen sind sie recht pietätlos gegen einen eingeborenen Sohn, den Enzyklopädisten Melchior Grimm, der im Jahre 1723 hier geboren wurde. Vergebens habe ich seinem Geburtshaus oder sonst einem an ihn gemahnenden Gedenkzeichen nachgeforscht, – die Regensburger kümmern sich nicht um ihn. Und das ist nicht hübsch von ihnen, denn er gehörte nicht nur zu den geistreichen Köpfen, die dem deutschen Geist im Ausland Ansehen verschafften, sondern war auch der langjährige Vertraute der Kaiserin Katharina von Rußland, die ihn scherzhaft ihren »Sündenbüßer« nannte, weil sie ihm alles, aber auch alles schrieb, was sie gerade tat oder was ihr durch den erlauchten Kopf ging: dass sie sich an Pfirsichen den Magen verdorben hat, daß sie ihren Sohn verheiraten will, daß ihr Lieblingshund verreckt ist, daß der König von Schweden doch lieber ihre Enkelin heiraten soll, statt einer buckligen Herzogin von Mecklenburg, daß Maria Antoinette Unrecht tut, gegen das Parlament zu hetzen, daß der schöne Lanskoi Gemmen sammelt und was sonst noch im Leben einer kaiserlichen Frau vorgeht, die viel denkt, viel will, viel liebt … Nur »Mein roter Herzfleck« hat sie dem später baronisierten Grimm nie geschrieben, denn synonyme Titel verlieh sie nur den strammen jungen Gardisten … Sie dachte in dieser Hinsicht ungefähr dasselbe, was die Regensburger mit ihrer Treue für die schöne Barbara und ihrer Gleichgültigkeit gegen den Baron Grimm ausdrücken. Nämlich: daß ein junger Mund, der hübsch küßt, liebenswerter ist als ein alter Schriftsteller, auch wenn er noch so gut schreibt …

München 1820

Vor mir liegt ein kleiner französischer Führer durch München und Umgebung aus dem Jahr 1820. Wer ihn verfaßt hat, weiß ich nicht, denn das Titelblatt verschweigt den Namen des Verfassers. Aber wenn der französische Reisende sich auch ins Dunkel der Namenlosigkeit gehüllt hat, so ist es darum nicht minder reizvoll, ihm zu lauschen und aus seiner Darstellung zu entnehmen, wie unsere Stadt vor etwa hundert Jahren aussah und wie sich ihr Wesen im Kopf eines Fremden spiegelte, der uns nicht als übermütiger Sieger, sondern als honetter und vernünftiger Mensch besuchte. Folgen wir ihm also auf seinen Wanderungen durch den Stadtplan, der freilich im Vergleich mit heutigen Stadtplänen recht bescheiden und leer aussieht, auf dem sich aber unsere gut-bairischen Ortsnamen als »Faubourg Au«, »Faubourg d' Isar«, »Luften« usw. ganz elegant ausnehmen.

Wenn der fremde Herr in München eingetroffen ist, muß er natürlich zunächst dafür sorgen, daß sein Gepäck in den Gasthof befördert wird. Das besorgt entweder der Hausknecht oder einer der Gepäckträger, die im Sommer auf dem Marktplatz (Marienplatz) zu finden sind, »aber auch die Soldaten der Garnison, ausgenommen das Leibregiment, versehen diesen Dienst und sind ob ihrer Ehrlichkeit sehr zu empfehlen. Wenn man einen Soldaten haben will, braucht man sich nur an den Korporal zu wenden«. Von den großen Gasthöfen, deren Verpflegung und Bedienung ihm ebenso viel Vergnügen bereiten, wie ihre hohen Preise ihn erstaunen; »Der goldene Storch«, »Der schwarze Adler«, »Das weiße Lamm«, »Das goldene Kreuz«, ist wohl keiner mehr vorhanden, dagegen finden sich unter den Cafés und Weinhäusern Namen, die auch dem heutigen Münchner noch wohlbekannt im Ohr klingen, wie »Café Scheidel«, »Café Schrösl«, »Café Tambosi«, ferner die Weinstuben von Eberl, Junemann und Michel, deren gute Küche er nicht genug rühmen kann. (Wir waren also damals nicht durchwegs »*boches*« und »Barbaren«!) Pensionen gab es damals freilich noch nicht, aber der fremde Herr erzählt, daß man sich durch »Zimmerstifterinnen« überall Logis besorgen lassen und es mit gemieteten Möbeln vom Tapezierer oder Möbelhändler (wie großstädtisch!) ausstaffieren kann. Mietet man ein Dienstmädchen, so geschieht es quartalweise und der Lohn beträgt für das Jahr (verhüllt euer Haupt, o Hausfrauen!) 20 bis 30 Gulden …

Sehr originell scheint die Numerierung der Häuser gewesen zu sein. Zunächst war sie fortlaufend und ferner war die Stadt je nach dem Straßenlauf in vier Viertel geteilt: Graggenauer-, Anger-, Kreuz- und Hakkenviertel, von denen jedes eine andere Farbe für die Hausnummern hatte. Graggenau war rot, Anger gelb. Kreuz grün und Hacken blau.

Das Klima hat er für einen Ausländer ungewöhnlich treffend beurteilt: »Der Winter ist kalt, das Frühjahr feucht und unerträglich, aber der Herbst ist warm und wunderschön«. Auch seine Volkspsychologie läßt sich wohl hören: »Die Münchner sind vergnügungssüchtig, aber aufrichtig, gutherzig und patriotisch. Die Frauen sind anmutig und liebenswürdig. Die besseren Stände leben wohl nicht selten über die Verhältnisse. Die wohlhabenden Bürger möchten den Luxus der Hofgesellschaft nachmachen, es wird ihnen aber nie gelingen, es ihr an erlesenem Geschmack gleich zu tun, hauptsächlich was die Damentoiletten betrifft, die hochelegant sind.« Ei, ei, Herr Namenlos, mir scheint, Sie haben schon ein wenig zu tief in die Augen einer schönen Aristokratin geblickt!

Nachdem Herr Namenlos seine Wohnungsangelegenheit in Ordnung gebracht und gespeist (wir dürfen annehmen sehr gut gespeist) hat, beginnt er Einrichtungen und Sehenswürdigkeiten in Augenschein zu nehmen. Er gibt die Einwohnerzahl auf 35,765 an und die in den Vorstädten auf 10,631, sodaß seine Wanderungen ihn nicht mehr angestrengt haben dürften, als wenn er heute etwa Salzburg oder Bamberg durchkreuzte. Zuerst schaut er sich die Kirchen an und bewundert natürlich die Frauenkirche, wogegen das Johanniskirchlein, das uns heute entzückt, keinen vorteilhaften Eindruck macht: »Die Fantasie des Architekten ist nicht von gutem Geschmack geleitet worden. Die mit Stuckornamenten überladene Kirche nimmt sich sehr bizarr aus.« Vergebens sieht er sich nach einer protestantischen Kirche um. »Obgleich viele Protestanten in München leben und eine Gemeinde bilden, haben sie noch keine andere Kirche als einen großen Saal in der Residenz, der früher zum Ballspiel diente.«

Dann erzählt er ein wenig von entgötterten oder heute verschwundenen Herrlichkeiten: vom alten Burghof, dessen Gothik ihm nicht viel sagt, von dem schönen herzoglichen Garten vor dem Karlstor, vom Palais Wilhelm, Theatinerstraße Nr. 1647, das einst den Fuggers gehörte »und das jetzt vom Herzog von Leuchtenberg und Eichstätt (dem Schwiegersohn Napoleons) bewohnt wird, bis der herrliche Palast vollendet ist, den Se. Hoheit nach Entwürfen des Architekten Klenze außerhalb des Schwabingertors bauen läßt.« Die Pinakotheken existieren noch nicht. »Die Gemäldegalerie« befindet sich in den Arkaden, oberhalb des Café Tambosi; die Glyptothek steht noch einsam da, »der Kronprinz wird ihr gegenüber eine Kirche bauen lassen, deren Plan, von Herrn Klenze entworfen, bereits genehmigt ist.« Überhaupt verschönert sich München zusehends. »Große Baulichkeiten gehen der Vollendung entgegen, die München zu einer der schönsten Städte Deutschlands machen werden. Man reißt fast alle alten Gebäude, Mauern, Türme, Wälle usw. ein, deren Massen den Gesamteindruck stören würden. Auf diese Weise hat man schon eine Reihe herrlicher Plätze gewonnen, wie den Residenzplatz, den Max Josephplatz usw. und wenn erst das bewußte Leuchtenberg-Palais fertig, die Reitschule, das Café Tambosi demoliert sind, und die Gemäldegalerie sich durch die verlängerten Arkaden bis zum neuen Triumphbogen (dem heutigen Hofgartentor) fortsetzt, dann wird der Hofgarten und zugleich die Umgebung der Residenz einen wahrhaft majestätischen, gewaltigen Eindruck machen.« Der Hofgarten mit seinen Militärkonzerten und dem harmlos, lustigen Treiben, das er dort beobachtet, gefällt Herrn Namenlos sehr und vom englischen Garten ist er so begeistert als wäre er gar kein richtiger Franzose, als hätte er nie die Gärten von Versailles und Chantilly gesehen. Ganz unfranzösisch ist er auch in seinem Drang die Bäder Münchens kennen zu lernen, deren er fünf aufzählt; darunter das Hofbad im Lehel, Wirnhierl außerhalb des Isartors und eines in Bogenhausen, deren Eleganz und Sauberkeit ihm merklich imponieren, was niemand wundern kann, der jemals französische Badeverhältnisse schaudernd erlebte … Übrigens scheint auch im alten München Reinlichkeit ein Luxusartikel gewesen zu sein, denn die Bäder im Hofbad kosten 30 bis 36 Kreuzer. Nicht genug wundern kann er sich auch über Armenpflege, Spitäler und Strafanstalten. Er steht geblendet von der Reinlichkeit, der Disziplin, der Unbestechlichkeit, die er überall antrifft. Im Krankenhaus kostet ein Separatzimmer alles in allem täglich einen Gulden sechsunddreißig Kreuzer, was Herrn Namenlos zu Entzückungsschreien veranlaßt. Im allgemeinen Saal kostet es gar nur 30 Kreuzer, während die Dienstbotenversicherung relativ hoch angesetzt ist, nämlich mit vier bis 8 Gulden im Jahr. Irrtum wäre es zu meinen, daß Spezialkliniken eine nagelneue Einrichtung seien, Herr Namenlos verzeichnet bereits das Leprosenhaus auf dem Gasteig und das Schwabinger Krankenhaus als Zuflucht für jene Krankheiten, die man einst optimistisch »galante« und später verhängnisvollerweise »geheime« nannte.

Vom Theater berichtet er: »Die deutsche Oper hat einige gute Kräfte, die zusammen mit abgeschlossenen Neu-Engagements sie wohl aus dem hinsiechenden Zustand erretten werden, in den sie durch den Tod oder Abgang mehrerer ausgezeichneter Mitglieder versetzt worden ist. Das Hoforchester steht einzig in Europa da.« Über die Theaterpreise könnte der heutige Münchner blutige Tränen des Neides vergießen: Ein Sperrsitz für die Oper kostete einen Gulden und eine ganze Loge im ersten Rang acht Gulden!

Oktoberfest und Fasching ziehen vorbei. Beim Oktoberfest gibt es einen Glückshafen, dessen Gewinne aus Strick- und Stickarbeiten, von Feiertagsschülerinnen gefertigt, bestehen. Karneval erinnert den enthusiastischen Franzosen an den damals noch berühmten Karneval von Venedig. Doch scheint auf den Maskenbällen keine überwältigende Fülle von Fantasie geherrscht zu haben: »Man sieht kaum andere Masken als Tiroler, Italiener, Schweizer, Gärtner, Fischer und Schäfer. Selten begegnet man einer allegorischen Maske, die mit sprühendem Witzwort die Einbildungskraft beschäftigt und den Geist anregt.« Er erwähnt dann, daß die Münchner am liebsten Walzer tanzen, daß der Kronprinz aus Italien einen neuen Tanz, Montferino, mitgebracht habe, und dann macht er wieder eine schmachtende Verbeugung vor seiner aristokratischen Angebeteten: »Nur bei Hof sieht man die schönen Tänze Frankreichs und Englands.«

Als praktisch-interessierter Herr besieht er auch die Industrien Münchens, die ihm sehr imponieren. Das optische Institut von Reichenbach und Utzschneider übertrifft, wie er sagt, an Feinheit und Genauigkeit des Schliffs alle englischen Fabrikate, und die Pinsel aus der Pinselmanufaktur in der Fürstenstraße Nr. 991 werden selbst in Amerika gesucht. Dagegen behauptet er, daß das Bier von Tölz besser sei als das Münchner, eine Behauptung, für die er sicherlich im Grabe keine Ruhe finden wird, sondern als friedloser Geist in Brauereien spuken muß …

Wenn er müde von Kirchen, Galerien und anderen Sehenswürdigkeiten ist, dann sucht Herr Namenlos Erholung an dem sonst bei den Franzosen wenig beliebten Busen der Natur. Zur »Umgebung Münchens« zählt er auch noch Schwabing, Bogenhausen, Haidhausen, die er als »freundliche Dörfer mit etlichen hübschen Landhäusern« bezeichnet! Aber auch weiter wagt er sich, nach Freising und Föhring (Frisingue und Vöhringen), nach Schäftlarn, von dem er weiß, daß dort die Tiere nie, und die Menschen selten krank werden, nach Grünwald, Wolfratshausen und nach »Le grand Hesselohe«, bis er schließlich in Staremberg landet, allwo er die reizendsten Nixen kennen lernt und vor Liebe verspeist. »Rengen« nennt er sie, als sei es ihm unfaßlich, daß ein so zarter Fisch mit einem harten »k« belastet sein könne. Der See weiß noch nichts von Dampfern, nur Gondeln schwimmen herum und »Schiffe, die Einbaum heißen. Vorausgesetzt, daß man sich nicht in großer Gesellschaft befindet, ist der Einbaum entschieden dem Nachen vorzuziehen. Man kann sie tageweise zu einem sehr bescheidenen Preise mieten.«

Das Königsschloß von Berg, das Echo von Kempfenhausen, die Romantik von Allmannshausen, das Kloster von Bernried und noch manch andere Reize unserer Umgebung findet der emsige Herr Namenlos mit Entdeckerfreude aus und preist sie mit einer Wärme als wäre er an der Isar geboren. »Künstler und Naturfreunde mögen ruhig statt nach der Schweiz in die bayrischen Alpen reisen, denn der Schönheit und dem Reiz dieser Gegend fehlt nichts als der hohe Ruf, dessen sie würdig wäre.« Kann man Angenehmeres über unser Land sagen? Ich glaube, daß sogar die hübsche Aristokratin, deren Tanzkünste und Toiletten diesen Frauenlob Münchens ein wenig verwirrten, mit ihm zufrieden sein kann und ihm mit einem gnädigen Lächeln ihres jungen Mundes danken darf, daß er dem alten München so viel Liebe entgegengebracht hat …

Münchner Frauen

Während das Herz der Männer von alters her in zärtliche Schwingungen geriet, sobald das Wort »die Wienerin« fiel, während es ein verliebtes Türülürülü anstimmte, sobald von der Pariserin die Rede war, schlug es gelassen, ja mißtrauisch, sobald man von der Münchnerin sprechen wollte. Die Münchnerin machte weder Eroberer noch

Poeten mobil; unter der Münchnerin konnte man sich eigentlich gar keinen bestimmten Frauentyp vorstellen. Man traute ihr zwar gerne alle möglichen biederen Eigenschaften zu, nannte sie häuslich, fleißig, sparsam, gottesfürchtig, kurz, man stellte ihr so ungefähr das Zeugnis einer tüchtigen, verläßlichen Beschließerin aus. Aber Keinem wollte in den Sinn, daß auch sie ein Stückchen von Aphroditens Gürtel geschenkt bekommen hatte, daß auch um ihretwillen die Männer, wenn auch nicht gerade Verbrechen, so doch Tollheiten begehen konnten. Die Münchnerin, – ja, das war sicher eine Provinzlerin, grobknochig, geschmacklos, ungraziös, war statt mit Formenreiz mit einem Blähhals ausgestattet, verbrachte ihr Leben zwischen Kuchel, Kirche und Hofbräuhaus. Die Fremden besonders schienen überzeugt, daß in München auch die Hofdamen in Wadlstrümpfen zur Audienz gingen, daß auch Exzellenzen beim Frühstück eine Weißwurst in den Kaffee tunkten ... Langsam nur, sehr langsam begann das Bild zu verblassen, das man von der Münchnerin entworfen hatte und das doch so völlig verzeichnet war ...

Es ist doch eigentlich merkwürdig, daß man just der Münchnerin mit solchem Mißtrauen begegnete, obschon aus und in dem Kreis der Münchnerinnen Ludwig I. die Schönheitsgalerie erstehen ließ. Doch die Welt, die sich sonst so gerne täuschen läßt, blieb hier skeptisch bei einem eingewurzelten Vorurteil stehen. Während sie ohne weiters annahm (und bis zur Stunde glaubt!), daß jeder hellenische Mistbauer dem Zeus von Otricoli geglichen habe, war sie boshaft genug, nicht zu glauben, daß die Münchnerin im allgemeinen den Modellen der Schönheitsgalerie gliche. Erst als im »Deutschen Theater« die Redoutenwalzer erklangen, merkten auch weite Kreise, was Eingeweihte längst gewußt hatten, – daß hier ein häßliches graues Entlein zum lieblichen Schwan werden wollte und geworden war ...

Die Stimmung für die Münchnerin schlug dann jäh ins Gegenteil um, hauptsächlich im Norden, wo man ja bei aller wirklichen Intelligenz und aller Schnoddrigkeit in vielen Dingen so rührend naiv ist. Mit einem Male war die Münchnerin »entdeckt«, das heißt, ein ganz bestimmter, charmanter Typ war entdeckt, an dem Künstlerphantasie ebensoviel Anteil hatte wie die Wirklichkeit. Aber d i e Münchnerin war auch dieser Typ nicht, war es ebensowenig wie die Frauen der Schönheitsgalerie. Konnte es nicht sein, weil das Wesen der Münchnerin in allerlei Facetten schimmert, weil es gar verschiedene Typen unter ihnen gibt, alle bodenständig und doch keiner dem andern gleich, einander verwandt nur in einer großen inneren Wärme und in einer unüberwindlichen Abneigung gegen alle Ziererei. In diesen zwei Punkten treffen sich alle, von dem sich »auslebenden« Malweibchen angefangen bis zur großen Dame.

Die Münchnerin große Dame, – selbst ihre eifrigsten Verehrer möchten nun gerne zweifelnd den Kopf schütteln. Eine Münchnerin als große Dame, – gibt es das wirklich? Sind denn nicht alle Münchner großen Damen nur kostbar gekleidete, vielleicht auch verheiratete »süße Mädeln«? (Natürlich nur die jungen!) Doch so ungern es auch geglaubt werden mag, so gibt es nicht nur echte, richtige große Münchner Damen, sondern sie zeichnen sich auch durch einen besonderen Charme von Damenhaftigkeit aus, der sie besonders in exponierten Stellungen kenntlich und beliebt macht. Man muß sich nur hüten, Damenhaftigkeit mit Modejournal-Eleganz zu verwechseln, darf sich anderseits auch nicht einbilden, daß die Münchner Dame stets so faszinierend aussieht, wie Meister Lenbach sie oft gemalt hat. Die Natur ist ja auch wirklich nicht allzu freigiebig gegen die Münchnerin gewesen, hat ihr weder die weichen Formen der Wienerin, noch die Huschelanmut der Pariserin, noch die blendenden Farben der Nordländerin geschenkt. Ihr Wuchs ist nicht selten derb, ihre Haut nicht durchsichtig, ihr Haar gemahnt weder an die Lorelei, noch an eine Mähne; aber wenn sie lächelt, blitzen in ihren grauen oder nußbraunen Augen reizende kleine Funken auf und ihr frischer Mund verrät, daß sie Humor besitzt, wirklichen Humor, der zwar der Güte nicht entbehrt, aber doch recht tapfer und anmutig kitzeln und hänseln kann. Diese Münchner Dame trifft man aber nicht etwa nur in diesem oder jenem Kreise, sondern überall wo geistige oder künstlerische Tradition vorhanden ist. Man findet sie sogar dort, wo solche Art eher ein Hindernis ist denn eine Empfehlung, – beim Theater.

Über das Münchner Mädel ist in den letzten zwanzig Jahren eine ganze mit Illustrationen ausgestattete Literatur erschienen, seine eifrigsten Propheten waren der inzwischen so griesgrämig gewordene Wolzogen und der leider so früh verstorbene Reznicek. Das Münchner Mädel ist nun sicherlich nicht immer so süß, wie seine Andichter und Porträtisten glauben machen wollen, aber gewiß ist sie häufig ein fescher, lieber Kerl, der in seiner harmlosen Lebensfreude und seiner jubelnden Heiterkeit einen ganz spezifischen Typ darstellt. Das

Münchner süße Mädel ist weder so verführerisch, noch so albern wie seine Wiener Kollegin, auch fehlt ihm die Prätension, mit der an der Seine jedes Grisettel sich als feine Dame aufspielen und entsprechende Dotation heischen möchte. Sie ist auch nicht so zielbewußt wie die Berlinerin, die häufig an Energie und Intelligenz dem Mann, dem sie gefällt, überlegen ist. Das Münchner Mädel hat in erster und letzter Linie immer nur den Wunsch, sich zu amüsieren, gleichviel, ob das Amüsement teuer oder ruppig ist. Das lacht und tollt mit dem Liebsten durch die Tage hin wie durch einen Fasching und geht der Fasching zu Ende, naht der Trennungstag gleich einem Aschermittwochsgespenst, dann läuft die Münchnerin weder ins Wasser, noch ins Kloster, brütet nicht Rache und Mord. Du lieber Gott, das Leben ist so kurz und so süß und das bissel Jugend so schnell vorbei! Kann's der Schorschel nicht mehr sein, so versucht man's mit dem Franz; aber nur leben, leben und genießen ... Die nimmersatte Lebenslust des Münchner Mädels läßt ihm weder Atem noch Zeit, berechnend zu sein, es ist viel zu willig, sich, sein Herz, sein ganzes Wesen zu schenken, als daß es sich zur Herrin über den Mann aufschwingen möchte. Sofern dieser Mann es nur ein klein wenig versteht, auf ihr harmloses Niveau einzugehen, sofern er sie nicht schulmeistert, langweilt oder vom Vergnügen absperrt, wird er in ihr einen guten, selbstlosen und in jedem Sinne treuen Kameraden finden, und wenn er sie heiratet, wird er staunen, wie schnell sie, die gestern noch Wassermädel oder Ärmelnäherin war, die Technik gesellschaftlicher Formen begreift und nicht nur eine gute Hausfrau, sondern auch eine gewandte Frau im Hause wird ...

Eine besondere Spezies von Münchner süßen Mädeln sind die Kellnerinnen, denen viele Männer und auch manche Frauen einen geradezu dämonischen Reiz zumuten oder andichten. Da ihnen in diesem Buch schon ein ganzes Kapitel gewidmet ist, braucht man sich an dieser Stelle nicht weiter mit ihren mehr oder weniger angenehmen Erscheinungen zu beschäftigen, sondern mag sich lieber ein nicht minder prägnantes Frauenbild des Münchner Lebens betrachten: das Malweibchen.

Das Malweibchen, das heute wie einst mit Vorliebe im dunkelsten Schwabing haust, stammt merkwürdigerweise nur in seltenen Fällen aus München, sondern vorzugsweise aus Mittel- oder Norddeutschland und sein Bestreben, sich so oder so (noch lieber so und so) auszuleben, ist ebenso sattsam bekannt, wie sein Anzug und seine Frisur.

Vor zwanzig Jahren trug es Cleo-Scheitel und ein Reformgewand, heute ist es bolschewistisch-pagenhaft gekämmt und bevorzugt ein Minimum an Kleidung, »im Wald und auf der Haide« auch gerne Nacktkultur. So sieht das typische Malweib aus, so haben es unzählige Karikaturen der Mitwelt gezeigt. Aber daneben gibt es noch ein anderes, eines, dem es nicht ums »Ausleben«, sondern um die Kunst zu tun ist, eines, das still, aber darum nicht minder fröhlich in seinem Atelier schafft, im besten Sinne bürgerlich ist und Geist genug besitzt, um durch lustige Festspiele und zündende Einfälle die Feste des »Künstlerinnenverein« zu wirklichen Festtagen des Humors und der Geselligkeit zu machen.

Eine ganz spezielle Münchner Frauenerscheinung darf nicht vergessen werden: die Trambahnschienen-Putzerin. Obgleich ihr Tagwerk sie an die Scholle, d.h. an die Schiene bannt, trägt sie doch ein hoffnungsfroh grünes Hütel über dem sturmharten Antlitz, gerade als wollte sie uns weis machen: »Ich komme vom Gebirge her!« Über ihre andern Äußerlichkeiten will ich lieber schweigen. Wer sie nicht gesehen hat, kann sich doch kein Bild von ihr machen. Aber sie hilft, wenn auch nur in bescheidenem Maße, den allerdings immer stockender werdenden Verkehr der Stadt zu bewältigen und darum soll neben andern glänzenderen oder bedeutenderen Münchner Frauentypen auch sie nicht vergessen sein.

Münchner Kellnerinnen

Im uralten München, in dem Isardorf, das ein kunstsinniger König mit griechischen Säulenhallen geschmückt hatte, gab es wahrscheinlich keine richtigen Kellnerinnen oder wenn, dann nur in verschwindend geringer Zahl. Die Gastwirtschaften der Stadt und ihr Betrieb waren bescheiden, sodaß es sich kaum lohnte, bezahlte Kräfte anzustellen. Die Bedienung der Gäste besorgte wohl damals die Wirtin selbst, unterstützt von ihren mehr oder minder hübschen Töchtern. In ihrer schmucken halb-bäuerischen Tracht, der sich an Sonntagen silberne Miederketten und das goldene Riegelhäubchen gesellten, eilten sie mit ihren Maßkrügen, ihren Wurst-, Lüngel-, Haxen- und Krautschüsseln von einem Tisch zum andern, kredenzten jede Maß mit dem üblichen »G'segn's Goood!«, und wenn sie einmal eine Magd zu Hilfe riefen, hatte diese das Gefühl einer Auszeichnung, daß man sie zu einem so verantwortungsreichen Geschäft zuließ. Auch die Wirtin und ihre mehr oder minder hübschen Töchter kamen sich keineswegs degradiert, sondern im Gegenteil sehr wichtig vor, da sie selbst für ihre Gäste sorgten und waren überzeugt, daß eine bezahlte Hand das nicht so gut verstünde wie sie. Damals, im uralten, sagenhaften München gab es nämlich noch Wirtskräfte, die stolz waren auf die Zufriedenheit und die Anerkennung ihrer Gäste. Heutzutage kennt man zumeist nur noch den Stolz auf den Betrieb und die Bilanz. Der Gast in seines Nichts durchbohrendem Gefühl mag sich mit dieser Neuordnung der Dinge abfinden, so gut oder schlecht wie es eben geht …

In den neunziger Jahren des vorigen Jahrhunderts begannen dann Wirtin und Kellnerin langsam ihre Rollen zu tauschen. Die freiwillige Hebe, die Frau, verschwand mehr und mehr aus der Wirtsstube und behielt sich dort nur eine mehr repräsentative Begrüßungs-, Klatsch- und Schwatzrolle vor, sofern sie nicht in der Küche stand und kochte. Aber auch als bezahlte Kraft verlor die Kellnerin nicht den Ton fraulicher Ehrbarkeit und Fürsorge. Sie befand sich meist, wenn auch nicht immer, in reichlich kanonischem Alter und ihre Reize hielten mit ihren Jahren tapfer Schritt. Sie trug auch nicht mehr die schmucke Tracht Urmünchens, sondern hatte sich schon jenen undefinierbaren, haarsträubenden Kleiderschnitt angewöhnt, den unsere Bäuerinnen als »städtisch« bezeichnen. Blendete die Kathi, die Marie (Accent auf der ersten Silbe!) oder die Agath' (wieder Accent auf der ersten Silbe!) nicht durch äußere Reize oder Eleganz, so brachte sie dafür den vitalsten Interessen ihrer Gäste tiefes Verständnis entgegen. Und weil der Mann, auch wenn er die Emanzipierte haßt, es doch gerne mag, wenn ein Weib auf sein Seelenleben eingeht, verband den Stammgast und die Kellnerin ein Band, das in mancher Hinsicht einer Ehe glich. Errötend flüsterte die Marie, Kathi oder Agath' ihm, der ahnungslos die Speisekarte studierte, manch süßes Geheimnis ins Ohr, das ihn beglückte: »Na, Herr Rat, zum Reh tät' i heut net raten, den hat's scho'!« Und dabei schnupperte sie ausdrucksvoll mit der Nase in der Luft herum … Oder: »I' woaß net, Herr Apotheker, d'Hendln kemma mer heunt gar mager vor, aber 's Gschlößl war wunderschön!« Allerdings wies sie auch mit den strengen Tönen einer Ehefrau, nur vielleicht noch energischer als diese sich getraut hätte, Kritik oder Nörgeleien, dir ihr unangebracht schienen, zurück. »Was? Z'viel Knochen hat d'Haxen? Ja, Herr Doktor, da müssen's Eahna scho' beim Herrgott beschweren, daß er die Kaibln net ohne Knochen derschaff'n hat!« Oder: »Was sagn's, Herr Major, net woach soll dös Herz sein? Jegerl, gar so jung und butterwoach is dös Eahnere g'wiß a nimmer!«

Als dann die Mittelstadt sich zu einer Großstadt zu entwickeln begann, als an Stelle bescheidener, alter Wirtschaften, die nicht kannibalisch von Fremden gelebt hatten, immer mehr moderne Restaurants entstanden, verschwand die kanonische, resche und fürsorgliche Kellnerin immer mehr und mehr. In die Moderne, in die Fremdensaison hinein hätte sie ja auch gar nicht gepaßt, aber auf den großen Bierkellern, in den ehrwürdigen Wirtschaften der Altstadt ist ihre Art immer noch anzutreffen, wenn sie sich vielleicht auch in gewissem Sinn der neuen Zeit angepaßt hat. Was ehedem undenkbar schien, ist heute eine alltägliche Erscheinung geworden: die Kellnerin jener Lokale ist nicht selten verheiratet, hilft nach ihrer Weise mitverdienen, wie es ja in Neudeutschland für so viele Frauen Brauch und Notwendigkeit geworden ist. Die tiefe Vertraulichkeit, die ehedem den Gast mit der Kellnerin verband, ist freilich immer seltener geworden. Die Räumlichkeiten sind zu groß, der Gästeverkehr zu mächtig, und die Kellnerin zu rechnerisch geworden, als daß sie sich lange bei dem Einzelnen aufhalten und ihn mit der Enthüllung kulinarischer Geheimnisse erfreuen könnte oder möchte. Denn leicht ist der Dienst einer Frau-Kellnerin nicht und man kann es ihr nicht verdenken, wenn sie möglichst viele Gäste bedienen, d.h. möglichst viele Trinkgelder einnehmen will. Denn in der Hauptsache beharrt München auf dem bayrischen Reservatrecht des freien Trinkgelds, das nicht an 10 % gebunden ist, sondern bei dem die Kellnerin spricht oder denkt, was einst Königin Luise von Preußen sprach, als sie sich von ihrem Manne zum Geburtstag eine Handvoll Geld zum Verschenken wünschte: »Eine Hand voll – aber die Hand muß so groß sein wie das Herz des gütigen Königs!«

Die Kellnerin der modernen Prachtrestaurants oder Cafés verhält sich zur bedienenden Frau der Altstadt wie eine Diva zur Choristin. Wer aber nun glaubt, daß sie die leiseste Ähnlichkeit mit der übelbeleumdeten Berliner Kellnerin aufweist, befindet sich in schwerem Irrtum. Die Kellnerin des Prachtrestaurants, das heißt, die moderne

Münchner Kellnerin hat schon äußerlich nichts von dem schrecklichen Typ der Animierkneipe an sich. Sie trägt eine Art Uniform: ein schwarzes Kleid mit weißer Schürze und eine vom Haarkünstler appetitlich und reizvoll gesteckte Frisur. Die übliche Zudringlichkeit, die freche Schmiegsamkeit, zu der das beklagenswerte Geschöpf der Animierkneipe verurteilt ist, bleibt der Münchner Kellnerin vollkommen fremd. Sie hat es auch gar nicht nötig, zudringlich zu sein. Sie hat gerade genug zu tun, um sich Zudringlichkeit vom Halse zu halten. Gilt es doch in den weitesten Restaurantkreisen Münchens nicht als schlechter, sondern als guter Ton, die Kellnerin zu poussieren, ihr Huldigungen mit oder ohne Absicht auf Erfolg zu Füßen zu legen. Eine Kellnerin, die nur einigermaßen hübsch oder lustig ist, trägt trotz der enormen Blumenpreise auch im tiefen Winter einen frischen Blumenstrauß an der Brust, denn was dem Berliner die Confektioneuse bedeutet, das bedeutet in München das wohlfrisierte Mädchen, mit dem schwarzen Kleid und der weißen Schürze, das sonder Eile mit lässiger Eleganz bedient.

Die Lässigkeit ist allerdings meist größer als die Eleganz, denn im Gegensatz zu der Frau-Kellnerin huldigt das Fräulein-Kellnerin dem Dichterwort: »Man soll die Stimmen wägen und nicht zählen!«, wobei sie »Stimmen« durch »Trinkgelder« ersetzt ...

Die Frau-Kellnerin, die kein Schicksal sondern nur noch Erwerbsgedanken vor sich hat, erblickt in ihrem Beruf selbstverständlich nur eine Erwerbsmöglichkeit, für das Fräulein-Kellnerin aber bedeutet er einen Wechsel auf die Zukunft, ein Sprungbrett für den Salto mortale nach dem Glück, ein Tor, durch das sie ganz gewiß zur Liebe und wenn möglich auch zur Ehe schreiten wird. Darum legt sie auf durchziehende Gäste, sofern sie nicht valutastark sind wenig wert und gar keinen auf Damen! Die Hauptperson bleibt für sie ein Student oder ein Künstler, mit dem sie liebelt, der ihr, wenn er reich ist, kostbare Geschenke macht, dem sie, wenn er arm ist, pumpt und hilft, soweit sie kann, der sich an sie und den sie an sich gewöhnt und der sie sofern sie Glück und er keinen zürnenden Erbonkel hat, heiratet.

Darum darf man aber nicht glauben, daß das Leben der Anna, Thekla oder wie sie sonst heißen mag, leicht sei. Im Gegenteil. Die wohlgepflegte Erscheinung, der frische Blumenstrauß von einem Verehrer gespendet, die Liebeleien – das alles sind nur blendender Verputz einer sehr anstrengenden Existenz. Das ständige Hin- und Herlaufen oder

Stehen in Hitze, Staub und Rauch verbraucht die Kräfte dieser Mädchen sehr schnell und die meisten legen notgedrungen noch ehe sie die dreißig wesentlich überschritten haben, die weiße Schürze ab. Diese oder jene hat inzwischen wohl den Freund mit dem gütig-nachsichtigen Erbonkel geheiratet, manch Andere ist beim Borgen und Sorgen für ihn schon so weit heruntergekommen, daß sie sich um ihre Zukunft gar nicht mehr kümmert, dieweil sie schon weiß wie diese Zukunft aussehen wird ... Und weil eben das Los der Einen selten und die Zukunft der Andern schrecklich ist, hamstern die klugen Jungfrauen unter den Fräulein-Kellnerinnen in ihren kurzen erwerbsreichen Jahren zusammen, soviel sie können, hatten ehedem, in der alten, soliden Zeit ein Sparkassenbüchel, wissen heute durch ihre mannigfachen Beziehungen im Kurszettel Bescheid und tragen gerne statt des Blumenstraußes an der Brust einen »Tipp« im Kopf, den ihnen ein gewiegter Freund oder Gast gespendet hat ... Und da sollte sich das Glück nicht beim Schopfe fassen lassen? So oder so – das Mädchen mit der weißen Schürze schwingt siegessicher die Serviette, glaubt an sich, seinen Tipp und seinen Stern ...

Sommerdirndln

An einem der bezaubernden Seen des Salzkammerguts war es, daß ich vor vielen Jahren zum ersten Mal ein Stadtfräulein im Dirndlgewand sah. Oder nein, nicht eines, sondern eine ganze Schar drängte sich um den Dampfschiffsteg, alle in lichtgeblümten, faltigen Röcken mit der seidenen Schürze, dem koketten, weißen Hemdchen oder dem bunten Brusttuch und auf dem sorgfältig frisierten Haar das grüne Hütchen. Sicherlich war nicht jede einzelne von ihnen besonders hübsch, aber als Massenbild wirkten sie so heiter und anmutig, daß mein reichsdeutsches Auge überrascht auf diese sommerliche Tracht blickte, die mir damals freilich ein wenig, ein klein wenig wie Maskerade vorkam. Denn ich sagte ja schon, daß lange Jahre zwischen damals und heute liegen, und wir im Reich überwanden eben erst eine Zeit, die das Halbdunkel der Helle, das Altertümelnde dem Reiz der Gegenwart, die gebrochenen Töne der satten Farbe vorzog. In die durch schwere Vorhänge künstlich verdüsterten Zimmer paßten Frauenkleider in matten Nüancen und so mußte durch Jahre hindurch bei uns auch das jüngste Gesicht sich mit all den Zwischenstufen begnügen, die zwischen grau und braun aufzustöbern sind. Dieser Stilrichtung, mehr aber noch dem Klima und den Bedürfnissen unserer Berge entsprechend, hatten wir, wir Bayerinnen, uns für unseren Landaufenthalt ein besonderes Kleid ausgedacht, das zwar nicht so farbenfreudig, nicht so kokett anzusehen war wie das österreichische Dirndl, in dem wir aber doch nicht nur uns selbst, sondern auch anderen gefielen, denn sonst hätten wir es vermutlich niemals angelegt... Es bestand in einem bis zum Knöchel reichenden grauen Lodenrock mit breitem, grünen Tuchsaum, dazu die kurze sogenannte Kochlerjoppe mit Hirschhornknöpfen und grünem Tuchbesatz an Hals, Ärmeln und den zahlreichen Taschen. Dazu trug man das grüne Hütel mit der Flaumfeder und feste, aber elegant gearbeitete Schnürstiefel, war also praktisch für Wind, Wetter und Berge gerüstet und sah doch ein wenig wie eine Bekennerin des allerfeudalsten Sports – der Jagd – aus. Wäre dies Kleid in Paris erfunden worden, so hätte es sicherlich *»à la chasseresse«* geheißen, aber es kam nicht an der Seine, sondern am Tegernsee zur Welt, in jenem Tegernsee, das eben erst Allerweltssommerfrische geworden war, sich aber doch gerne noch der Zeit erinnerte, da es nur mit der Achse erreichbar und ein zwar prunkloses aber exklusives Hoflager war. Der Tegernseer Schneidermeister, der diese Kleider zu einem Preise fertigte, der einem heute Tränen der Rührung entlockt, und die jagdliche Nüance, die er ihnen lieh, bedeuteten sicherlich eine kleine Verneigung vor dem hinschwindenden höfischen Glanz des lieblichen Ortes. Dies Kleid war einfach, wie man sichs nicht einfacher denken kann, aber die Jungen sahen doch bildhübsch darin aus, und die Ältlichen oder Alten – – Ja, wie sie darin ausgesehen hätten, kann ich nicht sagen, denn damals war es noch nicht üblich, daß die Großmutter sich mit der Enkelin gleich kleidet und obendrein noch einbildet, daß sie wie die Mutter, wenn nicht gar wie die ältere Schwester des Tochterkindes aussehe. Dagegen möchte ich hier einmal feststellen, daß dieses unser Sommerkleid die primitivste Urform des Jackenkleides war, das später verbessert, verschönt, verprächtigt, mit der persönlichen Note seiner Trägerin geadelt, einen Siegeszug durch die ganze Welt der Mode antrat und all ihren Wandlungen Trotz bot, sodaß heute wie vor zwanzig Jahren (und vermutlich noch in zwanzig

Jahren) keine gut angezogene Frau zu denken ist, in deren Garderobeschrank nicht ein Jackenkleid hängt.

Ehe es aber so weit war, hatte unser bescheidenes Sommerkleid etliche greuliche Verpuppungen durchzumachen. Es geriet nämlich etlichen praktischen, ach! so entsetzlich praktischen Provinzlerinnen in die Hände, die entdeckten, daß sein Gewebe schier unzerreißbar und seine Farbe eine Tarnkappe für den Schmutz war. Von diesem schwung- und seifenlosen Gesichtspunkt aus trennten sie ihm den hübschen, grünen Tuchbesatz ab, schnitten aus seinem feschen Jankerl eine behäbige Jacke, rafften seinen Rock mit einem Kleiderschürzer, daß biedere Kalblederstiefel Nr. 43 weithin sichtbar wurden und krönten ihr Meisterwerk durch Zufügung einer Bluse, deren Schmierigkeit leider kein Tarnhelm barg. So stapfte nun unser liebes Tegernseer Sommerkleid als sommerliches Lodenweib über die bayrische Hochebene hin, verschandelte durch seine Erscheinung die schönste Gegend, gab aber dem »Simplizissimus« reichlich Stoff zu lustigen Spottbildern, die freilich nicht hindern konnten, daß die Lodenweiber immer häufiger und ihre Blusen immer peinlicher wurden ...

Neben den Provinzlerinnen arbeitete aber auch Jung-Schwabing an der Verelendung unserer jagdlichen Tracht, Jung-Schwabing, das einstige Künstlerbohèmeviertel Münchens, dessen Selbstbewußtsein und Schlamperei sich die Waage hielten. Malerinnen und Kunstgewerblerinnen griffen nach dem grauen Stoff, schneiderten, nein e r s c h u f e n daraus (denn in Schwabing wurde ausschließlich »geschaffen«!) den Reformsack, zu dem man keinen Busen, dagegen eine Bluse trug, die sich nur durch eine halsbrecherische Ornamentik von denen unterschied, denen man aus guten Gründen den Tarnhelm gewünscht hätte ... Nun bildete grauer Loden gewissermaßen den Partikel einer Weltanschauung, war aber, abgesehen von den Sportsleuten, die ihn nicht entbehren konnten, so in Verruf gekommen, daß jede elegante Frau drei Kreuze schlug, wenn sie nur von ihm reden hörte ... –

Während aber die einen sich noch mit der häßlichen Verpuppung beschäftigten, die anderen schon vom ausgekrochenen Schmetterling des fashionablen Jackenkleides umgaukelt wurden, hatten auch wir in Bayern uns zum sommerlichen Dirndlkostüm bekehrt. Wir trugen es wie die Österreicherinnen und doch wiederum anders, wie ja auch trotz der Stammverwandtschaft die Bayerin auf den ersten Blick von der Österreicherin zu unterscheiden ist. Das bayrische Dirndlgewand entbehrte der gewissen Koketterie, des gewissen persönlichen Charmes, den die Österreicherin jedem einzelnen Kleidungsstück verleiht. Es war einfacher, bodenständiger, hätte, abgesehen von der Seidenschürze, tatsächlich von jedem Bauernmädchen zur Arbeit getragen werden können. Bei den Dirndln, die sich um den Dampfschiffsteg des Salzkammergutsees drängten, dachte man: »Wie hübsch sind sie und wie geschickt wählen sie, was ihnen gut steht!« Bei der kleinen Bayerin aber dachte man: »Wie frisch ist sie und weiß nicht einmal, wie gut ihr das heimatliche Kleid steht?« Doch ob sie sich bewußt oder unbewußt der Landschaft anpaßten, waren sie immerfort ein hübsches Bild, nicht nur weil sie jung und anmutig aussahen, sondern auch, weil sie mit ihrem Typ, ihrem Dialekt, ihrem ganzen Gehaben zu dem Hintergrund paßten, von dem sich ihre bunten Kattunröcke abhoben. Allmählich, mit dem mächtig wachsenden Fremdenzustrom, fand dann unser Dirndl Nachfahrerinnen, die nichts mit seinem inneren Wesen gemein hatten, gemein haben konnten. So erlebten wir denn in bunter Reihenfolge Dirndln, deren Gesichter alles sind, nur nicht süddeutsch, Dirndln, die sächsisch oder mit s-pitzer Zunge s-prechen oder in ihrem ganzen Auftreten kundtun, daß nicht die Alpenlandschaft, sondern der Kurfürstendamm ihre Heimat ist. Und nun, da das Dirndlgewand Allgemeingut geworden scheint, nun steht auch ihm, wenn nicht alle Zeichen trügen, eine ähnliche, wenn auch anders geartete Debauchierung bevor, wie sie einst das selige Tegernseer Chasseresse-Kleid erlebte. Nur sind es diesmal nicht die praktischen Provinzlerinnen, sondern die stillosen Mondänen, die ihre reichberingten Hände nach ihm ausstrecken, es nicht um der Anpassung oder der Bequemlichkeit willen wählen, sondern es aufputzen und aufplundern, daß es mehr an die Maskengarderobe, denn an ein heimisches Sommergewand erinnert. Nun ist schon der Rock so kurz, das Leibchen so tief ausgeschnitten geworden, daß jedes bäuerliche Dirndl, dem man sie zumuten wollte, empört fragen würde:

»Ja moanst ebba, da tat' i mi net schama?!«

Kleid, Schürze, Brusttuch werden in Farben gewählt, die möglichst grell gegeneinander schreien, und auf dem grünen Hütel tänzelt eine hohe, dünne, rote Feder, ungefähr so, wie sie auf Schmieren der Mephisto trägt.

Zu diesem erlesenen Kostüm trägt unser Dirndl gerne einen Spazierstock, Absätze Louis XV., Brillanten in den Ohren, eine kostbare

Perlkette um den Hals, zuweilen sogar auf die Schultern niederbaumelnde Schmachtlocken (jawohl, wirkliche Schmachtlocken, ich kann eidlich bezeugen, daß ich sie am Königssee sah!) und umhüllt die stilvolle Mischung mit dem Rauch der Zigarette, die es zwischen den Lippen hält. Heute ist's noch eine Zigarette, wer aber kann sagen, ob wir nicht demnächst einem Dirndl mit der Shagpfeife im Mund begegnen! Und solchermaßen ge-, nein verkleidet, laufen nicht nur junge Dinger herum, denen man ja schließlich vieles nachsieht, weil ihnen das meiste steht, sondern auch, Gott sei's geklagt, Damen im gefährlichen und auch nicht mehr gefährlichen Alter drängen sich zum kurzen Dirndlkleid mit Schürze und Brusttuch und wollen nicht einsehen, daß man sie in diesem Aufzug höchstens für »Die alt Wab'n«, niemals aber für ein junges Mäderl hält.

Schade ist's, wenn das liebe Dirndlgewand derart von unberufenen Händen und Trägerinnen verhunzt wird, doppelt schade, weil es ja eigentlich für unsere Zeit etwas Ähnliches darstellte, wie die Schäferin für das Rokoko. Hier wie dort sprach eine Sehnsucht, sich von geschniegelter Überkultur zu befreien, hier wie dort war es der mit Stoff und Geschmack ausgedrückte Wunsch: »Zurück zur Natur!« Nun wird man freilich einwenden, daß die Schäferinnen von Trianon ebensowenig Ähnlichkeit mit echten Schäferinnen hatten, wie die brillantfunkelnden, rauchenden Mephistodirndln mit einem richtigen Landmädchen haben, aber unsere Zeit ist ja nicht mehr so verschnürt und verschnörkelt, wie das Rokoko war, das Natur nur noch dem Namen nach kannte, ersehnte und doch entsetzt zurückgeprallt wäre, wenn es sie einmal wirklich zu Gesicht bekommen hätte. Wir aber wissen schon, wie Natur und Natürlichkeit aussehen, und es berührt uns schmerzhaft, wenn jemand das erhabene Wort »Natur« sagt und schließlich nur eine alberne Maskerade meint ... Und noch eins: ich glaube nicht, daß ältliche, wohlbeleibte Damen sich ein Schäferhütchen über die zerknitterte Stirn gesetzt und eingebildet haben, daß man sie dann für eine reizende Clorinde oder Dorette hielt. Wohl hört und liest man immer wieder, daß die Macht des Alters an den Damen des Rokoko zerbrach, aber man vergißt sehr leicht, daß diese Damen nur deshalb unvergänglich-jung schienen, weil sie es verstanden, rechtzeitig und mit lächelnder Anmut von der Jugend Abschied zu nehmen ...

Mit diesen klugen und geschickten Frauen hat die sommerliche

»Altwab'n« wenig Ähnlichkeit, obgleich auch sie den Schrei nach der Natur in Stoff und Kleid umzusetzen trachtet. Zu diesem Zweck hat sie die »Gänseliesl« erfunden, eine Mischung von »Maschkera« (das hochdeutsche Wort »Maskerade« genügt hier nicht mehr!) und Entkleidung, die so unfreiwillig komisch wirkt, daß man kaum ärgerlich werden kann, selbst dann nicht, oder erst recht nicht, wenn die Gänseliesl so wohlgenährt ist wie man ihre Gänse wünscht, und wenn sie auf dem ergrauenden oder gefärbten Haar die seidene Zipfelmütze als Krönung des Unglücks trägt. Doch weil alles Böse fortzeugend Böses muß gebären, ist auch die Gänseliesl nicht das letzte Wort in der sommerlichen Schreckenskammer, denn dieses gebührt – – dem Hosenmatz. Jawohl, wir haben es endlich erreicht, daß die kurze Hose ein weithin sichtbares, zu oberst getragenes Toilettenstück weiblicher Bekleidung geworden ist und zwar nicht etwa nur für den Berg- oder Wintersport, wo sie hingehört, sondern auch in Weltbädern oder Sommerfrischen, wo sie durchaus nicht hingehört. Kurpromenaden, Waldwege und Seeanlagen können nämlich gut und gefahrlos ohne Sportshose bezwungen werden, aber viele Damen wollen das leider nicht glauben, und so kann man in unsern schönen Sommerfrischen auch »das letzte Aufgebot« von Weiblichkeit als Hosenmätze verkleidet herumlaufen sehen. Gedankenleserinnen sind diese Damen sicherlich nicht. Wären sie es, so kröchen sie gerne und schleunig in den Frauenrock zurück, sintemal sich bei solchem Anblick jeder ungefähr das denkt, was Gretchen mit den Worten ausdrückt: »Nachbarin, Euer Fläschchen!«

Ein Bayer über »Die teure Zeit«

In den Jahren 1816 und 1817 ist sie fast über ganz Europa hingewandelt und hat eine Visitenkarte im Münchner Stadtmuseum zurückgelassen. Ein angeblich weißes Notstandsbrötchen ist's, im Süden »Semmel«, im Norden »Schrippe« genannt, ein in jeder Hinsicht gräuliches Gebäck, das aber insofern gewissen Sternen gleicht, als es eigentlich nur mit bewaffnetem Auge zu sehen ist … Man tut jedoch gut, die Bewaffnung zu unterlassen, denn das Notstandsgebilde ist kein appetitlicher Anblick …

Kein lebender Mund kann uns mehr von den Tagen berichten, »da der Großvater die Großmutter nahm« und beide das unappetitliche Notstandsgebäck in die Zichorienbrühe stippen mußten. Sicherlich tranken sie Zichorienbrühe oder sonst einen »Ersatz«, denn die übliche Morgensuppe erheischte Mehl, und Mehl war das Schmerzenskind der »teuren Zeit«. Kein lebender Mund erzählt uns mehr von den Nöten und Entbehrungen jener Generation, aber ein Toter spricht zu uns aus einem alten Buch, das 1818 erschienen ist, »Über die Getraidtheuerung« heißt und verfaßt ist vom »Lic. Franz Höcker, Landrichter in Rothenburg an der Tauber«. Wenn man ein Pessimist ist, mag man sich unter dem Herrn Landrichter einen finsteren, alten Beamten vorstellen, der »eine hohe Obrigkeit« personifizierte und die in Respekt ersterbende Bürgerschaft mit »Er« anschnauzte. Durchblättert man aber das scheinbar trockene Buch, so merkt man, daß man es nicht nur mit einem klugen Kopf und tüchtigen Volkswirtschaftler zu tun hat, sondern, daß der Herr Landrichter vielleicht zum Stamme der »Biedermeier mit ei« gehörte und nach den Amtsstunden etwa gar heimlich die Leier schlug und dazu wohltemperierte Verse dichtete. Ein gewisser putzig-altväterischer Schwung, der mitten in die Volks- und Landwirtschaft hineinkommt, legt solche Vermutung nahe …

Der Herr Landrichter gibt zunächst einen kleinen historischen Überblick über die Entwicklung der Landwirtschaft und des Getreidehandels und wendet sich dann zu den Ursachen der großen Not und Teuerung. »Dies unaufhaltsam-fortschreitende Steigen der Getraidepreise war umso bewunderungswürdiger, als sich die Theuerung über Italien, Oesterreich, ganz Deutschland, Frankreich, Spanien, die Niederlande gleich verbreitet hatte und als alle Maßregeln dieser Regierungen, so verschiedenartig sie waren, die gleiche Folge, fortwährendes Steigen der Viktualienpreise, hatten«. Eine zeitlich noch nahe und doch schon etwas ferner gerückte Ursache waren die Kriege, die zur Befreiung Deutschlands von der französischen Gewaltherrschaft führten. Die großen Requisitionen für das Heer, die durchziehenden Regimenter einheimischer und fremder Truppen, sowie der Mangel an landwirtschaftlichen Arbeitskräften (denn alle waren zu den Waffen geeilt!) hatten die alten Getreidevorräte aufgezehrt, die Ansammlung neuer verhindert, und nun kam nicht etwa eine Rekordernte, sondern das Jahr 1816 brachte Hagelschläge und Überschwemmungen außergewöhnlicher Art. »Nicht kleine Strecken wurden von denselben betroffen, sondern große Distrikte und zwar zu einer Zeit, wo aller Vorrat der Bauern, der ungeheuren Kriegslasten wegen, bereits in Hoffnung der künftigen Ernte veräußert war. Neben den verderblichen Hagelschlägen entlud sich der erzürnte Himmel noch auf andere schreckliche und verderbliche Art. Ungeheure Massen Wassers entströmten dem unglückschwangeren Firnamente und noch größere Strecken Land, geschmückt mit den herrlichsten Früchten der Natur, wurden verwandelt in Seen. Unzugänglich wurden die Felder ihrem Eigentümer und verfaulen mußte er sehen die Gaben der Natur«. (O Biedermeier mit ei!) Wie die Ernte, so wurde auch die Saatzeit verregnet und schon in der ersten Oktoberhälfte war der Boden gefroren, sodaß er dem Pfluge widerstand. »Noch war überdies der Späthaber nicht eingeführt, noch war das schätzbarste Geschenk Amerikas, die Kartoffeln, größtenteils dem Schoße der so treuen Erde anvertraut und weinend sah der Landmann den Rest dessen, was ihm die sommerlichen Ungewitter übrig gelassen hatten, als Raub verzehrt des unerbittlichen Winters«. Dann aber schien der Himmel ein Einsehen zu haben; Regen schmolz den Schnee hinweg und »schon wollte des Landmanns, des immerhoffenden, nie verzweifelnden, Brust leichter atmen, als sich seinem kaum getrockneten Auge (o Biedermeier mit ei!) eine neue Jammerszene darstellte« und der Schreckensruf ertönte: »Sie fressen uns alles weg!« Besonders menschenfreundlich-veranlagte Landbewohner denken nun vielleicht, daß dieser Schrei der Nächstenliebe notleidenden Städtern galt, die gegen schweres Geld erkaufen wollten, was in der Stadt nicht zu haben war, aber diese menschenfreundlichen Gemüter rechnen nur mit modernen Verhältnissen und Empfindungen und befinden sich darum im Irrtum. Nicht der Sommerfrischler fraß alles weg, sondern »die graue Ackerschnecke« hatte sich bei dieser Wärme entwickelt, ganze Strecken der herrlichsten Kornfelder wurden abgeleert und nur selten kannte man ein Mittel zur Abwendung des Unglücks. Auf der anderen Seite wurden die Folgen der schlechten Saatzeit, der verspäteten Saat, des schlechten Saatgetreides sichtbar; wenig Korn ging auf und unter dem wenigen war noch viele Trepse, ein Unkraut, welchem das Jahr 1816 zuviel Nahrung gab«. Und noch ein drittes Moment verursachte Teuerung, das wir in jener Zeit nicht vermutet hätten, denn wir bilden uns ja so gerne ein, daß sämtliche Großväter Deutschlands die personifizierte Mäßigkeit waren und höchstens am Sonntag ein Schöppchen Wein tranken: es wurden nämlich viel zu viel Korn und Kartoffeln zu Branntwein verbraucht. »Nach vorliegenden statistischen Berechnungen wird in Deutschland der 24. Teil alles gebauten Korns und der 10. Teil aller Kartoffeln zum Branntwein verbrannt. Unter diesen Verhältnissen erschien im Jahr 1816 eine Teuerung, welche ihrer Ausgebreitetheit und Größe wegen ihresgleichen in der Weltgeschichte wenige findet«. Im Frühjahr 1816 hatte das Schaff Weizen noch 11–12 Gulden, Korn 9–10 Gulden, Hafer 3–4 Gulden gekostet, aber schon im Juli 1817 waren die Preise um das sieben- bis zehnfache gestiegen und die Teuerung nahm von Woche zu Woche zu. Es trat nun ein, was der Herr Landrichter Biedermeier so hübsch »die gestörte öffentliche Meinung des Volks« nennt, nämlich Angst, Angstgerüchte und Angstkäufe. An einem Orte sprach man vom Hungertod, am anderen vom Weltende, am dritten von Revolution, am vierten vom tausendjährigen Reich; »so vergrößerte sich die Furcht vor Mangel von Munde zu Munde vollends zu der fürchterlichen Gewißheit, welche zu den ungezügeltsten Maßregeln verleitete«. Die Regierungen hatten bislang ruhiges Blut bewahrt; »besonders weise betätigte sich die königlich-bayerische Regierung. Ungestört ließ sie den Gang des Handels; Freiheit der Produzenten, die Heiligkeit ihres Eigentums respektierte sie. Die Kenntnis der Verunglückten hatte sie sich verschafft, diese hatte sie im Stillen unterstützt mit Saam- und Eßgetraid, um die Produktion zu sichern für das nächste Jahr; und ihre erste Pflicht, die Sorge für das künftige Bestehen, hatte sie erfüllt«. Aber es half nichts, daß die bayerische Regierung nicht nur umsichtig, sondern auch mit mildtätiger Hand für die Armen sorgte und sich, wie der Herr Landrichter sagt, »als Muster dargestellt hatte für alle Regierungen«. Es half nichts, denn die große Not war, wie er richtig erkannt, nicht eine bayerische oder eine preußische oder sonst eine partikularistische, sondern eine europäische Angelegenheit. Bedauerlicherweise waren viele maßgebende Köpfe in dieser Hinsicht nicht so einsichtig wie er, »die einzelnen Regierungen betrachteten diese europäische Angelegenheit als eine privatime ihres Landes, handelten einseitig und wirkten durch das fehlende Zusammengreifen nachteilig auf diese Teuerung. Besonders in Deutschland war dieses einseitige Wirken von den traurigsten Folgen für die allgemeine Not. Keine Regierung konnte wirken, wie sie wollte, sondern mußte Maßregeln nehmen, angemessen denen, welche die Nachbarstaaten ergriffen hatten, um diese durch ihr unfreundliches, einseitiges Benehmen nicht Herr werden zu lassen über sich und ihre Untertanen«. Selbstverständlich begann nun auch der Wucher ins Kraut zu schießen, den der Herr Landrichter, dem Geist seiner Zeit entsprechend, zuerst an eine bestimmte Konfession gebunden sehen will, aber schon auf der folgenden Seite muß er bekennen, daß Wucherei und Schiebertum interkonfessionell sind und daß ihr Wahlspruch nicht gleich dem eines großen Prinzen lautet: »Ich dien«, sondern »ich verdien«. Aber auch auf den weinenden Landmann ist er im weiteren Verlauf seines Buches nicht mehr recht gut zu sprechen. Er bemängelt, dass unter den Bauern nur der eine Stimme hat, der über Geld und Gut verfügt »und dann, wo die Preise in der Höhe stehen, welche sie dermalen erreicht haben, da tritt bei dem Bauern eine Sparsamkeit ein, von welcher der Städter keinen Begriff hat. Der größere wie der kleinere Bauer nimmt alle Surrogate für Brot, lebt von Gemüsen, Milch und Kartoffeln, bäckt sich Brot von Dinkel, Gerste, Haber, Wicken, Grundbirn und Rübenmehl (sein Enkel lebte auch in Zeiten der Not merklich anders!), gibt sich besondere Mühe darum, ein schlechtes Brot zu backen, um seinen Kindern und Hausgenossen die Lust nach dem Brote zu nehmen und sie zur Sättigung auf andere Mittel hinzuweisen«. So hielt der Bauer sein Getreide zurück und wenn er sparsam oder schlecht lebte, trug er wenigstens materiellen Vorteil davon. Der Städter aber lebte schlechter, ohne irgendwelchen Gewinn davonzutragen, und »die ungeheuren, für viele unerschwinglichen Preise erzwangen die Aufsuchung aller wohlfeilen Lebensmittel und die vorher gemeinste Nahrung, das Brot, wurde Delikatesse«. Inbrünstig hoffte man auf die Ernte des Jahres 1817, für die sich bessere Aussichten boten und erfüllten, aber die Preise stiegen weiter, genau wie jetzt. Vorschläge aller Art wurden gemacht, die zu nichts führten, die Sperrung der Grenze wurde verlangt, für die der Herr Landrichter tadelnde Worte findet, denn er meint, daß sie ja doch nicht lückenlos durchzuführen sei und außerdem dem Schleichhandel Tür und Tor öffne. Brot war eine Delikatesse geworden, Phrasen dagegen waren genau so billig wie in anderen Zeiten, »denn diese Tadler, in Verlegenheit mit ihrer schwankenden Lehre verstecken sich unter geheimnisvolle Worte, würdigen der Nation festbewiesene und treubewährte Anhänglichkeit an ihre Regenten und Vaterland herab. Neue Worte und neue Begriffe schaffen sie, hinter welche sie ihre einseitigen Lehren verstecken und suchen durch darauf gebaute Trugschlüsse, dargestellt im schönen Wortgepränge, die Kurzsichtigen hinter ihre Fahnen zu sammeln und durch den lärmenden Haufen den Regierungen das abzuzwingen, was sie wollen, um sich darstellen zu können als die Männer des Volkes, als die Verteidiger seiner Rechte, als seine Schutzgötter«. Aber auch von diesen Phrasen sind die Menschen nicht satt geworden und ich fürchte, auch nicht durch die Magazine, für deren Errichtung der Herr Landrichter eifrig eintritt. Sie mußten eben, ob sie wollten oder nicht, durch »die teuere Zeit« hindurch und sich damit trösten, »daß ein Erfahrungssatz ist, daß Teuerung nur allmählich steigt, Wohlfeilheit aber oft augenblicklich eintritt«. Ob der Herr Landrichter mit diesem rosigen Erfahrungssatz recht hat, wage ich nicht zu entscheiden – bislang ist eigentlich immer der umgekehrte Fall in die Erscheinung getreten ...

Ja, Großvater und Großmutter mußten, mit der Notstandssemmel im leer gewordenen Brotkorb, durch Zichorienbrühe und »teure Zeit« hindurch, und haben sicherlich hundertmal geseufzt: »So kann es nicht mehr weiter gehen!« Es, das Leben nämlich, geht aber doch immer weiter, zieht uns mit sich fort und hat auch Großvater und Großmutter mit sich fortgezogen, trotzdem es damals noch keine Demonstrationen und Streiks gab. Es geht immer weiter, und man muß mit ihm weiter, wenn einem zuweilen auch der Atem stockt und der Kopf wirklich wird von dem furchtbaren Marschschritt, in dem man dahinlaufen muß. Aber ist der Großvater durchgekommen, werden die Enkel wohl auch durchkommen, zudem unsere Semmeln doch wesentlich besser aussehen, als das unappetitliche Notstandsgebäck aus der »teuren Zeit«.

Münchner Dreiklang

Es ist schön, an lichten Sommertagen bei der Musik im Chinesischen Turm zu sitzen und zurückzuträumen. Man denkt an die Kinderzeit, da man hier übermütig auf dem Rasen spielte oder auf einer längst verschwundenen Schaukel gen Himmel flog und mit geheimem Gruseln den Turm betrachtete, auf den man gar zu gerne hinaufgeklettert wäre, wenn nicht die Mütter sämtlicher spielender Kinder es mit dem Hinweis verboten hätten, daß er baufällig sei. Diese Baufälligkeit existierte vermutlich nur in der mütterlichen Phantasie, war eine Mutterente (wie es Zeitungsenten gibt), die uns vor unnötiger Treppenlauferei und Abstürzen mit Tränenbegleitung bewahren wollte. Aber auch das leichte Gruseln war schön, mit dem wir den angeblich baufälligen Turm betrachteten und uns ausmalten, wie das wohl wäre, wenn er plötzlich krachend zusammenstürzte, eine geräuschvolle Tätigkeit, an die der brave Turm wohl nie gedacht hat.

Die Musik spielt ein wenig falsch, ein wenig süß und ein wenig sehnsüchtig, so daß einem das Herz zu gleicher Zeit schwer und doch wieder wunderlich-fröhlich wird. Es klingt ein Ton aus ihr heraus, der weit über die Kinderzeit hin in Tage schwebt, die wir alle nicht oder wenigstens nicht mit Bewußtsein erlebt haben. Er schwebt um die Tore der Vergangenheit, die sich langsam und lautlos vor ihm auftun, wie die Tore in den Märchen. Da tritt denn das alte München heraus, das wir wohl aus kulturhistorischen Büchern und Erzählungen oder auch als anmutigen Mummenschanz großer Feste kennen, – aber wer kann richtig sagen, was eigentlich das alte München ist?! Sind es die Frauentürme, von denen boshafte Menschen behaupten, daß sie wie Riesenmaßkrüge anzusehen seien? Ist's das Johanniskirchlein mit der köstlichen Barockpracht, die man auch da und dort noch an einzelnen Häusern altmünchnerischer Straßen findet? Ist's ein altes, verschollenes Haus in weitem Park hinter kunstvoll getriebenem Gitter, das einst den duftenden Namen »Rosenschlössel« führte und für ein kurfürstliches Liebchen gebaut worden war, zu dem damals der Kurfürst von Schleißheim per Fernrohr herschmachten konnte? Ist es die malerische Quellengasse in der Au, oder sind es die beängstigend-schmalen, dunklen Gäßchen mit den appetitreizenden Namen »Schrannengasse«, »Schlikkergassel« oder ist's am Ende die rätselhaft-benannte »Hundskugel«, die noch von versteckten, alten Gärten weiß, die kaum einer kennt? Ist's etwa die Erinnerung an das »Fingergassel«, das, ehe es sich zur Maffeistraße auswuchs und weitete, so eng war, daß es seinen Namen ebensogut nach einem wirklichen Finger als nach einem Altmünchner Geschlecht hätte führen dürfen, und in dem ein Bierwagen den Verkehr sperren konnte? Oder ist's der Marienplatz, der wundervolle, alte Marienplatz ohne Elektrische und ohne Bogenlampe, an dessen Gnadensäule noch in unserer, der älteren Generation, Kinderzeit täglich ein uraltes Weiblein kniete und für einen betete, der 1812 in Rußland gefallen war?! In dem alten Türmchenhaus (das neue ist nur ein Duplikat!) wohnte später einmal ein rätselhaft-scheinender Mann, der gerne im flatternden, schwarzen Mantel ging und auffallend einem majestätischen, entthronten Könige glich. Man raunte damals allerlei um ihn her, was voll Geheimnis und Reiz war, aber durchaus der Phantasie entsprang. Heute raunt man von Keinem mehr, der auf dem Marienplatz wohnt, aber die Musik vom Petersturm spielt in Sommernächten heute wie in alten Tagen, und alle sieben Jahre schwingen die rotberockten Schäffler die grünen Reifen zum Tanz, daß »der alte Hof« verwundert dreinschaut und irgendein verschlafenes Gespenst fragen möchte, ob denn wieder Pestzeit sei, weil die Schäffler zur Aufheiterung des niedergedrückten Volkes tanzen.

Da die Musik vom Chinesischen Turm solche Verstärkung erfahren hat, tut sich das Tor der Vergangenheit weiter auf und entläßt die holdseligste Verkörperung Alt-Münchens, sie, an die man wohl am liebsten denkt, wenn man »Alt-München« sagt, und die all seinen Reiz und seine Erinnerungen zu verkörpern scheint. Das schöne Mädchen mit dem Riegelhäubchen ist's, dessen Bild vielleicht in der Schönheitsgalerie hängt, sie, die in früher Morgenstunde sittsam mit dem Gebetbuch zur Messe geht, tagsüber im Hause bleiben, der Mutter helfen oder an ihrer Ausstattung sticheln muß, aber doch bei der Musik im Chinesischen Turm nicht fehlen darf. Da sitzt sie dann, ehrbar und fröhlich neben der Mutter oder der Tante, die zu der Riegelhaube den weißen Crêpe de Chine-Schal überm weit-abstehenden lila Seidenkleid trägt und scharf wacht, daß das Mädel keine »Sparifankerl« und kein »Lalli« ihr schöne Augen macht. Nur wenn ein richtiger, solider Freier sich blicken läßt, wird die weibliche Wachsamkeit nachsichtiger, und wenn der Vater des jungen Mannes erst genaue Auskunft über alle Verhältnisse gegeben und empfangen hat, mag der Sohn das schöne Mädchen mit dem Riegelhäubchen als seine Braut betrachten. Und weil nicht nur im Gedicht, sondern auch in Vergangenheitsträumen mit Gürtel und Schleier der holde Wahn entzwei reißt, entschwindet die holdselige Alt-Münchnerin unseren Blicken, scheint wie ein Schatten zu verblassen, denn schon tritt der zu ihr gehörige Mann auf, der je nachdem ihr Vater, ihr Bruder oder ihr Eheherr sein kann. Breitspurig stapft er daher mit Vatermördern, Zylinder, geblümter Weste und dickem Stock, und er kommt einem gleich bekannt und auch gleich unsympathisch vor, dieweil seine Sippschaft über die ganze Welt verstreut ist – die Sippschaft der Spießbürger. Er sieht allerdings noch behäbiger aus als seine Vettern in andern Städten. Sein Gesicht ist noch runder, glänzender, satt-gegessener, sein Bäuchlein dicker, seine Verachtung für »arme Schlucker« und

»Fretter« zwar nicht beträchtlicher aber auch nicht kleiner als die seiner auswärtigen Verwandten. Allerdings bewegen sich seine Vorstellungen von arm und reich in bescheidenen Grenzen. Arm ist für ihn, wer sich nicht die gehörige »Bettschwere« antrinken kann, und den Mann, den wir heute »Kleinrentner« nennen, heißt er gutmütig »Dreiquartelprivatier«. In einer Bierstadt geboren, dem Bier voll schwärmerischer Hingebung zu eigen, kann er auch bei seinem sprachschöpferischen Wirken die Vorstellung von Bier nicht entbehren, wie eben »Bettschwere« und »Dreiquartelprivatier« beweisen. Neben dem Bier begehrt er noch seine »königlich bayrische Ruh'«. Um sechs Uhr abends ist seine Frau (sie war einst das Mädchen aus der Schönheitsgalerie) schon in der Nachtjacke zu sehen; wenn einer etwa noch um acht Uhr an der Haustüre läuten wollte, würde Herr Spießbürger brummen: »Mitten in der Nacht schellt man doch die Leute net heraus?«, und wenn er im Wirtshaus seinen Tarock gespielt und die Bettschwere errungen hat, legt er sich um neun Uhr schlafen. Wenn ihm einer sagte, daß man in England zur Mittagsmahlzeit sorgfältig Toilette macht, würde er erstaunt fragen: »Ja, wie könna denn die Leut' nacher ess'n?«, denn er, er zieht zum Essen den Rock aus und knöpft den Hemdkragen ab. Er ist kein eigentlicher Feinschmecker, denn Bier stumpft die Feinheit des Gaumens ab, wie Wein sie erhöht, aber er hält auf gutes, kräftiges Essen, und die Jahreszeiten und Monate sind für ihn durch wechselnde eßbare Spezialitäten und Bierproben bezeichnet. In der Christnacht gibt's Mettwürste, am Faschingsdienstag Fastnachtskrapfen, Ostern natürlich Schinken, zu Pfingsten ein Pfingstgansl, Fronleichnam nach der Prozession unzählige Bratwürstl, Kirchweihsonntag Kirchweihnudeln und zum Maibock Spanfackel. Um diese Köstlichkeiten her schlingen sich Würste in unabsehbarer Reihe und von hundertfacher Art, von der gemeinen Groschenwurst angefangen bis zur vieledlen Milzwurst, die sich kühnlich jeder Delikatesse an die Seite stellen und nur in einem so üppigen Lande, wie das alte Bayern war, bereitet werden kann. Neben ihnen ragen die drei Münchner Wahrzeichen Brustbraten, Schlegelbraten, Gratbraten und noch viel anderes, was die Frau Spießbürgerin, die einst das Mädchen aus der Schönheitsgalerie war, nach dem selbstgeschriebenen dicken Kochbuch zubereitet. Ihr Eheherr kundschaftet indessen aus, wo dies Jahr das Bier am »süffigsten« ist, beurteilt sachverständig Salvator, Märzenbier, Bock und Winterbier, denkt aber niemals daran, Gäste in sein Haus zu laden, denn Geselligkeit ist für ihn ein unbekannter

Bezirk. Wenn er mit Bekannten beisammen sein will, dann verabredet man sich zu gemeinsamem Besuch eines Wirtshauses, sofern Besuche im Hause Spießbürger es nicht vorziehen, der Magd Geld zu geben, damit sie ihnen aus dem nächstgelegenen Gasthaus eine Portion Braten und eine Maß holt, die dann auf dem gastlichen Tisch des Herrn Spießbürgers niedergesetzt und vergnügt vertilgt werden, als wäre dies die richtige, freundliche Art von Gastlichkeit.

Man glaube aber nicht, daß der Münchner Spießbürger nicht auch gelegentlich der »königlichen bayrischen Ruh'« entsagen kann. O nein, es gibt Augenblicke, in denen er sich zum Berserker wandelt! Wenn der Bierpreis aufschlägt, macht er wahrhaftig Revolution, und dem »Saupreißen« Richard Wagner samt seinem geplanten Festspielhaus versalzt er den Aufenthalt in München gründlich. Für Nordisches und Neues ist er überhaupt nicht zu haben. Die »Nordlichter«, die der wissensdurstige und literaturfreundliche König Max II. berief, werden von Herrn Spießbürger scheel angesehen, und wo er kann, verweigert er ihnen, schon um ihres Glaubens willen, die Wohnung. Vom Maximilianeum, diesem märchenhaften Abschluß der Maximilianstraße, sagt er spöttisch: »Wie a Ruin', wia's Heidelberger Schloß!«, obwohl er niemals in Heidelberg war, denn er reist nicht, weil er grundsätzlich in keinem anderen Bett schläft als in seinem eigenen. Er will überhaupt von der Welt, die außerhalb der weißblau Grenze liegt, nichts wissen. Er ist »boarisch«, nichts als »boarisch«, und wenn es auf ihn ankäme, würde niemals die »Wacht am Rhein« von ganz Deutschland gesungen worden sein. Aber es kam, Gott sei Dank, nie auf ihn an, und seine Zeit ist um, gründlich um! Warum dem Abgeschiedenen solch ausführlicher Nekrolog geschrieben wurde? Weil jetzt so oft versucht wird, ihn unserer arm-gewordenen Zeit schön-retuschiert als Urbild der Gemütlichkeit, der Anspruchslosigkeit, der harmlosen Fröhlichkeit hinzustellen. Man zeigt ihn uns gleichsam als einen liebenswürdigen Ahnherrn, dem wir, die irregegangenen Enkel, nachstreben sollen, und darum ist es zwar nicht für ihn, wohl aber für die Mitwelt vorteilhaft, ihn von der Seite zu zeigen, die seine Lobredner schamhaft verhüllen. Nein, wir wollen ihm nicht nachstreben, denn er *gehörte* nicht in unsere *reiche*, *gehört* nicht in unsere *arme* Zeit und mag nun zum Schatten verblassen, wie vorhin das Mädchen aus der Schönheitsgalerie verblasste, das leider seine Frau wurde.

* *
*

Ein neuer Ton schwebt werbend um das Tor der Vergangenheit. Kriegslärm antwortet ihm, und von Haß erfüllt gegen fremde Bedrükkung spricht Bayerns Kronprinz, Ludwig, das Wort »teutsch sein!« Das Teutsch seiner Poesien ist freilich weder teutsch noch deutsch, und Kunsthistoriker mögen entscheiden, ob der Königsplatz die geeignete Stelle für Bauten der Akropolis ist, ob sich der Palazzo Pitti auf flachen Boden gesetzt vorteilhaft ausnimmt und ob die leere Feldherrnhalle als würdiges Ebenbild der köstlichen *Loggia dei Lanzi* gelten kann. Aber trotz seiner schlechten Gedichte und seines zuweilen allzu draufgängerischen Kunstenthusiasmus kann München Ludwig I. nie dankbar genug sein, denn er, der Sohn eines Rheinbundfürsten, verkündete dieser Stadt zwei Evangelien, von denen sie bis dahin kaum gewußt hatte: das Evangelium des deutschen Gedankens und das Evangelium der Kunst. Mag die heutige Generation vielleicht auch die Meister gering achten, die ihren Großvätern als hohe Vorbilder galten, mag sie sagen, daß Cornelius keine Farbe hatte und Kaulbach nur »komponierte«, mag sie noch heute den bissig-spöttischen Worten Schwinds Beifall klatschen, mit denen er einst den feierlich historischen Piloty fragte: »Was haben S' denn heut' wieder für an Unglück g'malt?«, so waren doch sie es samt all ihren Genossen, die auf Ludwigs Ruf gekommen waren und mit denen er aus der dörflichen Kleinresidenz eine deutsche Stadt schuf, die sich schnell den Namen Isar-Athen errang. Isar-Athen – der Name lud schwere Verpflichtung auf, aber München hat diese Verpflichtung voll erfüllt. Seit Ludwigs Tagen bis heute schritt es, in Farbe eingehüllt, wie über eine von tausend Regenbögen überglänzte *Via triumphalis* der Kunst dahin. Kunst war dieser Stadt eingeboren, denn wäre sie es nicht gewesen, so hätten auch zehn Ludwige nicht aus ihr machen können, was sie geworden ist, dieweil sich der Charakter einer Stadt, geradeso wie beim Menschen, weder einpflanzen noch austilgen läßt. Weil Kunst hier eingeboren war, wuchs sie auch anders empor als an anderen Stätten, wohnte nicht nur in Galerien, Privatsammlungen und Ateliers, sondern wurde in den Wohnungen der Bürger, im Wesen jedes einzelnen heimisch, stieg zum Volk herab und wurde Gemeingut. Nicht etwa so, als ob Jeder versuchte, dilettantisch zu pinseln, oder als ob weiteste Kreise in der Lage wären oder die Lust verspürten, Bilder zu kaufen, aber jedes kleine Gerät, jede große Gebärde der Freude oder der Trauer weiß hier von Kunst, und künstlerisches Taktgefühl verhütete Entgleisungen, wie man sie an anderen großen Kunstzentren treffen konnte. Es gab hier weniger Kunstgreuel, weniger schäbige Imitationen, weniger falsche Pracht als anderswo, und wenn man sich auch der Mode der Papiermachérenaissance, der Makartbuketts, der vergoldeten Reiskörnerrahmen ebenso wenig entziehen konnte, wie einer gewissen beliebten Zuckerwassermalerei, so waren all diese Irrtümer doch bald überwunden, und München fand einen eigenen Stil für Kunst, für Kunstgewerbe und – so unglaublich es auch klingen mag! – für Damenmode. Der Münchner Stil empfing wohl Retuschen fremder Einflüsse (wie etwa das Schwabinger Kittelkleid aus Paris zurückkehrte, oder wie das Dirndlkostüm kokett schäferlich verändert uns als »Stilkleid« präsentiert wird!), aber er hat seine Eigenart nie verloren und im Kunstgewerbe fremde Konkurrenten erfolgreich geschlagen.

Was Münchner Kunst als Gemeingut bedeutet, offenbart sich aber am deutlichsten, wenn sie und ihre Künstler Feste irgendwelcher Art feiern. Wohl enthüllt sich im ernsten Kunstwerk das Mysterium der Künstlerseele, von dem aber der Mensch im Künstler mitunter nichts weiß, so daß er verständnislos neben dem Tabernakel steht, der dies Mysterium umschließt. Das menschliche Wesen gibt sich dagegen in der Art kund, wie es lachen oder trauern will, und ob Münchens Künstler Säle zur Freude oder Straßen für einen Leichenzug kleiden, immerfort wird ihre Phantasie, ihr Humor oder ihr Gefühl für Feierlichkeit etwas Vollendetes schaffen. Wohl hat sich im Laufe eines Jahrhunderts der Charakter der Künstlerfeste gewandelt, aber Reiz und Anmut ihres Wesens sind dieselben geblieben, gleichviel ob sie vor vierzig Jahren die Räume der alten Akademie zum Alt-Münchner Christkindlmarkt wandelten, ob sie Ritterfeste auf Burg Schwaneck gaben, ob sie den Schützen die Scheibe mit der »Schützenliesl« malten, ob Lenbachs mediceische Art die blendenden Feste im Hoftheater befahl, ob die Akademiker auf urwüchsiger Bauernkirchweih um den Maibaum tanzten, ob sich nach Rezniceks Intuitionen der »fesche Domino« im Walzer drehte, ob Jugendlust um »das goldene Kalb« rast, ob im geschlossenen Zirkel beim Bockfest Schnaderhüpfln zur Laute ertönen und eine Bockzeitung so viele witzige Illustrationen bringt, daß Witzblätter einen Monat lang davon leben könnten, – immerfort ist alles echt und darum wertvoll, ist es, weil Künstler und Festgäste sich ohne besondere Verständigung in dem Bestreben finden, ein einheitliches Bild, ein Kunstwerk darzustellen. Nicht etwa mit Possen oder durch fade »Schönheit« wollen sie es machen, nein, jeder schiebt sich selber zugunsten des Ganzen in den Hintergrund, beweist da eine Subordination, die dem Süddeutschen sonst nicht sympathisch ist, und gibt sich nur zufrieden, wenn der Charakter des Festes gewahrt ist und aus dieser allgemeinen Zufriedenheit jene berauschende Stimmung entspringt, die man, wie es heißt, nur im Münchner Fasching atmen kann. Die ganze Luft ist von ihr durchzogen, und darum kann Keiner sie vergessen, der sie je geatmet hat, muß immer wieder zu dieser Stadt an der Isar zurückkehren, wie die *Fontana Trevi* keinen mehr losläßt, der von ihrem Wasser trank.

Der ernsthafte Sohn des kunstfreudigen Ludwig, König Max II., mehr aufs Geistige gerichtet als sein Vater, versuchte dann für Isar-Athen noch eine andere Provinz als die der Kunst zu erobern, rief die »Nordlichter« aus Norddeutschland herbei, die Philosophen, Gelehrten und Dichter, zu deren Füßen die akademische Jugend in den Hörsälen saß und die in der lustigen Dichtergesellschaft »Krokodil« nicht weniger fröhlich, witzig und künstlerisch waren als die Männer des Pinsels und der Farbe. Aber ein recht inniges Verhältnis ist zwischen ihnen und der Stadt nie zustande gekommen, niemals hat München ihnen das Du angeboten und gemeint, daß es ohne sie nicht leben könne. Selbstverständlich hat es sie dennoch hoch verehrt, hat wohl gewußt, daß es stolz auf sie sein würde, aber es ist über Verehrung und Stolz hinaus nicht bis zur Liebe, nicht bis zur Wesensvermählung mit ihnen gelangt. Es ist niemals eine Literatur- oder Theaterstadt geworden, obgleich es edelste Namen der Dichtkunst umschloß und einst ein Schauspielensemble hatte, das sich mit Ehren neben dem ersten deutschen Theater, der Wiener Burg, sehen lassen konnte und für Ibsen Pionierdienst leistete. Es ist auch niemals eine Zeitungsstadt geworden, wie etwa das stammverwandte Wien.

Um so lieber und herzlicher hat sich München der Musik ergeben, dieser Kunst, die sinnlich wie die Farbe, nicht mit dem Verstand, sondern mit dem Gefühl erfaßt werden muß. Musik tönt aus jeder kleinsten Schenke, aus jedem noch so engen Herzen; von der Bockmusik bis zu den Festspielen des Prinzregententheaters umschlingt ein Kranz von Melodien die musikfrohe Stadt. Das Genie Richard Wagners, das Spießbürgerei einst hinausgraulte, hatte dennoch hier bei einem romantischen König so zarte und großzügige Sorgfalt genossen, daß selbst der Mann, der sich sonst nicht übermäßig mit Dankbarkeit plagte, dem Romantiker auf dem Thron sein Leben lang dankbar blieb.

»So wandel' ich hochbeglückt denn neue Pfade –
Im sommerlichen Königreich der Gnade.«

Musik und Malerei – als Zweiklang tönen sie über die Stadt hin und werden nicht verstummen, solange sie besteht.

* *
*

Ein dritter Klang will sich dem Zweiklang gesellen. Er schwebt nicht werbend um Tore der Vergangenheit, sondern schallt von der Gegenwart hinaus in die Zukunft. Nicht sanft ist er, sondern lärmend, schmetternd, und nicht in der Musik des Chinesischen Turms ist er zu vernehmen, sondern aus der Hirschau, von den Maffeiwerken tönt er über die Rasenfläche des Englischen Gartens hin. Sausender Hammerschlag, der auf Eisenplatten niederfällt, erzeugt ihn, und der Text, der zu ihm gehört, heißt: »Arbeit – Arbeit«. Quer durch den Englischen Garten, der einst nur für Spaziergänger bestimmt schien, läuft von den Maffeiwerken nach der Bahn ein eisernes Schienenpaar, das in dem fröhlichen Grün sich wie eine Arbeitsschwiele an einer wohlgepflegten Hand ausnimmt, die dem Müßiggang entsagt hat und den Takt schlägt zu der eisernen Melodie »Arbeit – Arbeit!«

Fremde lächeln wohl, wenn man ihnen von dem arbeitenden München sprechen will. Sie möchten es nur als das schöne Mädchen mit dem Rieglhäubchen sehen oder als den fröhlichen Maler oder den verträumten Musiker, aber das kluge, ernste Antlitz der Arbeit wollen sie dieser Stadt nicht zutrauen. Wie es einst hieß, daß Österreich sein Glück nicht durch Kriege, sondern durch Heiraten begründen möge, so meinen sie, München solle nur malen, musizieren, sich und andere vergnügen und die Mühsal und den Preis der Arbeit andern überlassen. Aber die Stadt hört nicht auf Verehrer und Schmeichler dieser Art, schafft verständig und fleißig, und unter dem Glanz ihrer tausend Regenbogen, hinter dem Kranz ihrer Melodien laufen unsichtbar hundert und aberhundert Schienenpaare gleich Arbeitsschwielen an wohlgepflegter Hand. »Arbeit« – schmettern die Hämmer der Hirschau in die Stadt hinein, und »Arbeit« tönt das Echo vielstimmig zurück. »Arbeit« rattern die Elektrizitätsmaschinen, rauchen die Schlote, brausen die Sudkessel der Brauereien, »Arbeit« funkt es von den Türmen, schnauft es bei den Treibriemen, rasselt es von unzähligen Motoren. Wohl ist die Stadt nicht so verbissen auf Arbeit eingestellt wie etwa Städte großer Industriebezirke; man darf eben nicht vergessen, daß sie die Tochter eines Agrarlandes ist, allzulange von keiner andern Arbeit und keinem andern Ertrag wußte als von denen des Pfluges und der Sense, und obendrein ärmer an Kohlen dasteht als reichere Schwestern, die wiederum arm an Bodenfrucht sind.

Aus jeder Lokomotive, die auf der Arbeitsschwiele im Englischen Garten zur Bahn hinläuft, steht ein Namen, ein gleichgültiger Taufnamen, wie Lokomotiven ihn tragen. Aber unsichtbar steht daneben »München«, geradeso wie bei gewissen Adelsgeschlechtern neben dem Rufnamen des einzelnen noch ein anderer Namen steht, der ihnen allen gemeinsam ist. Mit diesem unsichtbaren Namen rasen Lokomotiven und Maschinen, Motorpflüge, Bierfässer, Funksprüche und tausend andere Pfänder des Fleißes hinaus über Münchens, über Bayerns, über Deutschlands Grenze, in die Welt hinaus, verkünden, daß München nicht als müßige Schönheit unter rührigen Schwestern steht und daß sie wohl das andere Evangelium in sich aufgenommen hat, das einst verkündete »teutsch sein« und das heute heißt »deutsch sein und arbeiten!«

So steigert die fröhliche, farbenfrohe, musizierende Stadt den Zweiklang der Farbe und des Tons zum brausenden Akkord der Arbeit.

Englischer Garten

Das Pärchen

Man trifft es auf allen breiten und auch auf allen heimlichen Pfaden, aber seine Sinnesart läßt sich doch an dem Weg erkennen, den es wählt. Die oberflächlichen Plausch- und Flirtpärchen laufen im Bezirk des chinesischen Turm umher, die romantischen bevorzugen den Wasserfall, die gefräßigen das Tivoli oder das Milchhäusl, und die geistigen die einsamen Wege, die zum Aumeister führen. Für den objektiven, scheinbar in seine Gedanken versunkenen, zufälligen Zuhörer sind die geistigen entschieden die amüsantesten. Wenn man's nicht miterlebt hat, ahnt man ja gar nicht, wieviel Verdrehtheit, Größenwahn und Banalität da Seite an Seite durch den blühenden Sommer wandelt. Schwabing liegt eben verhängnisvoll dicht beim Englischen Garten ... Sie trägt das beliebte Eigenkleid, mit dem Guillotinenausschnitt, der den sanften Blähhals den Blicken der staunenden Menge preisgibt, die sich im Stillen frägt, warum man einen Blähhals durchaus nackt herzeigen muß ... Er trägt einen rein persönlichen Lodenmantel oder Sportsanzug, schreitet belehrend neben ihr. Er zitiert Spengler und fügt bescheiden hinzu, daß er sich das alles auch schon gedacht hat, nur großzügiger, mehr dem Geist der neuen Zeit angepasst ... daß er in allem und auf jedem Kunstgebiet ebenso eigenartige wie genialische Ansichten vertritt, ist selbstverständlich. Jeder Maler, der Bilder verkauft, jeder Autor, dessen Bücher gelesen werden, ist »ein Kitschler«. Er aber, er wird der Weit einmal zeigen, was malen oder schreiben heißt ...

Das Paar

Es bevorzugt den oberen Teil des Englischen Garten, weil man da näher nach Hause hat und weil die Gebäude der nahen Straßen Schutz bei plötzlichem Regen bieten. Kleine Ware erfordert ja tausend Rücksichten ... Sie schiebt den Kinderwagen, er schlendert etwas überflüssig und etwas gelangweilt neben her. Mitunter schüttelt er das Bettchen auf, rückt das Kind zurecht, entkorkt oder verschließt die Milchflasche. Er tut alles pünktlich aber ein wenig Langeweile bleibt immer auf seinem Gesicht. Die Frau merkt's nicht. Sie schäkert mit dem Kinde oder schwatzt eifrig vom Trara ihres kleinen Tagwerks. Er hört kaum hin, sieht nur zuweilen die Vorübergehenden mit einem bewunderungheischenden Blick an, als ob Wilhelm Busch niemals das allen Vaterstolz niederbügelnde Wort geschrieben hätte: »Vater werden ist nicht schwer«.

Der Stolz auf das Kind ist das einzige, was ihm diese Spaziergänge erträglich macht. Sonst ... Er seufzt ein wenig. Es war doch hübscher, da man noch als Pärchen ging ...

Begleiterscheinungen

Die Mütter und Kindermädchen, die auf den Bänken sitzen, indes die Kinder spielen, verdienen zuweilen Achtung, meist aber grenzenlose Bewunderung. Achtung in den seltenen Fällen, wo sie die Kleinen bei Duldung aller Toll- und Spielwut in einer gewissen löblichen Zucht halten, grenzenlose Bewunderung für die himmlische Naivität, mit der sie jede Unart, jede gedankenlose Rüpelei ihrer Schutzbefohlenen übersehen oder überhaupt nicht sehen. Mein Gott, auf solch einer Bank gibt's ja auch so viel zu reden, zu räsonnieren! Derweilen mag der Bub die schönsten Blumen abreißen und sie in der nächsten Minute wieder wegwerfen, oder er mag Käfer quälen, Schnecken zertreten oder auch erfolgreich versuchen, mit seinen Stiefel-Absätzen Zaun und Bank zu ruinieren. Derweilen streut sein Schwesterchen die Kerne der eben verspeisten Kirschen nicht etwa ins Gras, sondern säuberlich vor die Sitzplätze der Bank hin, zerreißt das fettige Butterbrotpapier in kleine Fetzen und wirft sie mitten auf den sauberen Weg, dessen feinen Sandbelag sie auch sonst noch vorbedacht und leider ebenfalls erfolgreich zerstörend bearbeitet. Die Damen auf der Bank sehen's, lächeln und schwatzen ... Solch eine Bank ist wie eine Vorschule für Rücksichtslosigkeiten und Flegeleien. Wenn man die Begleiterscheinungen beobachtet, wundert man sich nur, daß die Kinder nicht noch viel unartiger sind ...

Die Einsamen

Gleich den Pärchen bevorzugen auch sie den unteren Teil des Englischen Garten, die Wege, die zum Aumeister oder nach Bogenhausen führen. Ihre Einsamkeit trägt mancherlei Gesichter: die eine geht gleichgültig dahin, schaut nicht rechts noch links, läuft ihr Pensum ab, das Pensum, das zur Erhaltung der Gesundheit nötig ist, der Gesundheit für eine graue Existenz. Eine Andere geht langsam, tief in Gedanken versunken, die sich zitternd auf ihrem Antlitz widerspiegeln. Zuweilen bleibt sie wie überwältigt von einem Gefühl, einer schmerzlichen Erinnerung, stehen, preßt die Lippen fest zusammen und ihre Blicke verlieren sich ins Weite. Dann faßt die alten Linden und Buchen ein großes Mitleiden an und sie rauschen der Einsamen mit dem trauervollen Gesicht allerlei Geheimnisvolles zu. Andere verstehen es nicht, aber die Einsame mit dem Angesicht der Trauer versteht die Sprache der Bäume. Lauscht ihnen und begreift den Trost, den sie ihr geben wollen. Sie bleibt seltener stehen, ihr Gesicht wird ruhiger, ihre Blicke verlieren sich nicht mehr ins Weite, sondern erfassen die Schönheiten der Nähe, und mit einer Ahnung von Harmonie nach ewigen Gesetzen kehrt sie heim ...

Zuweilen trifft man auch einen jungen Mann, der eifrig in einem dicken Schmöker liest – Examensnöte – oder ein junger Kleriker wandelt einher, schwarz und ernst, liest im Gehen sein Brevier. Da fällt mir der junge Ekkehard ein, der in tauschwerem Morgendämmer die Sprüche Salomonis liest, das Hohelied im verbrannten Herzen …

Die Alten

Man trifft sie nicht am Wasserfall, denn da zieht es, nicht am See, denn da ist es feucht, nicht auf den tiefverschwiegenen Wegen, die weit unten zum Ende des Englischen Garten führen, denn die sind zu entlegen. Sie gehen langsam auf hübschen, sonnigen Wegen und blicken mit ihren ausgeblaßten, weitsichtigen Greisenaugen in die Ferne, als sähen sie d o r t im Zug lichter Wolken ein entschwundenes Glück … Doch es gibt für sie auch ein gegenwärtiges, nahes: der blaue Himmel … der schmeichelnde Wind … die Blütenkätzchen, die von den Sträuchern tropfen … das Vogellied, das von den Zweigen schmettert … die bunten Wellen der blumigen Wiese … die Sonnenkringel, die auf der Erde zittern … D a s e i n – so selbstverständlich scheint es und ist doch des Menschen erstes und letztes Glück, das einzige, das ihm nie lügt. Die Alten spüren die Wahrhaftigkeit und die kleinen Wonnen, die es ihnen noch schenkt. Niemand kommt reicher vom Englischen Garten heim als sie …

Die Aufklaubfrau

Ein weißes Kopftuch um den verwitterten Kopf, eine grobe Schürze um die Hüften, schwere Schuhe an den Füßen, den Korb zum Einsammeln unterm Arm, so geht sie langsam mit spähendem Auge die Wege ab, hebt Butterbrotpapiere, Kirschkerne und all den Krimskrams auf, den Kinder und Erwachsene gedankenlos und undiszipliniert hingeschleudert haben. Sie wirft die armen zertretenen Blumen zur letzten Ruhe in die Wiese zurück, wischt die beschmutzten Bänke ab usw. Diese Frau lebt von der Schlamperei der anderen, ihr Brot ist die Unordnung, die dem Publikum beliebt. Hoffentlich gibt sie sich nicht mit philosophischen Betrachtungen ab – sie müßte sonst zu einem vernichtenden Urteil über die Hemmungslosigkeit der Masse kommen. Ich sehe ihr nach, wie sie gleichmäßig dahinstapft in ihren schweren Schuhen, als Kehricht in ihren Korb einsammelnd, was vor wenigen Stunden noch bunt und lebensfroh gewesen … Ein leises Frösteln befällt mich. Wie sie so dahinschreitet, im Dämmer der Bäume verschwindet, scheint sie wie ein Symbol der Andern, der großen Aufklaubfrau, die mit gleichgültiger Hand alles wieder ins Geleise bringt, was wir verrückt haben, die fühllos beiseite wirft, was uns ein frohes Lebenswerk schien …

Verschwiegene Gärten

Ist es nicht ein trauriger Gedanke, daß fast jedes neue Haus das Grabmal eines blühenden Stück Landes darstellt! Allzu oft haben wir es ja mitangesehen, wie die Stadt auf ihren steinernen Füßen unbarmherzig weiterstapfte, Rasen aushob, Bäume entwurzelte, blühende Hollunderbüsche zertrat. Immer noch, so lange es auch her ist, muß ich an eines der Häuser draußen im alten Bogenhausen denken, just da, wo sich heute die allermodernsten Prachtbauten erheben. Ein wenig abseits von den andern, die durchwegs bäurischen Charakter trugen, glich es einer hübschen Villeggiatur, wie wohlhabende Leute sie wohl zu Anfang des vorigen Jahrhunderts besaßen.

Selbstverständlich hatte einst auch ihm zuliebe ein Stück Boden sterben müssen, aber man merkte nichts von dieser Opferung, denn das alte Haus lag eingebettet in einen Garten, der wie eine einzige Fliederhecke anzusehen war. Auf zwanzig Schritte roch man schon den süßen Duft, und von dem Balkon, der das einzige vorhandene Stockwerk schmückte, mußte man weit übers Land sehen können. Sicherlich haben in der Fliederhecke in hellen Sternennächten Nachtigallen geschluchzt, und es war hübsch zu denken, daß in solcher Nacht auf diesem Balkon ein verliebtes Paar eng aneinandergeschmiegt stand, den Fliederduft atmete, den Nachtigallen lauschte und den Widerschein der Sterne in den Augen des andern suchte … Ich weiß nicht, wem das heute verschwundene Haus und der gemordete Garten gehörten, sicherlich haben auch nicht immer verliebte Paare darin gewohnt und geschwärmt, aber es war hübsch, sich so etwas auszudenken, auch wenn alles nicht wahr gewesen ist …

Weit weg von Bogenhausen, fast mitten in der Stadt, als Nachbar prinzlicher Gärten, lag ein anderer, weiter Garten, Eigentum einer vornehmen Familie, die prinzlichem Geblüt nicht nur räumlich nahestand. Eine hohe weiße Mauer umschloß ihn gleich einer Vertugada, aber die mächtigen, uralten Baumkronen, die über die steinerne

Vertugada hinausragten, ließen seine Schönheit ahnen. Niemals habe ich einen Menschen gekannt, der diesen Garten betreten hätte, habe zwanzig Jahre lang in seiner Nähe gewohnt und nie einen Blick hineinwerfen können. Samtartige Rasen, farbenglühende Blumenbeete, ehrwürdige Bäume, unter denen helle Gartenmöbel stehen, Springbrunnen und verschwiegene Laubgänge, – das alles mag er umfangen haben, aber niemand wußte davon. Da ich Türe an Türe mit ihm wohnte, war mein Verlangen nach ihm nicht gar so groß, und gleich den andern Mietsparteien unseres Hauses begnügte ich mich mit der Feststellung: »Ja, der Garten muß wunderschön sein!« Dann aber, als das Leben (und mehr noch die Wohnungspreise!) mich aus seiner Nähe verdrängt hatten, wuchs meine Sehnsucht nach ihm. So oft ich an ihm vorbeiging, kam es mir vor, als hätte ich ein Glück versäumt, als könnte sich der Ring meines Lebens nicht schließen, wenn ich diesen Garten nicht einmal, nur ein einziges Mal betreten hätte ... Zuweilen war das Verlangen so groß, daß ich an die Besitzer schreiben und sie bitten wollte, mich nur ein Mal und nur für eine Viertelstunde in ihren Garten einzulassen. Ich tat es aber nie, weil man sich solcher Impulse schämt und fürchtet, für verrückt gehalten zu werden. Als wenn das Unglück so groß wäre, wenn ein Mensch vom andern denkt: »Der muß rappeln!« Also ich schrieb nie, betrat den Garten nie, und nun liegt er verkauft, entweiht, mit gefällten Bäumen und zerschundenem Rasen und erwartet ein Hotel oder eine Bank oder sonst ein neuzeitliches Gewächs, das sicher rentabler, aber nicht so schön ist wie der Garten meiner Sehnsucht und Träume. Verkauft und entweiht liegt er, ohne dass ich ihn in seiner prangenden Zeit betreten hätte, aus Angst, daß mich einer für verückt halten könnte! Aber es hat wohl jeder solch einen versäumten Garten in seinem Leben!

Zuweilen freilich ist es auch ganz gut, wenn sich nicht jeder Garten auftut, dessen Geheimnis reizt. Da ist in einer der winzigen Gäßchen, zwischen Ludwigstraße und Englischem Garten, ein durch eine Bretterwand abgeschlossener Garten, über die, ganz wie bei der steinernen Vertugada, Baumkronen ragen. Hinter ihnen birgt sich ein altes, kleines Haus. Da mich mein Weg einmal monatelang an dieser Bretterwand vorbeiführte, hinter der ich ein süßes Geheimnis vermutete, war es immer mein Wunsch, daß die Türe der Bretterwand sich einmal auftun und mir Einblick gewähren möchte. Eines Tages war denn das Schicksal auch spöttisch aufgelegt und erfüllte meinen Wunsch.

Da war aber kein süßes, altes Gärtchen, sondern nur ein einziger alter Baum, der in der Nähe besehen, sich etwas ruppig ausnahm und unter ihm lag Handwerkzeug, stand ein Schubkarren und vor einem Schuppen bellte ein Hund. Es ist doch besser, wenn das Schicksal nicht jeden Wunsch erfüllt ...

Auch in der Nähe meiner heutigen Wohnung, in Schwabing, dehnt sich ein parkartiger Garten, den eine weiße Mauer umfängt. Sie gleicht weniger einer Vertugada als einer Mühlsteinkrause und nicht nur Baumkronen ragen über sie empor, sondern auch Gebüsch. Flieder- und Jasminduft dringt über sie her und sie kann es nicht hindern, daß im Frühjahr ein Regen weißer und rosenfarbener Kastanienblüten auf dem Bürgersteig liegt. Da, wo die Mühlsteinkrause um die Straßenekke biegt, schaut über sie heraus ein Sommerhäuschen, bei dessen Anblick wohl jeder denkt: »Das muß nett sein, da drinnen zu sitzen!« Sicherlich ist dieser Park herrlich und es könnte wunderschön sein, in ihm zu wandeln, sich allerlei auszudenken und niederzuschreiben. Dennoch bin ich gar nicht neugierig auf ihn. Ich habe nämlich eine Bekannte, die öfters in diesen Garten geht, weil sie mit der Besitzerin befreundet ist. Sobald man aber weiß, daß ein Garten besucht und begangen werden kann wie andere Gärten auch, verliert er an Anziehungskraft ...

Dagegen bin ich einem andern zuliebe, der eigentlich gar kein Garten war, oft mehr als eine Stunde weit gelaufen, obwohl er nur mehr der verwilderte Überrest eines Gartens war, nur noch ein Rasenstück vor einer verlotterten Bauernhütte. Die lag im Westen der Stadt, war ganz ebenerdig, hatte nur eine Türe und rechts und links von ihr ein paar Fenster, die durch grüne Läden fest verschlossen waren. Sie war unbewohnt, denn sie gehörte einem Schwerkranken, der irgendwo in einer Pflegeanstalt lebte. Nach unseren Begriffen hätten auch nur Vierfüßer in dieser Hütte wohnen können. Ehedem hatte sich vor ihr wohl ein weiter Bauerngarten ausgebreitet, der nun verlassen und verkommen war. Kniehoch schossen Grashalme um einen verschlafenen alten Ziehbrunnen und in dem ungezügelten Grün jauchzten in bunter Farbenlust wilde, üppige Sommerblumen und zwischen ihnen, gleich fremden Gästen einer Bauernkirchweih, eine steife Malve, eine glühende Feuerlilie oder ein blauer Rittersporn. Ob der Wind von Ferne her die Samen der gesitteten Gartenblumen in die Bauernkirchweih getragen, ob sie ein letztes Vermächtnis der Hand waren, die einst hier jätete und pflanzte, – wer vermöchte es zu sagen? Ich bin oft lange vor dem Zaun gestanden, der dies Rasenstück von der Straße abtrennte, habe gewartet, ob nicht endlich jemand aus dieser wie verwunschen aussehenden Hütte, aus dieser zugewachsenen Türe treten möchte. Natürlich kam nie jemand, aber es war doch spannend, dazustehen und zu warten …

Schwabing ist besonders reich an alten verschwiegenen Gärten. Da ist einer, den jeder Schwabinger kennt, ein weiter Park, der heute wohl ein Trillionenobjekt darstellt. Auch ihn umfängt eine Mühlsteinkrause, aber sie hat einen kleinen, koketten Ausschnitt, der einen Blick in die grüne Herrlichkeit gestattet. Dieser Ausschnitt, ein prächtiges, altes Gittertor aus Schmiedeeisen, läßt im Hintergrunde des Gartens das langgestreckte Haus erblicken, das zu Anfang des vorigen Jahrhunderts oder noch etwas früher erbaut worden sein mag. Es trug einst einen gar poetischen Namen: »Rosenschlössel« und soll von einem verliebten Kurfürsten für eine schöne Frau gebaut worden sein, zu der er von Schleißheim per Fernrohr herschmachten konnte. So galant war man damals und zu solch nützlichen Zwecken ist das Fernrohr erfunden worden! Hinter diesem prächtigen schmiedeeisernen Gitter sah man früher auf sorgsam geharkten Wegen stolze Pfauen schreiten, Enten quackeln, wohlgepflegte Hunde ein muntres Spiel treiben oder auch eine Schar alberner Haushühner umherjagen. Alles sah schön, herrschaftlich und zugleich poetisch aus, ein wenig wie »Lillis Park« auf dem bekannten Bilde von Kaulbach. Dann erlebte das Haus seine historische Stunde: ein bekannter Führer der Rätezeit hielt sich dort in einem Wandschrank versteckt … Was sich der alte, prächtige Park mit seiner galanten Vergangenheit wohl über diese Gegenwart gedacht hat?

Es gibt aber, zwar nicht in Schwabing, aber auch nicht allzuweit von ihm entfernt, einen Garten mit noch viel pikanterer Vergangenheit, eine Vergangenheit, die lebendiger im Gedächtnis steht als das verliebte kurfürstliche Fernrohr. In einem alten Gartenstück, Eigentum eines künstlerischen Vereins, steht ein verwitterter Pavillon, der niemand anderem gehörte als (haltet den Atem an, »Tyrannenhasser« und Moraltrompeter!) der Lola Montez. Eingebettet in Wiesengrün und Wipfelrauschen steht er da, und pathetische Gemüter mögen nun zur Harfe greifen und vom »greisen Lüstling«, der »feilen Dirne«, »dem edlen Volkszorn« und der »entfallenen Krone« schwafeln. Der kleine

Pavillon aber schweigt und gleich ihm schweigen Halme und Wipfel. Nur ein sehr feines Ohr vernimmt noch, wie ein verliebter alter Herr stolpernde, zuweilen verfängliche Verse drechselt, während eine hübsche, freche Tänzerin ihn ausbeutet und auslacht …

Von frivolen Fürstenerinnerungen geht's zurück nach Schwabing, in eine hübsche kleine Straße, deren Namen auf ein edles, ausgestorbenes Geschlecht weist. Zwei moderne »Prachtbauten« in ihr erinnern lebhaft an »Zwinguri« und nehmen sich doch fast lächerlich aus als Gegensatz zu dem hübschen, behaglichen Altbürgerhaus, das ihnen gegenübersteht. In einem Garten liegt es, den eine rote Geranienguirlande umsäumt und bis vor kurzer Zeit nur ein Zaun von der Straße abschloß. Unter einem wunderschönen alten Baum steht eine zierliche kleine Bank und Haus und Zaun und Bank und Geranien gaben ein so liebenswürdiges Biedermeierbild, daß man meinte, hier müsse ein junges Fräulein im Rosakleid sitzen und »Mimili« lesen. Neuestens aber hat sich der Zaun zu einer Hecke verdichtet und als ich einmal neugierig durchspähte, was sich hinter ihm wohl bergen möchte, da sah ich, daß im Mimiligarten – Wäsche aufgehängt wurde! Wäsche ist allerdings immer etwas Schönes, für die Hausfrau Hocherfreuliches, bedeutet in unsrer Zeit einen der gesuchtesten »Sachwerte«; ich war aber doch recht enttäuscht. Auch das feinste Tischtuch, das im Winde flattert, kann mir mein Fräulein im Rosakleid mit »Mimili« in der Hand nicht ersetzen.

In einer andern Straße Schwabings, die modern, gewöhnlich und jeglichen Reizes bar, liegen als ihr einziger Schmuck dicht aneinandergedrängt drei kleine Gärten. Zwar ob der eine ein Schmuck ist, kann ich mit gutem Gewissen nicht behaupten, denn eine überdichte Hecke schützt ihn vor jedem Blick. Der zweite besteht anmutig aus grünem Rasen, grünen Büschen und einem schöngepflegten, sich rundenden Kiesweg. Der dritte aber, dessen Anblick kein neidischer Zaun behindert, denn der ihn umgibt ist lustig und freigebig wie ein fröhlicher Mensch, dieser dritte gemahnt in seiner bunten, wilden Fülle an das »Paradou« in Zolas schönem Roman »*La faute de l'abbé Mouret*«. Über das ganze Jahr hin schlingt dieser kleine Garten, zum Entzücken aller, die ihn kennen, einen dichten Blumenkranz, den Geschmack und Liebe winden. Im Frühling sind es rosenfarbene, violette und gelbe Krokusse, glasblaue Hyazinthen, feuerrote, goldgesprenkelte Tulpen und über ihnen wirbeln weiße Schneeballen, leuchtet der Rotdorn, duftet der

Flieder, glänzen die gelben Trauben des Goldregens. Im Sommer ist's ein Rosentraum in allen Farben, von allen starken, süßen, zarten und erregenden Düften und im Herbst flammt es vom Gewirre der Astern und bunten Georginen. Ein kleines Gartenhaus steht da und alte verwitterte Sandsteinfiguren, nicht eben schön, nicht eben künstlerisch, aber alles umwoben von einem Stimmungsreiz, der uns vergessen läßt, daß wir inmitten einer Großstadt und einer häßlichen Zeit leben und der uns zurückversetzt in die heitere Beschaulichkeit langentschwundener Tage. Ich weiß nicht, wem dieser Garten gehört, sehe nur ab und zu ein paar alte Leute aus dem Häuschen kommen, vor dem er liegt und habe mich schon manchesmal besonnen, ob ich ihnen nicht für ihren Garten danken soll. Aber man geniert sich, so etwas zu tun, obgleich es eigentlich keine Schande ist, sich für eine Freude zu bedanken …

Es gibt in München noch viele solche verschwiegene Gärten und wer sie liebt und sucht, zittert immer, daß sie ihm eines Tages verloren gehen, das heißt, in die Hände eines rührigen Baumeisters kommen könnten. Die große Kalamität der ruhenden Bautätigkeit ist für all diese Gärten und ihre Liebhaber ein wahrer Segen, wenn vielleicht auch nur eine Gnadenfrist. Doch wir haben uns ja in jeder Hinsicht daran gewöhnt, von der Hand in den Mund zu leben und so wollen wir uns der verschwiegenen Gärten freuen, solange sie noch da sind und nicht erst fragen, wann auch über sie die steinernen Füße der Stadt wegstampfen …

Zwei schöne Bayerinnen

Die schöne Barbara

Im Jahre 1546 wohnte zu Regensburg, in der Kramgasse, dicht bei der Fürstenherberge »Zum goldenen Kreuz«, der ehrsame Gürtler Plumberger, dessen junge Tochter rundum »die schöne Barbara« hieß. Schön, fröhlich, sangesfreudig war sie, ein echt süddeutsches, liebes, süßes Mädel, das sich gewiß schon auf den bevorstehenden Reichstag freute. Führte doch jeder Reichstag einen Schwarm vornehmer, reicher Herren ins »Goldene Kreuz«, die den hübschen Regensburgerinnen allerlei Artigkeiten erwiesen …

Im »Goldenen Kreuz« stieg auch Kaiser Karl V. ab, der damals sechsundvierzigjährig, verwitwet, von Gicht- und Leberleiden geplagt, so tief melancholisch gewesen sein soll, daß seine Umgebung meinte, nur Musik und Jugendfrische vermöchten ihn zu erheitern. Da tänzelte denn die schöne Barbara aus der dunklen Kramgasse ins »Goldene Kreuz«, verscheuchte des Kaisers Schwermut und sang mit ihm ein angenehmes Duett, das nach der üblichen Frist mit der Geburt eines gesunden Knaben endete.

Mit dem Reichstag war dann auch die Liebe vorbei. Der Kaiser zog fort, nahm den Knaben Hieronymus mit sich, um ihn in Spanien bei einer vornehmen Familie erziehen zu lassen, setzte der schönen Barbara das etwas schäbige Heiratsgut von 5000 Gulden aus (das aber erst nach Jahren und Mahnungen ausgezahlt wurde!) und vermählte sie einem seiner Offiziere, der den vergnüglichen Namen »Kegel« trug.

Auch Barbara scheint sich um den Kaiser just nicht die Augen ausgeweint zu haben. Ihr Kegel, ein schneidiger Militär, gefiel ihr vermutlich besser als der morose Herrscher, und so lebte sie vergnügt mit ihm, gebar ihm drei Kinder, die sie nach Kräften verzog, amüsierte sich daneben köstlich bei Tanz und Schmausereien, verschwendete mit vollen Händen, wenn sie Geld hatte, machte Schulden, wenn sie keines hatte, was wohl häufig der Fall gewesen sein dürfte, denn Herrn Kegels Sold war bescheiden und blieb obendrein häufig aus.

Dann starb Herr Kegel plötzlich, ließ seine Witwe mittellos zurück, die nun den rückständigen Sold sowie sich selber dem Sohne und Nachfolger des Kaisers, König Philipp II. von Spanien, empfahl. Nebenbei hielt die lebensfrohe und immer noch anmutige Frau Ausschau nach einer neuen Glücksmöglichkeit, doch das Schicksal, das schon einmal die kleine Gürtlerstochter mit dem Purpurmantel gestreift, hatte es anders für sie bestimmt, als sie dachte und meinte …

Aus dem kleinen Hieronymus war ja inzwischen Don Juan d'Austria, der Sieger von Lepanto, geworden, und so fatal es auch sein mochte, so konnte sich der spanische Hof doch nicht der betrüblichen Tatsache verschließen, daß die bedrängte Witwe Kegel die Mutter des umjubelten Helden war. Da Don Juan den dringenden Wunsch hatte, seine Mutter endlich kennen zu lernen, und da sowohl König Philipp wie Herzog Alba von der Art eines süddeutschen süßen Mädels offenbar keine klare Vorstellung hatten, meinten sie, es würde ein leichtes sein, Madame Kegel zunächst nach Spanien kommen zu lassen. War sie erst da, wollte man sie mit sanfter Gewalt in ein Kloster befördern und der Welt verkünden, daß Donna Berberia kein anderes Glück mehr suche, als für den Sohn und die eigene sündige Seele zu beten.

Doch ach! Madame Kegel war für solch abgeklärte Lebensauffassung nicht zu haben. Sie erklärte kurzweg, daß sie nicht nach Spanien gehen werde, denn sie wisse schon, daß man die Frauen dort gleich Gefangenen eingesperrt halte. Da Herzog Alba im Auftrage seines Königs nähere Erkundigungen über den Grund der Weigerung einholt, erfährt er: »Es fehlt nicht an Männern, welche sie zur Ehe nehmen möchten, und ich weiß auch nicht, ob sie dazu nicht Lust hätte, denn sie hält sich noch für jung. Ich habe ihr aber sagen lassen, sie möge um alles in der Welt nicht daran denken, sich wieder zu verheiraten.«

Die neue Ehe Barbaras –, das ist jetzt die Sorge, die aus dem Depeschenwechsel zwischen König Philipp und Herzog Alba immer wieder spricht! Es mutet wie ein Operettenstoff an, wenn man den strengen König und den eisernen Herzog in das Problem versunken sieht, wie eine lebenslustige Offizierswitwe von der Wiederverheiratung abzuhalten sei. – Es wäre ja auch zu peinlich, wenn man, kaum daß man den einen Kegel los geworden ist, sich vor einen zweiten gestellt sähe, und völlig unmöglich wäre es, der Welt die Heldenmutter in den Flitterwochen einer subalternen Ehe zu zeigen … Immerfort überläuft den König wie den Herzog ein sanftes Gruseln, wenn sie sichs vorstellen, und der Herzog berichtet: »Ich habe zu ihr geschickt, um mich nach ihr zu erkundigen und ihr raten zu lassen, nicht über sich zu verfügen, ohne es mich vorher wissen zu lassen«, und der König wiederum frägt nach diesem und jenem, »denn es liegt mir daran, dies zu wissen, wegen der Männer, die Ihr sich um sie bewerben sehet«. Immer dringender wird Madame Kegel aufgefordert, nach Spanien zu kommen und immer hartnäckiger weigert sie sich, so daß der Herzog verärgert berichtet, sie habe den eigensinnigsten Kopf, der ihm jemals vorgekommen sei. Schließlich ist er ganz zufrieden, als sie verspricht, sich in ein kleines niederländisches Nest zurückzuziehen, jedoch nur unter der Bedingung, »daß man ihre Kinder in Gold faßt«, wie der Herzog giftig meldet, abgesehen von einer stattlichen Rente, die sie »als Mutter eines so hohen Prinzen« für sich beansprucht. Es wird auch nichts mit dem kleinen Nest Mons, das der Herzog vorschlägt, denn Frau Barbara zieht das lustige Gent vor, das sie bald mit dem noch lustigeren Brüssel vertauschte. Innerlich hat er gewiß diese eigensinnige Süddeutsche zu allen Teufeln gewünscht, aber weder der König noch er, der doch wahrhaftig gewohnt war, Widerstände zu brechen, vermochten der kleinen Gürtlerstochter ihren Willen aufzuzwingen. Aus welchem Grunde der strenge König und der eiserne Herzog sich dieser Ftau gegenüber als machtlos erwiesen, ist nicht ganz leicht festzustellen. Vielleicht war es nur jene seltsam-unbegreifliche Schwäche, die gerade sehr energische Männer Frauen gegenüber empfinden, vielleicht war es die Befürchtung, daß Barbara, wenn man sie aufs äußerste reizte, schnell eine Trotzheirat eingehen könne, vielleicht, ja vermutlich, war es die Angst vor einem fatalen, höchst fatalen Wort, das die leidenschaftliche und unbedachte Frau Don Juan ins Gesicht schleudern könnte.

Als Don Juan im Jahre 1576 Statthalter der Niederlande wurde, ging sein dringender Wunsch nach einer Unterredung mit der Mutter, die er nie gesehen hatte, in Erfüllung. Wie er längst nicht mehr Hieronymus hieß, so nannte auch sie sich nicht mehr Kegel, sondern schrieb sich jetzt mit ihrem niederländisch-umgewandelten Namen »Barbara Blomberg«. Nun wäre es wunderschön, wenn man berichten könnte, wie Mutter und Sohn einander in die Arme stürzten, wie jedes von ihnen sich beglückt im anderen wiederfand, und wie sie gelobten, nie mehr voneinander zu lassen, ob auch fürderhin Meere, Länder und Königskronen zwischen ihnen sein würden. Leider aber wurde diese erste und letzte Aussprache zwischen Herrn Juan und Frau Barbara eine Familienszene peinlichster Art. Der Sohn machte der Mutter Vorwürfe und Vorschläge, die sie erbitterten, und sie wiederum warf ihm in ihrer unbeherrschten Art das fatale Wort ins Gesicht, das der spanische Hof seit langem fürchtete, das Wort: Don Juan möge bedenken, daß nicht jeder Vater sei, der sich zur Vaterschaft bekenne, selbst dann nicht, wenn er ein Kaiser gewesen ist ...

Keine Mutter darf ungestraft solches Wort zum Sohne sprechen, am wenigsten zu einem Sohne, der fiebernd von Ehrgeiz und Ruhm heute den Königsthron von Tunis, morgen Hand und Krone der Schottenkönigin Maria Stuart erträumt. Don Juan hängt dem fatalen Wort aber weder sentimentalisch noch grüblerisch nach, sondern faßt die Sache nüchtern militärisch an, und läßt seine Mutter auf einem seiner Schlösser internieren. So verhinderte er wenigstens, daß sie ihn noch weiter durch Leichtfertigkeit der Tat und des Wortes bloßstellte, wenngleich er nicht verhüten konnte, daß alsbald Spottverse in Umlauf waren, die sich mit Frau Barbaras Lebenswandel und Don Juans Ursprung befaßten …

Die Schloßhaft und vielleicht auch die Einsicht, daß sie dem schwerbeleidigten Sohne ein Reuegeld schuldig war, brachen allmählich Frau Barbaras hartköpfigen Willen. Sie begab sich nun endlich in ein Kloster, allerdings nicht als Nonne oder Büßerin, sondern mit einem eigenen, standesgemäßen Haushalte. Nach dem frühen Tode Don Juans (1579) vertauschte sie das Kloster aber bald mit einem weltlichen Aufenthalt, zog, immer unterstützt und finanziert vom spanischen Hof, nach dem Städtchen Colindres, am Biskayischen Meerbusen, das sie bis zu ihrem Tode nicht mehr verließ.

Das Leben hatte nicht mehr viel Gutes für sie aufgespart. Jugend, Schönheit, Liebe, Tanz und Lust waren dahin – nur die Schulden waren geblieben. All ihre Kinder waren dahingestorben, und die alternde Frau, die stets eine schlechte Rechnerin gewesen, mußte nun auch noch für eine mittellose Schwiegertochter und kleine Enkelkinder sorgen. Doch die Natur hatte ihr drei kostbare Gaben mitgegeben, die auch das Alter nicht zerstören konnte: ein heiteres Gemüt, Freude an Gastfreundschaft und das Talent, Freunde zu gewinnen. So haben denn auch in Colindres die angesehensten Familien »die erlauchte Mutter des erlauchten Don Juan d'Austria« mit offenen Armen aufgenommen, sind immer wieder zu Gast bei ihr gewesen, und da sie, fast 70jährig, starb, (1597), beugte sich über ihren Sarg doch ein wenig trauervolle Liebe, die nur von ihrer Güte, nicht aber von den Irrtümern ihres Lebens sprach …

In ihrem Testament hatte sie von König Philipp ein prunkvolles Begräbnis, unzählige Seelenmessen, sowie ein Grabmal mit Bildnis und Wappenschmuck begehrt. Dies Denkmal ist ihr niemals gesetzt worden, wohl aber befindet sich an der ehemaligen Fürstenherberge »Zum goldenen Kreuz« ein Reliefbild Don Juans, und putzige Verse geben Kunde von seinem Heldentum und auch von seiner Mutter:

»In diesem Haus von alter Art,
Hat oft geruht nach langer Fahrt,
Herr Kaiser Karl, der Fünft' genannt,
In aller Welt gar wohl bekannt.
Der hat auch hier zu guter Stund

Geküsset einer Jungfrau Mund.
Dieselb, die hieß bei fern und nah,
Man nur die schöne Barbara.
Ihr Stand war bieder, schlicht und recht,
Plumberger schrieb sich das Geschlecht,
Dem bracht' des Kaisers Lieb viel Leid,
Doch Trost und Heil der Christenheit.
Denn drauß' erwuchs, dem Vater gleich,
Herr Don Juan von Österreich,
Der bei Lepanto in der Schlacht
Vernichtet hat der Türken Macht.
Der Herr vergelt's ihm alle Zeit
So jetzt wie auch in Ewigkeit«.

So hat die schöne Barbara doch noch ein Denkmal bekommen, obgleich es ganz überflüssig war, daß sie nach einem Monument aus Stein oder Wort Sehnsucht trug. Denn ihr stolzestes Denkmal bleibt ihr Sohn, und sein Ruhm verbürgt auch ihr ein Quentchen Unsterblichkeit …

Die schöne Else

In der Johannisnacht des Jahres 1401 tanzte der neuvermählte Herzog Stefan II. von Bayern auf dem Marktplatz zu München mit seiner jungen Frau inmitten der tanzenden Bürgerschaft, wie es dem allzeit echt-demokratischen Sinn Bayerns entsprach. Drehte die junge Frau im Reigen, flüsterte ihr wohl Worte zu, die ihr heiß machten, denn er war lebens- und liebessfoh wie ein rechter Bayer. Zuweilen aber ließ er seine Herzogin aus den Armen um ein blutjunges Fräulein zu holen, mit dem er dann munter weiterhopste. Da dachte wohl mancher Bürger, der mühselig die dicke Ehehälfte herumschwenkte, Gedanken, die sich nicht für einen Ehekrüppel schickten und von der Gattin mit den Worten verwiesen wurden: »Alter Gispel, gaff' nicht immerfort zum schönen Elselein hin, denn die ist doch nicht für dich gewachsen!«

Das schöne Elselein, – das Wort leuchtet wie goldenes Haar und wie schneeweiße Haut. Und das schöne Elselein, das kaum sechzehn Jahre zählte, sah mit seinem lichten Blond, seinen blauen Augen, seinen durchsichtigen Farben und seinem feinen Gesichtel wie ein Bild der Himmelsmutter aus. Weil sie alle schlankweg »das schöne Elselein«

nannten, könnte man vielleicht vermuten, daß der Herzog schon in jener Johannisnacht einen Schritt abseits vom Wege ehelicher Treue bedachte. Doch das schöne Fräulein, mit dem er tanzte, sollte niemals sein Liebchen sein, denn sie war die Tochter seines verstorbenen Bruders, des Herzogs Friedrich von Bayern, nannte ihn selber nicht nur Onkel, sondern auch Vormund und lebte mit ihrer Mutter in Landshut, wo sie zu einem frommen (aber nicht bigotten) Fräulein erzogen wurde.

Wenige Monate nach jener Johannisnacht mußten dann die Münchner Ehekrüppel ihre unpassenden und neidvollen Gedanken auf einen andern Mann konzentrieren, auf den Burggrafen Friedrich von Nürnberg, der das schöne Elselein als seine Frau heimführte. Auf Schloß Cadolzburg verlebte das junge Paar Honigmonde und auch sonst manch glückliches Jahr, denn die junge Frau, die niemals über die Isar hinausgeguckt hatte, lauschte wohl mit großen Augen, wenn ihr Mann von den Kriegsfahrten erzählte, die er mit Kaiser Sigismund unternommen hatte. Wie sie gegen die Türken gezogen waren, gegen Sultan Bajesid, der den unheilvollen Beinamen »Wetterstrahl« führte ... wie durch den verfrühten Angriff der Franzosen die Schlacht von Nikopoli verloren ging ... wie Friedrich dem Kaiser im Schlachtgetümmel das Leben rettete und wie Sigismund ihm dafür ewige Dankbarkeit gelobt hatte. Die junge Burggräfin, unerfahren und vertrauensselig wie sie gewiß war, mag dieses Gelöbnis wohl als ein bindendes betrachtet und nicht erwogen haben, dass Ewigkeit unbegrenzt, ewige Dankbarkeit dagegen ein sehr begrenztes Ding ist ...

Die Erzählungen verflossener Kriegstaten wurden immer wieder durch neue Erlebnisse ähnlicher Art unterbrochen, die das Ehepaar oft auf lange Zeit räumlich voneinander trennten. Immer wieder rief der Kaiser den Burggrafen bald nach Ungarn, bald nach Italien, hatte ihn auch als erstes Zeichen der ewigen Dankbarkeit zum Statthalter der Mark Brandenburg gemacht, die bald darauf sein Lehen und noch ein wenig später sein Kurfürstentum werden sollte. Besagte Mark war nun allerdings ein stachliches Geschenk, denn in ihr tobte sich die Unbotmäßigkeit märkischen Adels aus. Die Herrn von Quitzow, von Alvensleben, von Rochow und wie sie sonst noch heißen mochten, hatten des heiligen römischen Reiches Streusandbüchse in vollkommene Anarchie versetzt, sodaß es Friedrichs ganzer Kraft bedurfte, um die rebellische Aristokratie niederzuwerfen. War er abwesend, führte seine Frau die Regentschaft, führte sie mit Klugheit und Energie, die beide nötig waren, denn rebellierten die adligen Herrn schon gegen den Statthalter, so erst recht gegen die Statthalterin, die um ein Haar von ihnen in Schloß Tangermünde belagert worden wäre. Doch sie ließ sich nicht schrecken, verteidigte sich in ihres Mannes Amt, als wäre sie selber ein Mann, behielt aber daneben ein frauenhaftes Herz, das den Gemahl um Milde für die Aufrührer bat und von dem Todesurteil, das das Konstanzer Konzil über Johannes Huß fällte, tieferschüttert war, obgleich in diesem Manne ja »nur ein Ketzer« zum Scheiterhaufen ging ...

Nikolaus Lenau läßt in einem seiner Gedichte aus dem Mund einer Zigeunerin an ein schönes Mädchen die Warnung ergehen:

»Denn die Schönheit ihrer Mutter
Ist der Kinder liebster Fraß,
Ist der Kinder liebstes Futter,
Schönes Mägdlein, merk dir das!«

Das schöne Elselein aber hat solcher Warnung nicht geglaubt und ihm hat sein frommer Unglauben geholfen. Obgleich sie in den ersten elf Jahren ihrer Ehe fünf Kinder zur Welt brachte (später noch weitere sechs), blieb ihr Reiz so frisch, daß der Chronist über ihre Ankunft in Brandenburg (1412) schreibt: »Die durchlauchtigste Fürstin und Frau, Frau Elisabeth, genannt die Schöne, zog mit ihren Fräulein und Frauenzimmer mit fürstlicher Zier und Herrlichkeit ein.« Und als sie im folgenden Jahr nach Tangermünde kam, hieß sie hier wie sie daheim in Bayern geheißen hatte: »die schöne Else«. Hatte auch bald kaum mehr andern Schmuck als ihr süßes Gesicht, denn bei den ständigen Unruhen des märkischen Adels leerte sich der Beutel des Statthalters und die Frau Statthalterin mußte mehr denn einmal Geschmeide und Kostbarkeiten verpfänden, um der schwindsüchtigen Kasse einigermaßen aufzuhelfen. Doch trotz Wochenbetten, Regierungssorgen und Geldnöten ließ sich die tapfere Frau nicht unterkriegen, verlor auch ihre feste Gesundheit nicht, sodaß sie als sie 1419 in Berlin wiederum niederkam, schon nach sechs Tagen aufstand, um auf dem Fürstentag zu Breslau die Verlobung ihrer ältesten Tochter zu betreiben.

Indessen schritt die ewige Dankbarkeit des Kaisers ihrem Grenzpfahl zu. Sigismund verfolgte eine unbarmherzige Politik gegen die

Hussiten, eine Politik, die Friedrich mißbilligte, denn er war tolerant und

> »Zu Streit ging er gar sachte,
> Nach Frieden stand sein Sinn.«

Neben der politischen Meinungsverschiedenheit trennte die Männer aber auch noch ein Weib, das allerdings kein Liebchen war oder sein sollte, sondern das jeder von ihnen gerne zur Schwiegertochter gehabt hätte. Hedwig hieß sie, war die Erbtochter des Polenkönigs Jagello, stand damals noch im Kindesalter, aber wenn es um eine Erbtochter ging, konnten die fürstlichen Väter jener Zeit nicht früh und nicht schnell genug laufen, und weder Sigismund noch Friedrich störte es, daß Herr Jagello sich erst um der polnischen Krone willen vom Heidentum zum Christengott bekehrt hatte. Es ging damals mit dem neuen Christentum wohl ähnlich wie heute mit dem neuen Reichtum: man griff zu und fragte nicht erst lange nach wieso und woher, sondern blickte über Kleinigkeiten nachsichtig hinweg …

Sehr verschnupfte es aber den Kaiser, daß ihm der Brandenburger den Rang ablief, das Prinzeßchen mit seinem zweitgebornen Sohn verlobte, der erst acht Jahre zählte, und diesen, wie es in jener Zeit gebräuchlich war, den künftigen Schwiegereltern zur Erziehung übergab. Herr Jagello, toleranter als Frischgetaufte sonst zu sein pflegen, oder vielleicht in Glaubenssachen nicht allzu heiß, hegte Sympathien für die verfolgten Hussiten und traf sich in diesem Punkt mit dem Gegenschwiegervater. Da hatte die ewige Dankbarkeit des Kaisers ihr Ende erreicht, wie sie es immer erreicht, wenn der Gläubiger eine andre Meinung hat als der Schuldner: Mißbilligung der Hussitenpolitik, Verlobung mit Polen, dazu Zwischenträgereien der bayrischen Verwandten, – der Riß zwischen den beiden Männern klaffte tief, sollte sich erst wieder schließen als nach schweren Niederlagen des Kaisers, Friedrich, dem er in seiner Ungnade sogar die Mark wieder hatte abnehmen wollen, einen friedlichen Ausgleich zwischen dem Kaiser und den Hussiten zustande brachte. Der ganze Lärm und die Feindschaft wären übrigens unnötig gewesen. Die Braut starb noch ehe die Hochzeit gefeiert werden konnte. Der junge Bräutigam behielt von diesem jähen Unglück zeitlebens Schwermut im Gemüte, während Herr Jagello, der je nach Bedürfnis Glaubensbekenntnisse ablegte oder freite, noch in hohem Alter von seiner vierten Frau drei

Söhne bekam, worüber man sich wundern und, sofern man ein frivoler Mensch ist, seine besonderen Gedanken machen kann ...

All diese Jahre waren für die schöne Else sehr schwer. Sie litt mit dem Manne unter dem Übelwollen des Kaisers und mußte noch obendrein gegen ihre eigenen Verwandten streiten, die dem Brandenburger Bayreuth nicht lassen wollten, das ihm von seinem Bruder als Erbe zugefallen war. Die schöne Else mühte sich nach Kräften, den Frieden zwischen dem Gatten und den bayrischen Vettern aufrechtzuhalten, doch als sie sah, daß die Vettern nicht nachgeben wollten, entschloß sie sich mit ihrem Manne zum Krieg und führte ihn in Friedrichs Abwesenheit genau so tapfer und klug wie sie einst die Statthalterei in der Mark geführt hatte. Schreibt an Friedrich wie ein richtiger Kriegsmann: »Und sonderlich laßt Euch eingedenk sein von des Salpeters wegen, daß Ihr uns den schickt, da es uns des Pulvers wegen gar kümmerlich steht und stehen würde, wo Ihr nicht Salpeter bestellt.«

Bayreuth ist aus brandenburgischen Händen später doch wieder an Bayern gekommen; die schöne Else aber, die 1442 als Witwe starb, hat den beiden Söhnen, die nach Friedrichs Tode den Kurhut trugen, bayerische Erbstücke vermacht, die höher zu werten sind als Besitz an Land und Leuten. Ihr erster Sohn, Friedrich der Eiserne, hat sicher nicht zuletzt von seiner tapferen Mutter den starken Willen und die feste Hand geerbt, mit denen er das widerhaarige Berlin bändigte und Ordnung im Lande schuf. Sein Bruder und Nachfolger, Albrecht Achilles, muß an Schönheit und Kultur der schönen Else geglichen haben, denn man rühmte die Wohlgestalt seines Leibes, seine Geschicklichkeit in allen ritterlichen Übungen (auch raufiustig war er wie ein echter Bayer!) und sein glänzender Hof galt als Vorbild für Geschmack und feine Sitten. Durchaus unbayrisch dagegen ist, daß sowohl er wie sein Sohn das Bier besteuerten, was beweist, daß auch Norddeutschland zu allen Zeiten im Biertrinken seinen Mann stellte. Die Biersteuer erregte großen Unmut, Stendal und Tangermünde erhoben sich gegen den bierfeindlichen Kurfürsten, unterlagen ihm aber und büßten als Besiegte ihre Privilegien ein.

Als charakteristisch für die Zeit soll noch ein kleiner, auf gegenseitigen Beistand gegründeter Vertrag erwähnt werden, den Friedrich nebst seinen Söhnen mit dem Herzog von Sagan, einen eifrigen Alchimisten, schloß: »Falls innerhalb der nächsten drei Jahre der Markgraf Johann etliche oder eine gewisse Kunst lehren würde, insoweit als dieser dann den rechten Weg gefunden und getroffen haben würde.« Dies seltsame Deutsch besagt nichts anderes als daß der Herzog den Markgrafen Johann (die Brandenburger waren auch Markgrafen des Reichs) in der Alchimie unterweisen sollte und »der rechte Weg« war natürlich die Kunst Gold zu machen, die sich ja auch für spätere Zeiten, Geschlechter und besonders für kranke Valuten empfohlen haben dürfte. Leider hat aber der Markgraf d i e s e n rechten Weg ebensowenig gesunden, wie irgend jemand anders …

Dickköpfigkeit, seine Kultur, daneben Rauflust und ein wenig naiver Aberglauben, – ist's nicht das echte Bayern, das in den Söhnen der schönen Else vor uns steht? Mutter der ersten brandenburgischen Kurfürsten ist sie gewesen, Stammutter des Hauses Brandenburg ist sie geworden, seine und mit ihm Deutschlands Größe wuchs unter ihrem Herzen. Das sollte diesseits wie jenseits des Mains nicht vergessen werden, und lebendiger als wir es im Kopfe tragen, sollte in unsren Herzen das Bild der schönen Else leben, der Karyatide, auf deren Haupt das Brückenjoch ruht, das sich von Norden nach Süden spannt, um Preußen und Bayern im Reich unlöslich miteinander zu verbinden …

Nachwort: Wer war Carry Brachvogel?

Denn dies vor allem wollte ich:
Menschen schaffen, nicht Tragantfiguren oder Kostümpuppen.
Das Goethewort: »Der Mensch ist dem Menschen
am interessantesten« ist für mich immer ein
Glaubensbekenntnis gewesen und geblieben.
Carry Brachvogel

Kindheit, Jugend und Heirat

Carry Brachvogel wurde am 16. Juni 1864 in München als Karoline Hellmann, Tochter des jüdischen Kaufmanns Heinrich Hellmann und seiner Frau Zerline, geboren.[1] Erst acht Jahre später kam ihr Bruder Siegmund Hellmann zur Welt.[2]

Über ihren Vater berichtet Carry Brachvogel 1937, dass dieser in jungen Jahren nach Amerika gegangen sei. Nachdem er dort ein Exportgeschäft aufgebaut hatte, sei er schließlich nach etlichen Jahrzehnten als wohlhabender Mann zurück nach Europa gekommen und habe sich in München niedergelassen. »Freigeistig, leidenschaftlich, bismarckianisch«, habe er dennoch »fest in der jüdischen Familientradition gewurzelt«.[3] In München heiratete er Zerline Karl, die in Schwabing geborene Tochter des jüdischen Hopfenhändlers Salomon Karl. 1878 trat Heinrich Hellmann dann jedoch aus unbekannten Gründen aus der jüdischen Gemeinde aus. Die Familie Hellmann war offenbar relativ wohlhabend, 1875 hatte Hellmann ein Anwesen in der

[1] Vgl. Polizeimeldebogen Karoline Hellmann (Stadtarchiv München, PMB B341).
[2] Vgl. Polizeimeldebogen Siegmund Hellmann (Stadtarchiv München, PMB H204).
[3] Brief vom 22. Februar 1937: Carry Brachvogel an Eva Hellmann (in Privatbesitz).

Brienner Straße 54 gekauft und auch vor dieser Zeit fallen die sehr guten Wohnadressen der Familie auf (Maximiliansplatz, Dultplatz, Residenzstraße).[4]

Über Carry Brachvogels Kindheit und Jugend ist nur wenig bekannt[5], sie selbst hat sich kaum dazu geäußert. Das »Lexikon deutscher Frauen der Feder« von 1898 gibt an, Carry Brachvogel habe die Durchschnittserziehung der Kinder »besserer Stände« genossen, von frühester Jugend an eine Vorliebe für fremde Sprachen und eine fast fanatische Begeisterung für Theater und Literatur besessen. Schon mit elf Jahren habe sie die deutschen Klassiker gelesen, sich aber auch mit der französischen und skandinavischen Literatur beschäftigt.[6] Gefragt, wie sie zur Literatur kam, berichtet Carry Brachvogel 1924 selbst: »Kränklichkeit und Mangel an geschwisterlichen Altersgenossen machten mich frühzeitig zu einem Bücherwurm, der erstaunlich findig war in der Kunst, Gedrucktes aufzustöbern, gleichviel ob es für seine Jahre paßte oder nicht. Mit elf Jahren schwärmte ich für Schiller (er ist der größte Reichtum meines Lebens geblieben) und daneben für ›Ekkehard‹ (den ich aller ›Moderne‹ zum Trotz für einen unserer besten deutschen Romane halte!) und als Halbwüchsige lernte ich die großen französischen Psychologen kennen. Da wurde meine Sehnsucht zum Entschluß, daß ich Bücher schreiben müsse.«[7] Einem Eintrag im »Internationalen Biographischen Archiv« zufolge absolvierte sie nach dem damals üblichen Schulbesuch eine Ausbildung in einem Institut.[8]

[4] Vgl. Polizeimeldebogen Heinrich Hellmann (Stadtarchiv München, PMB H2049).

[5] Judith Ritter hat 2005 am Lehrstuhl für Jüdische Geschichte und Kultur (Prof. Dr. Michael Brenner) der Ludwig-Maximilians-Universität München eine Magisterarbeit über Carry Brachvogel verfasst und dabei die Untersuchung ihrer Identität in den Mittelpunkt gestellt. Auch ihr Elternhaus durchleuchtet sie gründlich und macht es als typisch für das jüdische Bürgertum, vielleicht sogar das Großbürgertum aus. Vgl. Ritter, Judith: Carry Brachvogel – eine Schriftstellerin des Münchner jüdischen Bürgertums. München 2005 (unveröffentlicht). S. 32–35.

[6] Vgl. Pataky, Sophie (Hg.): Lexikon deutscher Frauen der Feder. Eine Zusammenstellung der seit dem Jahre 1840 erschienenen Werke weiblicher Autoren, nebst Biographien und einem Verzeichnis der Pseudonyme. 1. Band. Berlin 1898. S. 91f.

[7] Brachvogel, Carry: Wie ich zur Literatur kam. In: Münchner Neueste Nachrichten, Nr. 160, Beilage: Frauen-Zeitung, 1923.

[8] Vgl. Karte Carry Brachvogel (Archiv für publizistische Arbeit/Internationales

Mit 23 Jahren, am 18. Februar 1887, heiratet Karoline Hellmann, ohne zu konvertieren, den katholischen Münchner Schriftsteller und Redakteur der »Münchner Neuesten Nachrichten«, Wolfgang Josef Emil Brachvogel.[9] Wie und wo die beiden sich kennengelernt haben, ist nicht bekannt. Es liegt jedoch nahe, dass gemeinsame Interessen eine Rolle spielten.[10] Bereits ein Jahr später wird Tochter Feodora geboren, 1889 Sohn Heinrich Wolfgang Udo. Während Feodora konfessionslos bleibt, wird der kleine Heinrich katholisch getauft.

Das Familienglück findet am 6. Juli 1892 ein jähes und tragisches Ende. An diesem Tag fährt Wolfgang Brachvogel frühmorgens an den Tegernsee. Nachdem er im Hotel Steinmetz gefrühstückt und gepflückte Blumen dort hinterlegt hat, springt er von einem Sprungbrett in den See, um sich abzukühlen. Er taucht nicht mehr auf und die Leiche wird erst gegen Abend gefunden. Carry Brachvogel erfährt in München durch ein Telegramm, dass ihr Mann soeben im Tegernsee ertrunken ist.[11]

Von einem Tag auf den anderen steht Carry Brachvogel, 28 Jahre alt, als alleinerziehende Mutter da und muss nun für sich und zwei

Biographisches Archiv, ME – BR 31. Mai 1934/6021); Arbeiterdokumentation für Wien/Dokumentation/Brachvogel, Carry (Wienbibliothek/Tagblattarchiv).

9 Vgl. Polizeimeldebogen Karoline Brachvogel (Stadtarchiv München, PMB B341); Polizeimeldebogen Wolfgang Brachvogel (Stadtarchiv München, PMB B341).

10 1888 hat Wolfgang Brachvogel ein Büchlein veröffentlicht: »An Etsch und Eisack: Bilder aus Südtirol. Mit Illustrationen nach Originalzeichnungen von Tony Grubhofer«. Es war seiner Frau Carry Brachvogel gewidmet und erscheint bei Knorr & Hirth. Es ist der gleiche Verlag, bei dem 1923 auch »Im Weiß-Blauen Land« publiziert wird. Von der Machart gibt es viele Bezüge zwischen den beiden Büchern. Möglicherweise war es auch Wolfgang Brachvogel, der seine Frau für die »Heimat« begeistert hat. Er war Mitglied bei »Die Wallberger – Verein zur Erhaltung der Volkstracht« (Gründungsort Rottach-Egern am 24. März 1889).

11 Vgl. Meldung vom Tod Wolfgang Brachvogels unter »Lokale und vermischte Nachrichten«. In: Seegeist. Tegernseer Anzeiger, Nr. 81, 1892; Tagebucheintrag von Hedwig Pringsheim am 6. Juli 1892: »[...] dann Crodu [Alfred Schaeuffelen], der ein Telegramm brachte, das ihn ersucht, Frau Brachvogel mitzuteilen, daß ihr Mann eben im Tegernsee ertrunken.« (Hinweis von Cristina Herbst). Brachvogel hinterlässt seiner Familie circa 10 000 Reichsmark (Staatsarchiv München, AG/NR München, Not. VI 1892/38).

kleine Kinder sorgen. Es ist ganz erstaunlich festzustellen, dass nach diesem ungeheuren Schicksalsschlag nun eine kometenhafte Karriere als Schriftstellerin, Frauenrechtlerin und Feuilletonistin beginnt. Carry Brachvogel wird in den folgenden 30 Jahren nicht nur zu einer in ganz Deutschland bekannten Schriftstellerin werden und um die 40 Werke veröffentlichen – Romane, Frauenbiografien, Erzählungen, Theaterstücke und Feuilletons –, sondern bald auch im Mittelpunkt der bürgerlichen Frauenbewegung stehen und sich zu einer herausragenden Frauengestalt ihrer Zeit entwickeln: modern, fortschrittlich und emanzipiert – und ihre Heimat liebend.

Statt sich in eine Versorgungsehe zu begeben, führt sie bis zu ihrem Tod nun ihr eigenes Leben. Sie entscheidet sich für Individualität, Selbstverwirklichung und Selbstbestimmung. Mit ihrer Existenz als unverheiratet bleibende, arbeitende Witwe widerspricht sie dabei komplett dem gängigen Frauenideal des Bürgertums im Kaiserreich.

Am Siegestor: Schriftstellerin und Salondame

Anderthalb Jahre nach dem Tod ihres Mannes, Ende März 1894, zieht Carry Brachvogel mit ihren Kindern zu ihrer Mutter in die Ludwigstraße 17b, direkt neben das Siegestor.[12]

Wie wir von Ernst Freiherr von Wolzogen wissen, hat Carry Brachvogel um 1894/1895 hier einen literarischen Salon eröffnet, den »Teetisch am Siegestor«, den Wolzogen in seinen Lebenserinnerungen »Wie ich mich ums Leben brachte« anschaulich verewigt hat: »Und wenige Jahre später tat die Witwe Wolfgang Brachvogels, die neuerdings zu verdientem Ansehen als Romanschriftstellerin gelangte, Carry Brachvogel, einen richtigen literarischen Salon auf [...]. Die Dame des Hauses, als feingebildete Jüdin, voll gepfefferter Bosheit und schlagfertigem Geiste, war der starke Magnet, der sowohl Einheimische als zugereiste Gäste an den Teetisch am Siegestor lockte.« Bei ihr geht es lebhaft zu, denn ihr »Trick bestand darin, Widerspruch herauszufordern, dann platzten die Geister ganz von

[12] Vgl. Polizeimeldebogen Wolfgang Brachvogel (Stadtarchiv München, PMB B341). Die frühere Ludwigstraße 17b ist heute Ludwigstraße 33. Vgl. Franz Schiermeier: Stadtatlas München. München 2003. Kartenbeilagen: Ludwigstraße 17 (1908/1909); Fotosammlung Pettendorfer, Ludwigstraße, Westseite zur Akademiestraße gesehen 1899, Pett 1-2159.

selbst aufeinander. Und je heftiger der Streit der Meinungen hin und her wogte, desto freier gingen die Geister aus sich heraus und zeigten sich von ihren besten Seiten.« In ihrem Salon langweilt man sich nie und das spricht sich auch schnell herum. »Leute von Geist und Talent« bemühen sich um Zugang. Ständige Gäste sind Max Haushofer und Emma Haushofer-Merk, Oskar Mysing, Hugo Steinitzer und viele andere. Wolzogen zufolge ist auch Rainer Maria Rilke, als er Mitte der 1890er-Jahre zum ersten Mal nach München kam, zuerst in Carry Brachvogels Salon erschienen.[13] 1897 erwähnt Rilke sie auch in einem Brief: »Das eigentlich intime Künstlermünchen lernt man bei den sogenannten ›Tees‹ kennen – auf den Referentensitzen kann man immer das scharfe Profil der Frau Carry Brachvogel entdecken, deren geistvolle Bosheit und deren treffenden Witz man an ihren Teeabenden genießen muß.«[14] Seinerzeit verfasst er auch das Gedicht »Frau Carry Brachvogel«.[15]

Carry Brachvogels Salon als Treffpunkt literarischen Lebens war keinesfalls einmalig im München um die Jahrhundertwende. So sollen auch bei Ernst von Wolzogen oder dem Künstler Leopold von Kalkreuth literarische oder musikalische Tee- oder Kaffeenachmittage stattgefunden haben.[16] Auch Bekannte und Freundinnen von Carry Brachvogel, wie Maria Janitschek[17] und Emma Haushofer-Merk,[18] luden offenbar regelmäßig zu Salontreffen. Ironisch skizziert Brachvogel 1910 in ihrem Roman »Der Kampf um den Mann«

[13] Vgl. Wolzogen, Ernst von: Wie ich mich ums Leben brachte. Erinnerungen und Erfahrungen. Braunschweig 1922. S. 181–184: »Im Salon Carry Brachvogels tauchte zum erstenmal in München Rainer Maria Rilke auf. Damals, Mitte der Neunziger nannte er sich noch René, kam frisch von Prag und war in Deutschland gänzlich unbekannt.« (S. 182)

[14] Rilke, Rainer Maria: Auch ein Münchner Brief. In: Sämtliche Werke. Band 5. Frankfurt am Main 1965. S. 331.

[15] Rilke, Rainer Maria: Frau Carry Brachvogel. In: Advent. Leipzig 1898. S. 27.

[16] Vgl. Heyden-Rynsch, Verena von der: Europäische Salons. München 1992. S. 210.

[17] Vgl. Dziadek, Lilly: Die Stadt der Dichterinnen. Aus dem Leben von sechs in München wohnenden Schriftstellerinnen. In: Allgemeine Zeitung, Nr. 171, 1925.

[18] Vgl. Zantner-Busch, Dora: Drei bayerische Dichterinnen. In: Fränkischer Kurier, 16. Juli 1924; Vgl. Baudissin, Eva Gräfin von: Emma Haushofer-Merk und Carry Brachvogel. In: Münchner Neueste Nachrichten, Nr. 160, Beilage: Frauen-Zeitung, 1924.

die Fülle des Münchner Salonangebots: »[...] wer konnte all diese Jours und Tees im Kopf behalten.«[19]

Carry Brachvogel selbst wird ihren literarischen Salon fortan jedenfalls jahrzehntelang in Schwabing weiterführen.[20] Er entwickelt sich regelrecht zu einer Münchner Kulturinstitution und noch 1924, anlässlich ihres 60. Geburtstags, wird in den Zeitungen darüber berichtet. Was seinerzeit bei Carry Brachvogel diskutiert wird, erfährt man in den »Münchner Neuesten Nachrichten«: »[...] viel Politik, viel Theater, auch geschichtliche und kunsthistorische Reminiszensen im Gespräch [...] vielleicht eine Reaktion des Freitags, an dem jeder, der sich zu den Freunden Frau Brachvogels rechnen darf, auf dem Posten sein muß, um der geistreichen, wortgewandten Wirtin folgen zu können und eine Stellung zu den vielen Fragen, die aufgeworfen werden, zu nehmen.«[21]

Parallel zur Gründung ihres literarischen Salons erlebt Carry Brachvogel bereits 1894 ihr Debüt als Autorin. Am 7. Mai 1894 wird das heute verschollene Schauspiel »Vergangenheit« in Frankfurt uraufgeführt und 1895 erscheint ihr Roman »Alltagsmenschen« im S. Fischer Verlag. Wie erklärt es sich, dass schon relativ bald nach dem Tod ihres Mannes gleich zwei große Werke kurz nacheinander erscheinen? Das »Lexikon deutscher Frauen der Feder« von 1898 berichtet, dass Carry Brachvogel bereits in ihrer Ehe nicht nur kleinere Feuilletons für Zeitschriften verfasst haben soll, sondern auch den Entwurf für das Schauspiel »Vergangenheit«. Außerdem soll sie bereits mit 19 Jahren die erste Fassung zu einem großen Roman verfertigt haben, in dem sie die absolute Gleichheit in der Ehe nach allen Richtungen verlangt.[22] Möglicherweise war dieser Roman eine Vorstufe von

[19] Brachvogel, Carry: Der Kampf um den Mann. 1. Band. Stuttgart 1910. S. 29.

[20] Auch in ihren späteren Wohnungen. 1896 zieht sie in die Wilhelmstraße 9a, 1903 in die Ainmillerstraße 11. Von 1910 bis 1942 wohnt sie in der Herzogstraße 55/1. Vgl. Polizeimeldebogen Wolfgang Brachvogel (Stadtarchiv München, PMB B341).

[21] Baudissin, Eva von: Emma Haushofer-Merk und Carry Brachvogel. In: Münchner Neueste Nachrichten, Nr. 160, Beilage: Frauen-Zeitung, 1924.

[22] Vgl. Pataky, Sophie (Hg.): Lexikon deutscher Frauen der Feder. Eine Zusammenstellung der seit dem Jahre 1840 erschienenen Werke weiblicher Autoren, nebst Biographien und einem Verzeichnis der Pseudonyme. 1. Band. Berlin 1898. S. 91f.

»Alltagsmenschen«. Hier erzählt sie, wie Elisabeth, eine attraktive Münchnerin, nach ihrer Heirat bald das typische von Langeweile und Leere geprägte Leben einer bürgerlichen Frau vor der Jahrhundertwende führt, woran auch die Geburt des ersten Kindes nichts ändert. Seit ihrer Jugend beseelt von einem unzähmbaren Verlangen nach Aufbruch und Abenteuer, begeht sie Ehebruch – um bald zu erkennen, dass ihr vermeintlich neues Glück sie in eine unausweichliche Katastrophe steuern lässt.[23]

Von der Kritik wird der Roman hochgepriesen, Brachvogel für ihre außerordentliche Charakterisierungskunst, ihren psychologischen Scharfblick und ihr ganz ungewöhnliches Darstellungstalent bewundert.[24] Und so heißt es dann auch: »Jedenfalls berechtigt dieses Erstlingswerk zu der Erwartung, daß Carry Brachvogel sich zu einer bedeutenden Kraft auf dem Gebiet auswachsen wird, ich meine das Gebiet der Sitten- und Charakterschilderung der sogenannten guten Gesellschaft«.[25]

Bis 1901 veröffentlicht Carry Brachvogel noch fünf weitere Bücher im S. Fischer Verlag. Sowohl in der Wahl der Genres als auch in der Themenwahl präsentiert sie sich bereits als eine äußerst vielseitig begabte und produktive Schriftstellerin. Dies wird sich in den folgenden Jahrzehnten fortsetzen.

1897 erscheinen Novellen unter dem Titel »Der Erntetag und Anderes«. 1900 folgen fantastische Legenden als »Die Wiedererstandenen. Cäsaren-Legenden«; sie alle umkreisen die Thematik des Wiedergängers. Herausragend darunter ist »Götter a. D.«[26], eine bedeutende Erzählung über den ewigen Juden Ahasver. 1901 legt sie ihren ersten Theaterroman vor: »Die große Pagode«, der im Theater- und Schauspielermilieu Münchens spielt. Im gleichen Jahr erscheint zu-

[23] Vgl. Meyer, Anne-Rose: Brachvogel, Carry, Alltagsmenschen. Roman (1895). In: Loster-Schneider, Gudrun / Pailer, Gaby (Hg.): Lexikon deutschsprachiger Epik und Dramatik von Autorinnen (1730–1900). Tübingen / Basel 2006. S. 59–60.

[24] Vgl. Brachvogel, Carry: Geistige Stimmen der Presse über Carry Brachvogels Roman Alltagsmenschen. Anhang zu: Die Wiedererstandenen. Frankfurt am Main 1900.

[25] Ebd.

[26] Vgl. Meyer, Anne-Rose: Brachvogel, Carry, Götter a. D. (1900). In: Loster-Schneider, Gudrun / Pailer, Gaby (Hg.): Lexikon deutschsprachiger Epik und Dramatik von Autorinnen (1730–1900). Tübingen / Basel 2006. S. 60–62.

dem das Bühnenstück »Der kommende Mann«, eine Komödie über Napoleon, die sie zusammen mit Oskar Mysing geschrieben hat und die immerhin 14-mal in Berlin aufgeführt wird und zahlreiche Rezensionen erhält.[27] Als große Kennerin des Theaters wird sie sich auch künftig zeigen und noch 1923 wird es heißen: »Heimisch wie kaum eine andere ist Carry Brachvogel im Theatermilieu.«[28]

1907 erscheint in den »Münchner Neuesten Nachrichten« ein Zeitungsartikel über acht »Münchner Dichterinnen« mit Porträtfotos. Direkt unter dem Bild von Franziska zu Reventlow platziert findet sich Carry Brachvogel; ihre um die Jahrhundertwende erschienenen Werke werden hier hoch gelobt: »Carry Brachvogel bietet in ihren ›Zäsarenlegenden‹, in den Romanen ›Die Erben‹, ›Der Nachfolger‹, ›Die große Pagode‹ großangesehene geistvoll pointierte und herb gestaltete historische Gemälde von nicht geringer Kraft der Wirkung.«[29]

Obwohl alle Werke positive Rezensionen erhalten, trennt sich der S. Fischer Verlag nach Brachvogels eigener Aussage von ihr, als sie 1902 ihren neuesten Roman vorlegt: »Ich konnte aber nur etliche Bücher lang bei Fischer bleiben, denn meine ganze Richtung paßte nicht in seinen Verlag, dieweil ich mich schon ans Historische heranschlängelte. Als ich dann mit meinem altbyzantinischen Roman ›Der Nachfolger‹ antrat, war's aus. Fischer setzte mich in höflicher, aber unverkennbarer Form vor die Türe seines Verlags.«[30]

Sie erzählt auch, wie es dann weiterging. Nämlich sehr erfolgreich: »Von diesem Irrweg ab stapfte ich auf etlichen kleineren herum, bis mich Dr. Kanner von der Wiener ›Zeit‹ als Feuilletonistin ›entdeckte‹ und mich in den Spalten der ›Zeit‹ schreiben ließ, was

[27] Rezensionen zum Beispiel in: Vossische Zeitung, 29. September 1901; Die Literatur, 30. September 1901; Kölnische Volkszeitung, 1. Oktober 1901; Frankfurter Zeitung, 2. Oktober 1901; Berliner Börsen-Zeitung, 29. September 1901; Berliner Nachtausgabe, 29. September 1901; Berliner Tageblatt, 29. September 1901.

[28] Mensch, Ella: Deutsche Gegenwartsschriftstellerinnen. Carry Brachvogel. In: Hannoversches Tageblatt, 26. August 1923.

[29] Wichtel, Wilhelm: Münchner Dichterinnen. In: Über Land und Meer. Stuttgart 1907. Band 98, 49. Jahrgang, Nr. 33, S. 838f.

[30] Brachvogel, Carry: Wie ich zur Literatur kam. In: Münchner Neueste Nachrichten, Nr. 160, Beilage: Frauen-Zeitung, 1924. Der Roman erscheint 1902 im Berliner Verlag Flemming.

ich nur wollte. Da wurden denn auf dem Umweg über Wien auch reichsdeutsche Blätter auf mich aufmerksam. Das war mein zweiter Weg in die Literatur. Den dritten führte mich Hanns von Zobeltitz, der leider so früh verstorbene Herausgeber von ›Velhagen und Klasings Monatshefte‹. Durch eine ihm eingesandte Novelle war er auf mich aufmerksam geworden, suchte mich auf, und nun durfte ich für ihn nach Herzenslust Romane, historische Essays und historische Monographien schreiben. Wer aber bei Zobeltitz gelandet war, der brauchte sich nicht weiter zu sorgen. Da war man sozusagen ›gemacht‹. Da kamen ganz von selbst Redaktionen und Verlage, von denen man bisher immer nur den Bescheid erhalten hatte: ›Unsere Mappen sind leider überfüllt‹ oder ›Wir sind leider durch abgeschlossene Verträge auf Jahre hinaus festgelegt‹. Das war mein dritter Weg in die Literatur.«[31]

Carry Brachvogel als Frauenrechtlerin

Von 1895 bis 1902 tritt Carry Brachvogel also zunächst als Schriftstellerin und Dame eines literarischen Salons in Erscheinung. Lebensbejahend, engagiert und mit großen Schritten geht es in ihrem Leben weiter; obwohl sie nach der Jahrhundertwende weiterhin fast jedes Jahr einen Roman veröffentlicht und seit 1904 auch als Feuilletonistin für die Wiener »Zeit« schreibt, tritt sie nun auch noch als Frauenrechtlerin auf. 1903 wird sie Mitglied im Verein für Fraueninteressen, der 1894 unter dem Namen »Gesellschaft zur Förderung geistiger Interessen der Frau« in München gegründet wurde. Es handelte sich um einen Zusammenschluss von Frauen aller Konfessionen des Münchner Bürgertums, die sich zur modernen Frauenbewegung bekannten, einer Bewegung, die mit der Gründung des »Allgemeinen Deutschen Frauenvereins« 1865 in Leipzig ihren Anfang genommen hatte. Ihre Trägerinnen, die vor allem bürgerlicher Herkunft waren, griffen die traditionellen Rollenvorstellungen an, traten für mehr Rechte für die Frauen, höhere Mädchenschulen, Zulassung zum Studium, Berufsausbildung für Mädchen und schließlich gleichberechtigte Teilhabe am öffentlichen Leben und der Berufswelt ein. Für die Frauenbewegung im

[31] Brachvogel, Carry: Wie ich zur Literatur kam. In: Münchner Neueste Nachrichten, Nr. 160, Beilage: Frauen-Zeitung, 1924.

ausgehenden 19. Jahrhundert war es nach wie vor schwierig, auch in Bayern Fuß zu fassen.[32]

Die Gründung des Münchner Vereins ist wohl von Anita Augspurg und Sophia Goudstikker ausgegangen, die seit 1887 gemeinsam das Fotostudio »Elvira« führten. Erste Vorsitzende wird Ika Freudenberg.[33] Am 18. Januar 1901 hält sie auf der Generalversammlung des Vereins, der sich selbst als sehr fortschrittlich ansieht, einen Vortrag, in dem sie den Geist und die Ziele des Vereins umreißt: »Eines müssen wir bei jeder Art von gemeinnütziger Thätigkeit, die wir in unseren Vereinen ausüben, fest im Auge behalten: diese Thätigkeit muss von einem wahrhaft und im guten Sinne m o d e r n e n Geiste erfüllt und getragen sein; sie muss geeignet sein, ›die Frauen zum Verständnis volkswirtschaftlicher Interessen und zur Mitwirkung an der allgemeinen bürgerlichen Wohlfahrtspflege zu erziehen.‹ […] Wir müssen auch bei den Mädchen und Frauen, die unsere Kurse und Schulen besuchen, denen unsere Heime, Asyle und Rechtsschutzstellen zu gute kommen, in erster Linie die g e i s t i g e S e l b s t ä n d i g k e i t zu wecken und zu stärken suchen. Auf eigenen Füssen stehen können, wenn es sein muss; aus eigener Tüchtigkeit sich eine menschenwürdige Existenz schaffen können; dann aber auch verlangen, als reifer, selbstverantwortlicher Mensch geachtet und für voll angesehen zu werden – das ist's, was die Frauen aller Stände lernen müssen, und was uns als oberster Grundsatz bei allen unseren Erziehungs- und Fortbildungsbestrebungen umschweben sollte. Es ist nicht genug, dass wir Gelegenheiten schaffen, wo Arbeitstüchtigkeit

[32] Vgl. Lindemann, Renate: 100 Jahre Verein für Fraueninteressen. In: Verein für Fraueninteressen e. V. (Hg.): 100 Jahre Verein für Fraueninteressen. München 1994. S. 1–102. Eine Darstellung der Frauenbewegung liefert Ute Frevert in: Frauen-Geschichte. Zwischen bürgerlicher Verbesserung und neuer Weiblichkeit. Frankfurt am Main 1986. Christa Elferich (Verein für Fraueninteressen, München) verweist darauf, dass Frauen jüdischen Glaubens oder jüdischer Herkunft die ersten 40 Jahre des Vereins und der Frauenbewegung entscheidend mitgestaltet haben. Vgl. Elferich, Christa: Aus dem Vereinsarchiv. In: Verein für Fraueninteressen e. V. (Hg.): Jahresbericht 2006. München. S. 23f.

[33] Vgl. Lindemann, Renate: 100 Jahre Verein für Fraueninteressen. In: Verein für Fraueninteressen e. V. (Hg.): 100 Jahre Verein für Fraueninteressen. München 1994. S. 3f.; Zur Gründergeneration und ihrer Verknüpfung mit den Literaten und Künstlern der Moderne: Elferich, Christa: Aus dem Vereinsarchiv. In: Verein für Fraueninteressen e. V. (Hg.): Jahresbericht 2007. München. S. 21–23.

erworben werden kann; wir müssen dann noch weiter bemüht sein, dahin zu wirken, dass diese gute und brauchbare Frauenarbeit auch nach Verdienst bewertet wird. Überall im Erwerbsleben herrscht noch der verderbliche Gebrauch, die Arbeit der Frau weit niedriger zu entlohnen als die des Mannes. Hiergegen müssen wir nach Kräften ankämpfen und so viel als möglich den Prinzipien Geltung verschaffen: für gleiche Leistung auch gleicher Lohn.«[34]

Ika Freudenberg und ihren Mitarbeiterinnen, darunter auch Carry Brachvogel, gelingt es, die Ideen der Frauenbewegung in weite Kreise des Bildungsbürgertums zu tragen. Der Verein wählt für seine öffentlichen Veranstaltungen stets repräsentative Orte: das Hotel »Bayerischer Hof«, das Hotel »Vier Jahreszeiten«, am häufigsten aber das »Café Luitpold« in der Briennerstaße. Um Netzwerke nutzen zu können, nimmt man auch ganz gezielt Männer auf. Von allen Mitgliedern wird erwartet, dass sie überall für die Frauenbewegung werben. Von den Künstlern und Literaten, dass sie die emanzipatorischen Ideen in ihren Werken verbreiten.[35] Das dies geschehen ist, dafür sind Ernst Freiherr von Wolzogen und Carry Brachvogel die besten Beispiele. In Wolzogens »Das dritte Geschlecht« von 1899 begegnet man in seinen Romanfiguren nicht nur den typischen Frauengestalten der Münchner Frauenszene um die Jahrhundertwende, sondern auch solchen der Münchner Frauenbewegung und ihren Positionen.[36] Auch Carry Brachvogel wird seit 1903 zu einem wichtigen Sprachrohr des Vereins. Überblickt man ihr Schaffen seit ihrem Beitritt in den Verein, fällt auf, dass sie seitdem historische Biografien über einflussreiche Frauen schreibt und zu ergründen versucht, wie diese zu Macht gekommen sind und diese erhalten. Mätressen erwecken dabei ebenso ihr Interesse wie einflussreiche Herrscherinnen. 1905 erscheint »Die Marquise de Pompadour«,

[34] Verein für Fraueninteressen e. V. (Hg.): Jahresbericht 1901. München (Hinweis von Christa Elferich, Verein für Fraueninteressen, München).

[35] Vgl. Lindemann, Renate: 100 Jahre Verein für Fraueninteressen. In: Verein für Fraueninteressen e. V. (Hg.): 100 Jahre Verein für Fraueninteressen. München 1994. S. 9–18.

[36] Vgl. Wolzogen, Ernst von: Das dritte Geschlecht. Berlin 1899; hierzu: Bruns, Brigitte: Das dritte Geschlecht von Ernst von Wolzogen. Berlin 1899. In: Herz, Rudolf/Bruns, Brigitte (Hg.): Hof-Atelier Elvira 1887–1928. München 1985. S. 171–190.

1909 »Madame Mère«, 1911 »Maria Theresia« und 1913 »Katharina II. von Rußland«.[37] Für ihre Frauenbiografien erhält sie immer wieder höchstes Lob.

Doch auch ansonsten durchleuchtet sie in ihrer Prosa die Frauenwelt nun in all ihren Facetten, Gewohnheiten, Stärken und Schwächen. Sie untersucht die Position der Frau in der Ehe, in der Gesellschaft, in der Literatur, insbesondere aber beschreibt und propagiert sie immer wieder die arbeitende Frau. 1910 erscheint der äußerst amüsante zweibändige Roman »Der Kampf um den Mann«. Verschiedene Wege, auf denen moderne Frauen Glück suchen, finden oder verlieren, werden hier geschildert. Generationen und Weltanschauungen treten einander gegenüber, wobei das zeitgenössische Münchner Gesellschafts- und Ateliersleben den Hintergrund der Handlung bildet, in der drei bürgerliche Schwestern auf den ersten Blick alle perfekte Partien machen, die sich dann aber tatsächlich als Reinfall erweisen. Im zweiten Band kämpfen die Damen weiter um das Ziel Mann oder wenden sich nun einem anderem Lebenssinn zu, der Arbeit: »Es gibt gar nichts Schöneres, als den ganzen Tag zu arbeiten; wir haben das früher nur nie gewußt.«[38] Auf den hohen Wert der Arbeit als Lebenssinn für die Frau zu verweisen, ist Carry Brachvogel immer wieder wichtig.

Während eines Mitgliederabends 1911 hält sie den Vortrag »Hebbel und die moderne Frau«[39]. Er enthält die geradezu klassische Definition des neuen Typus der modernen, selbstbestimmten Frau: »Modernsein heißt für die Frau ja nicht etwa, nur einen Beruf haben, zu promovieren oder an Wahltagen einen Stimmzettel abgeben zu wollen. Nein, modern sein heißt für die Frau, ihr Leben nicht ausschließlich auf die Liebe festlegen, heißt, dem Manne nicht die Gewalt zu binden und zu lösen zugestehn. Modernsein heißt für

[37] Brachvogel, Carry: Die Marquise de Pompadour. Leipzig 1905; Brachvogel, Carry: Madame Mère [Lätitia Bonaparte]. Bielefeld/Leipzig 1909. (= Frauenleben XIII, Zobeltitz, Hanns von (Hg.)); Brachvogel, Carry: Maria Theresia. Bielefeld/Leipzig 1911 (= Frauenleben XV, Zobeltitz, Hanns von (Hg.)); Brachvogel, Carry: Katharina II. von Rußland. Bielefeld/Leipzig 1913. (= Frauenleben XVII, Zobeltitz, Hanns von (Hg.)).

[38] Brachvogel, Carry: Der Kampf um den Mann. Stuttgart 1910. 2. Band. S. 85. (= Engelhorns Allgemeine Roman-Bibliothek, Band 5, 27. Jahrgang).

[39] Vgl. Verein für Fraueninteressen e. V. (Hg.): Jahresbericht 1913. München. S. 9.

die Frau ein eigenes Gesetz in der Brust tragen, dessen Erfüllung ihr vielleicht nicht banales Glück, gewiß aber das höchste Glück der Erdenkinder gewährt: die Persönlichkeit. Modernsein heißt für die Frau wohl lieben bis zum höchsten Opfermut, nicht aber bis zur Selbstvernichtung, heißt, ein Unlösbares in sich tragen, daß nie zerstört werden kann.«[40] Brachvogel kritisiert in dem Vortrag die Darstellung der Frau im klassischen Drama, als deren einzigen Lebensinhalt die Dichter nur die Liebe hingestellt hätten. Ausschließlich Hebbel werde durch Stücke wie »Judith« der modernen Frau gerecht.

Dass Carry Brachvogel zu diesem Zeitpunkt längst eine bedeutende Rolle im Verein spielt, zeigt sich auch an ihren Positionen: 1910 wird sie Mitarbeiterin der Rechtsschutzstelle[41], 1912 Vorsitzende der neugegründeten Komission für Bühnenangelegenheiten, die für eine Verbesserung der Arbeitsbedingungen der Schauspielerinnen eintritt.[42] Als Ika Freudenberg 1912 stirbt, wird Luise Kiesselbach Erste Vorsitzende des Vereins für Fraueninteressen; Carry Brachvogel wird auf der Generalversammlung am 27. Januar 1913 in den Vorstand des Frauenvereins gewählt.[43] Doch dem nicht genug: Zusammen mit der Schriftstellerin Emma Haushofer-Merk, der Zweiten Vorsitzenden des Münchner Frauenvereins, gründet sie 1913 nun auch einen eigenen Verein, den »Münchner Schriftstellerinnen-Verein«.

Zweck des Vereins war der »Zusammenschluss der in München lebenden Schriftstellerinnen und Journalistinnen zur Besprechung beruflicher Fragen und zur Vertretung künstlerischer und wissenschaftlicher Interessen«[44]. Emma Haushofer-Merk wird Erste, Carry Brachvogel Zweite Vorsitzende. Die erste Sitzung war sehr gut be-

[40] Brachvogel, Carry: Hebbel und die moderne Frau. Vortrag. München 1912. S. 11f.

[41] Vgl. Verein für Fraueninteressen e.V. Jahresbericht 1910. München. S. 25; Mitgliederverzeichnis 1913, S. 25.

[42] Vgl. Verein für Fraueninteressen e.V. (Hg.): Jahresbericht 1913. München. S. 17, S.19; Mitgliederverzeichnis 1912/1913.

[43] Sie legte mit ihrer Idee der staatsbürgerlichen und sozialen Mitverantwortung der Frau die Grundzüge der Vereinsziele bis heute fest. Vgl. Lindemann, Renate: 100 Jahre Verein für Fraueninteressen. In: Verein für Fraueninteressen e.V. (Hg.): 100 Jahre Verein für Fraueninteressen. München 1994. S. 1f.; Verein für Fraueninteressen e.V. (Hg.): Jahresbericht 1913. München. S. 20; Mitgliederverzeichnis 1913.

[44] Satzungen des Münchner Schriftstellerinnen-Vereins (Hg.): Satzung 2 (Stadtarchiv München, Vereine 2168).

sucht und fand im Vereinslokal des Vereins für Fraueninteressen in der Brienner Straße 39 statt. Als Lokal für die weiteren Zusammenkünfte bestimmte man die vegetarische Gaststätte »Ethos« in der Ottostraße 1. In jeder Sitzung sollten Vorträge abgehalten und über einschlägige Fragen diskutiert werden. Auch literarische Veranstaltungen wurden geplant.[45] Dieser Verein ist der erste seiner Art. Ihm treten bekannte Persönlichkeiten wie Richarda Huch, Annette Kolb, Helene Böhlau, Elsa Bernstein, Isolde Kurz und viele andere bei.[46]

Im Mittelpunkt der Satzungen des Schriftstellerinnen-Vereins steht die Forderung nach Gleichberechtigung bei der Entlohnung: Von allen Mitgliedern wird erwartet, dass sie »im geschäftlichen Verkehr Interessen und Ansehen des Standes in jeder Weise wahren, insbesondere Arbeiten nicht zu Schleuderpreisen oder umsonst abgeben, damit mit dem bei vielen Redaktionen herrschenden Vorurteil gebrochen werden kann, dass Frauenarbeit billiger entlohnt werden dürfe als Männerarbeit«[47]. Briefe Carry Brachvogels zeigen, dass sie großen Wert auf die Wahrung der Satzung legte, insbesondere auf eine adäquate Bezahlung.[48]

Carry Brachvogels Wirken im Krieg

Am 31. Juli 1914 wird in München der Kriegszustand verkündet. Der Ausbruch des Kriegs greift massiv in die Arbeit des Vereins für Fraueninteressen ein.[49] Emma Haushofer-Merk, die Zweite Vorsitzende des Vereins für Fraueninteressen und Erste Vorsitzende des »Münchner Schriftstellerinnen-Vereins«, richtet nach Kriegsausbruch im »Vereinsanzeiger« des Stadtbunds einen Aufruf an Münchens Frauen, »nach ihrer Art und nach ihren Kräften dem Va-

[45] Vgl. Der Münchner Schriftstellerinnen-Verein. 1913–1933. (Stadtarchiv München, Vereine 264). Martha von Lütgendorff gibt einen Überblick über die Geschichte und die Veranstaltungen des Schriftstellerinnen-Vereins.

[46] Vgl. Münchner Schriftstellerinnen-Verein. Mitgliederliste von 1913 (Stadtarchiv München, Vereine 264).

[47] Satzungen des Münchner Schriftstellerinnen-Vereins. Satzung 5 (Stadtarchiv München, Vereine 2168).

[48] Dies zeigt zum Beispiel ganz deutlich der Briefwechsel zwischen Carry Brachvogel und Heinrich Beuttenmüller aus dem Jahr 1929 (Literaturarchiv Marbach).

[49] Vgl. Lindemann, Renate: 100 Jahre Verein für Fraueninteressen. In: Verein für Fraueninteressen e. V. (Hg.): 100 Jahre Verein für Fraueninteressen. München 1994, S. 47–50.

terland zu dienen«.[50] Carry Brachvogel gründet eine Nähstube für Bedürftige, die sie bis Kriegsende 1918 leiten wird.[51] Doch auch in ihrer Arbeit rückt nun die Rolle der Frau im Krieg in den Vordergrund: Im Prinzensaal des »Café Luitpold« hält sie am 29. Januar 1915 einen Vortrag über »Die Frau in Waffen«[52], und in ihrem Essay »Die Frau und der Krieg« erläutert sie die neuen Aufgaben, vor die die deutsche Frau nun gestellt ist.[53] Im Roman »Schwertzauber« (1917), der in München und im Chiemgau spielt, schildert sie, wie der Ausbruch des Kriegs und der Krieg selbst alle Menschen grundlegend verändert, insbesondere die Männer.[54] Während der Kriegszeit schreibt sie noch zwei weitere Romane. Diese beschäftigen sich mit dem Verhältnis von Deutschland, Italien und Südtirol. Unvereinbare Lebensauffassungen stehen sich hier gegenüber. Im Venedig-Roman »Die große Gauklerin« thematisiert sie die fortschreitende Zerrüttung einer Zufallsehe zwischen einer Münchnerin und einem adligen Venezianer, und in »Das Herz im Süden« den Konflikt in einer Tiroler Familie, der durch den Kriegsausbruch zugespitzt wird.[55]

1917 scheidet Carry Brachvogel aus dem Vorstand des Vereins für Fraueninteressen aus: Die Leitung der Nähstube, »um die sie sich große Verdienste erworben hat«, behält sie aber bis 1918/1919 weiter.[56] Nicht nur die Arbeit als Vorsitzende des Schriftstellerin-

[50] Haushofer-Merk, Emma: An die Frauen Münchens. In: Vereins-Anzeiger des Stadtbundes Münchner Frauen-Vereine. 1. Jahrgang, Nr. 8, 1. Oktober 1914, S. 1.

[51] Vgl. Verein für Fraueninteressen e.V. (Hg.): Jahresbericht 1914. München. S. 16. Für diesen »Heimatdienst im Weltkriege« erhält sie später das Bayerische Ludwigskreuz. Vgl. Brief vom 2. Oktober 1933: Heinrich Udo Brachvogel an Wolfgang Breithaupt (Bundesarchiv (ehemaliges BDC), Rkk Brachvogel, Udo).

[52] Vgl. Vereins-Anzeiger des Stadtbundes Münchner Frauen-Vereine. 2. Jahrgang, Nr. 2, 27. Januar 1915.

[53] Vgl. Brachvogel, Carry: Die Frau und der Krieg. In: Aus unserer großen Zeit. Frauenworte. Zum besten vom Roten Kreuz. München 1914. S. 12f.

[54] Vgl. Brachvogel, Carry: Schwertzauber. Stuttgart 1917 (= Engelhorns Allgemeine Roman-Bibliothek, Band 15, 33. Jahrgang).

[55] Vgl. Brachvogel, Carry: Die große Gauklerin. Berlin 1915; Brachvogel, Carry: Das Herz im Süden. Stuttgart 1916 (= Engelhorns Allgemeine Roman-Bibliothek, Band 17/18, 32. Jahrgang).

[56] Vgl. Verein für Fraueninteressen e.V. (Hg.): Jahresbericht 1916/1917. München. S. 2; Verein für Fraueninteressen e.V. (Hg.): Jahresbericht 1917/1918. München. S. 3.

nen-Vereins nimmt sie stark in Anspruch, sondern auch ihre schriftstellerische Arbeit. Nach Kriegsende veröffentlicht sie weiterhin fast jedes Jahr einen Roman, wozu sie sicher auch finanzielle Gründe zwingen. Ein Brief vom 4. September 1919 belegt, wie gefragt ihre Bücher sind. Sie berichtet, dass der Verlag Flemming in Berlin eine Neuauflage ihres Romans »Der Nachfolger« (1901) beabsichtigte, was eine Überarbeitung notwendig machte, während ihr Leipziger Verlag gerade auch ein kleines Buch über »Die Frau in der Politik« bei ihr bestellt habe.[57]

Die 1920er-Jahre

»Eva in der Politik« erscheint 1920.[58] Es handelt sich um einen ironisch geschriebenen Geschichtsabriss über die Stellung der Frau in der Politik, einen historischen Rückblick und zugleich eine Vorstellung der Frauen, die hier in irgendeiner Weise Einfluss und Macht hatten. Dazu zählt Carry Brachvogel nicht nur Herrscherinnen, sondern insbesondere auch die berühmten Mätressen. Die Frau stellt sie als aus der Politik »Ausgesperrte« hin. Doch nicht nur die Männer sind die alleinigen Übeltäter, auch die Frauen selbst haben ihren Anteil daran. Denn jahrhundertelang haben sie in geduldiger Warteposition verharrt und naiv gehofft, dass die Männer sie an den »Webstuhl der Politik« bitten würden. Die neuen Möglichkeiten – die Frauen haben nach Kriegsende und mit der Gründung der Weimarer Republik das passive und aktive Wahlrecht erhalten[59] – bewertet sie noch nicht, sondern endet mit einem offenen Ausblick: »Sie [die politisch mächtigen Männer] fragten einander flüsternd, ob die Rede vorhin wohl ernst gemeint war, ob wirklich in Zukunft jede Frau das Ministerportefeuille in der Markttasche trage, und nicht am Ende nur den Stimmzettel. Eine heikle Frage! Das Lächeln der Männer gibt keine Antwort darauf und so muß sie wohl oder übel der Zu-

[57] Vgl. Brief vom 4. September 1919: Carry Brachvogel an Helene Raff. (Staatsbibliothek München, Handschriftenabteilung, Raffiana VI, Brachvogel); Brachvogel, Carry: Der Nachfolger. Berlin 1919.

[58] Vgl. Brachvogel, Carry: Eva in der Politik. Leipzig 1920.

[59] Zur Stellung und zu den Rechten der Frau in der Weimarer Republik: vgl. Frevert, Ute: Frauen-Geschichte. Zwischen bürgerlicher Verbesserung und neuer Weiblichkeit. Frankfurt am Main 1986. S. 163–199.

kunft überlassen bleiben«.[60] Carry Brachvogel fordert auch Schritte von den Frauen selbst. In einem Feuilleton von 1926, einem historischen Abriss über »Die Frauen und die Industrie«, stellt sie auch in diesem Bereich jahrhundertelanges Desinteresse der Frauen fest. Eine der wenigen Ausnahmen ist die Industrielle Barbara Uttermann, die im Sachsen des 16. Jahrhunderts einen neuen Industriezweig begründet und die Bevölkerung aus der Armut geholt hat. Bereits ein Jahr zuvor hatte Carry Brachvogel über sie den historischen Roman »Der silberne Berg« verfasst.[61]

Zugeschnitten auf die Gegebenheiten der Weimarer Republik, wird in den 1920er-Jahren in den Medien das Bild der »Neuen Frau« als Leitbild präsentiert. Diese übt einen Beruf aus, den sie als Mittel der Selbstverwirklichung ansieht, ist ledig oder in einer Kameradschaftsehe verheiratet, jung, sportlich, fesch gekleidet, finanziell anscheinend unabhängig, hat einen Bubikopf, raucht und ist sexuell selbstbestimmt. Die Umsetzung gelingt meist nur Frauen aus der Oberschicht, die neue Schicht der weiblichen Angestellten eifert nur oberflächlich dem medialen Wunschbild nach. Carry Brachvogel steht dem Typus positiv gegenüber, zumal sie selbst die »Neue Frau« ja schon jahrzehntelang gelebt hat, wenngleich auch ohne Bubikopf und die anderen äußerlichen Attribute. Geraucht allerdings hat sie selbst schon immer. In Feuilletons und kulturhistorischen Essays äußert sie sich nun über die »Neue Frau«, die »zu Wahlrecht und Bubikopf berechtigte Mama und ihre Tochter« und »Die Dame mit der Zigarette«.[62]

In den 1920er-Jahren steht Carry Brachvogel am Zenit ihres Schaffens. Immer noch erscheint fast jedes Jahr ein Buch. 1923, ein Jahr vor ihrem 60. Geburtstag, kommen gleich drei Werke heraus: »Im Weiß-Blauen Land«, »Phantastische Legenden« und »Weißes Gold«.

[60] Brachvogel, Carry: Eva in der Politik. Leipzig 1920. S. 92.

[61] Vgl. Brachvogel, Carry: Die Frauen und die Industrie. In: Neues Wiener Journal, 29. August 1926; Brachvogel, Carry: Der silberne Berg. Stuttgart/Berlin/Leipzig 1925.

[62] Vgl. Brachvogel, Carry: Die große Tochter von heute. In: Deutsche Allgemeine Zeitung, 20. Januar 1926; Brachvogel, Carry: Die Dame mit der Zigarette. In: Zöllner, Flora (Hg.): Deutscher Frauengeist in Dichtung und Wissenschaft. Eine Auswahl des Frauenschaffens der Gegenwart. Band 1. Baden 1927. S. 91–95.

Alle drei erhalten höchstes Lob und spiegeln wichtige Aspekte von Carry Brachvogels Leben und Identität wider.

Der vorliegende Band »Im Weiß-Blauen Land« steht für ihre große Heimatliebe, für ihre unbedingte Identifizierung mit München und Bayern. Der historische Roman »Weißes Gold«[63] hingegen singt ein Loblied auf die Arbeit. Er erzählt die »seltsame und dennoch wahre Geschichte« des Apothekerlehrlings Fritz Böttger [Johann Friedrich Böttger], der eigentlich den Stein der Weisen finden will, stattdessen aber – unter den merkwürdigsten Umständen – das Porzellan in Europa erfindet. Damit erschließt er seinem Vaterland eine neue Quelle des Reichtums und der Arbeit. Der wahre Stein der Weisen, so das Fazit der Geschichte, ist nicht Reichtum, sondern Arbeit: »Mit diesem Stein der Weisen kannst Du alles zu Gold tingieren.«[64] Es klingt wie ein Vermächtnis Carry Brachvogels, wenn es heißt: »Glaube mir, nur eines erlöst die Menschheit: Arbeit und der Glaube an Großes.«[65] Genau dies ist es, was Carry Brachvogel – als Schriftstellerin und im Mittelpunkt der Frauenbewegung stehend – immer gelebt und propagiert hat.

Als »Phantastische Geschichten und Legenden« erscheint, schreibt die Münchner Porträtmalerin und Schriftstellerin Helene Raff: »Wenn ein Schriftsteller, dem Kritik und scharfe Wirklichkeitsbeobachtung eignet, zugleich in sich ein, durch jene Kritik oft niedergehaltenes phantastisches Element hegt und diesem gelegentlich die Zügel schießen lässt, so entsteht eine ganz besondere Mischung. Eine, die reizvoll, weil eben nicht häufig ist. Solcher Art ist das Buch der bekannten Münchner Schriftstellerin. Durch den Kontrast eines starken Realitätssinnes wirkt die Phantastik der Erzählungen umso unheimlicher oder, je nach dem Gegenstand, umso grotesker.«[66] Bereits 1900 hatte Carry Brachvogel fantastische Legenden unter dem Titel »Die Wiedererstandenen« veröffentlicht. Diesem »fantastischen Element« begegnet man in ihren Werken immer wieder, auch das ist typisch für sie. 1925 wird in einer Reportage über sechs in München wohnende Dichterinnen berichtet, dass Carry Brachvogels »Phantas-

63 Vgl. Brachvogel, Carry: Weißes Gold. Eine seltsame, aber wahre Geschichte von Carry Brachvogel. Stuttgart/Berlin/Leipzig 1923.

64 Ebd., S. 182.

65 Ebd., S. 137f.

66 Raff, Helene: Rezension zu Phantastische Geschichten und Legenden. In: Das literarische Echo, 1. Juni 1923.

tische Erzählungen« eines ihrer begehrtesten Werke sei: »Die Fülle der Phantasie, vereint mit scharf denkender Philosophie haben hier etwas Einzigartiges geschaffen.«[67]

Vielseitig und produktiv geht es danach noch die ganzen 1920er-Jahre weiter. Als Emma Haushofer-Merk 1925 stirbt, wird Carry Brachvogel Erste Vorsitzende des Schriftstellerinnen-Vereins. Es erscheinen noch zahlreiche Romane, historische wie »Robespierre«, »Die Tochter Marie Antoinettes – eine Bannerträgerin der Legitimität«, »Der Pionier der Königin«, »Das große Feuer« sowie zwei Theaterromane: »Der Mohr der Dubarry« und »Die Schauspielerin«.[68] Letztgenannter Roman weist alle Kennzeichen ihres Könnens auf und zählt sicher zu ihren bedeutendsten Werken. Die Handlung beruht auf der Gegenüberstellung zweier Schauspielerinnen, wovon eine die geborene Künstlerin von starker intuitiver Begabung, die andere dagegen ein letztlich künstlich gezüchtetes Talent ist. Zu beiden tritt ein Mann in Beziehung, der alles besitzt, was das Schicksaal einem gewähren kann, nur keine Schöpferkraft. Weil er nicht erschaffen kann, versucht er beide zu zerstören.[69]

Carry Brachvogels 60. Geburtstag

1924 feiert man den 60. Geburtstag der erfolgreichen Schriftstellerin: Der Verein Münchner Schriftstellerinnen gibt am 14. Juni im Künstlerinnen-Verein in der Barerstraße 21 ein großes Fest[70] und Oberbürgermeister Karl Scharnagl gratuliert persönlich.[71]

[67] Dziadek, Lilly: Die Stadt der Dichterinnen. Aus dem Leben von sechs in München wohnenden Schriftstellerinnen. In: Allgemeine Zeitung, Nr. 171, 1925.

[68] Brachvogel, Carry: Robespierre. Wien/Leipzig 1925 (= Menschen, Völker, Zeiten, Band 4, M. Kemmerich (Hg.)); Brachvogel, Carry: Die Tochter Marie-Antoinettes – eine Bannerträgerin der Legitimität. Braunschweig/Hamburg 1925; Brachvogel, Carry: Der Pionier der Königin. Berlin 1925; Brachvogel, Carry: Das große Feuer. Berlin 1929; Brachvogel, Carry: Der Mohr der Dubarry. München 1925; Brachvogel, Carry: Die Schauspielerin. Stuttgart 1927.

[69] Vgl. Bautzener Nachrichten, 14. Juni 1927; Münchner Nachrichten, 22. Dezember 1927.

[70] Vgl. Graf-Lomtano, Josephine: Ein dreifaches Jubiläum im Münchner Schriftstellerinnenverein. In: Süddeutsche Frauenzeitung, 5. Jahrgang, Nr. 24, 1924 (Stadtarchiv München, Vereine 2168). Hier findet sich ein Bericht über das Fest, wie auch in: Vereinsnachrichten. Verein Münchner Schriftstellerinnen (Stadtarchiv München, Vereine 2168).

[71] Vgl. Dankesschreiben vom 15. Juni 1924: Carry Brachvogel an das Direkto-

Doch nicht nur in München wird Carry Brachvogel gewürdigt, in ganz Deutschland erscheinen Zeitungsartikel über die damals weithin bekannte Autorin, würdigen ihr Werk und ihr Wirken.

Das »Hannoversche Tagblatt« macht Carry Brachvogel als eine »ganz moderne Schriftstellerin« aus: »Man kann diese in München lebende und mit Isarwasser getaufte Schriftstellerin noch füglich zu den Jüngeren rechen, denn ihre Bücher weisen alle den Pulsschlag der Zeit [...] auf. Wenn das Wort ›modern‹ nicht so schrecklich vieldeutig und zugleich so furchtbar nichtssagend wäre, so müßte man von Carry Brachvogel als von einer ganz modernen Schriftstellerin sprechen, nicht nur, weil sie mit Vorliebe Motive und Probleme aufgreift, die in der Atmosphäre der Zeit liegen, sondern weil sie auch, wenn es sein muß, vor Zolaismen nicht zurückschreckt.«[72] Immer wieder wird sie als eine große »Psychologin« ausgemacht und ihre Charakterisierungs- und Darstellungskunst in diesem Bereich bewundert: »Carry Brachvogels große Begabung, Menschen bis in die feinsten Falten ihres Herzens psychologisch zu ergründen, sich in sie, seien sie auch Kinder einer fernen Zeit, hineinzuversenken, sie neu zu gestalten, offenbart sich vielleicht am intensivsten in ihren Monografien, die uns die Gestalten der Marquise Pompadour, Katharina II., Madame Mère und Maria Theresia menschlich nahe bringen.«[73]

Doch auch als Feuilletonistin hat sie sich bis 1924 einen großen Namen gemacht: »Eine Fortsetzung ihrer Causerien am Teetisch,

rium des Stadtrats München (Stadtbibliothek München, Monacensia, Literaturarchiv, Carry Brachvogel III/1); Dankesschreiben vom 20. Juni 1929: Carry Brachvogel an Notar Anton (Stadtbibliothek München, Monacensia, Literaturarchiv, Carry Brachvogel, I/5).

72 Mensch, Ella: Deutsche Gegenwartsschriftstellerinnen. Carry Brachvogel. In: Hannoversches Tageblatt, 26. August 1923.

73 Baudissin, Eva von: Emma Haushofer-Merk und Carry Brachvogel. In: Münchner Neueste Nachrichten, Nr. 160, Beilage: Frauen-Zeitung, 1924: Sie hat »die Bildnisse historischer Frauengestalten mit nicht geringerem psychologischem Scharfblick gezeichnet als die Charakterbilder ihrer Phantasiegeschöpfe«; Mensch, Ella: Deutsche Gegenwartsschriftstellerinnen. Carry Brachvogel. In: Hannoversches Tageblatt, 26. August 1923: »[...] in erster Linie ist sie Psychologin, die in den Kern der Menschenexemplare eindringt, mögen sie nun dem Rokokozeitalter oder der Epoche der Luftschiffahrt angehören«.

nur natürlich noch feiner ziseliert und den Gegenstand bis zum Grunde beleuchtend, sind Carry Brachvogels Feuilletons. Man mag sie als eine Meisterin des Feuilletons und der Essays betrachten. In wenig Zeilen wird da oft ein neues Gesichtsfeld eröffnet zu einem Ereignis, einem Kunstwerk, einem Menschen usw. ein origineller Standpunkt eingenommen.«[74]

Wie anerkannt Carry Brachvogel seinerzeit tatsächlich war, für was und welche Werke sie berühmt war, das bringt eine Würdigung von Doris Zanter-Busch dezidiert auf den Punkt: »Die Dritte dieser drei leuchtenden Frauengestalten vornehmsten Geistes, edelster Seele ist unsere berühmte Carry Brachvogel, die am 16. Juni das 60. Lebensjahr vollendete und damit auf ein an Anerkennung und Erfolgen ungemein reiches Leben zurückblicken darf. Ihr dichterisches Schaffen war umfassend und erstreckte sich auf alle Zeitepochen, macht vor keinem interessanten Problem Halt. Ihr scharfer, feiner Geist, ihr vornehmer Stil, geist- und reizvoll zugleich, mit liebenswürdigem Humor, oft mit feinster Satire gewürzt, ihr leichter, eleganter Ton, flüssigster graziösester Plauderton eines geistig hoch eingestellten Salons, wie ihn Carry Brachvogel in ihrer behaglich feinen Häuslichkeit so weltgewandt sicher um sich zu scharen und auszuwählen versteht, machten sie zum vielgelesenen Liebling aller feingeistigen Menschen. Männer wie Frauen. Carry Brachvogel gestaltet ihre Menschen mit fabelhafter Prägnanz, mit ausgesprochenster Eigenart; ihr gepflegter Stil ist persönlichste Note, wird von allen Kennern gefühlsmäßig empfunden. Sie ist eine tief und gewissenhaft schürfende Psychologin in ihrem künstlerischen Schaffen, sie ist aus persönlicher Liebhaberei, aus ganz hervorragender Begabung heraus Meisterin, ja die souveräne Beherrscherin der galanten Zeitepoche, des Rokoko. Ihre eleganten aristokratisch-vornehmen, weißgepuderten, prätentiösen Frauengestalten des französischen Hofes in seiner gesellschaftlichen Glanzzeit sind schlechthin unübertroffen, fein und scharf gesehen, erfaßt und echt ergründet. Ihre glänzenden Memoiren und Monographien einer ›Pompadour‹, ›Maria Theresia‹, der ›Katharina II.‹ usw. sind einfach Kabinettstücke feinster Charakterisierungskunst. Ihre neuzeitlichen Romane, ›Das Glück der Erde‹,

[74] Baudissin, Eva Gräfin von: Emma Haushofer-Merk und Carry Brachvogel. In: Münchner Neueste Nachrichten, Nr. 160, Beilage: Frauen-Zeitung, 1924.

›Das heimliche Herz‹ (erschienen vor Jahresfrist in den ›Münchner Neuesten Nachrichten‹), und andere sind Zeitbilder prägnantester Art. ›Das Herz im Süden‹, ihre ›Cäsarenlegenden‹, ihr letzterschienenes Werk ›Phantastische Geschichten und Legenden‹, das speziell bayerische Buch ›Im weißblauen Land‹ zeugen von reinstem künstlerischem Schaffen, von einem Schaffen, von einem Frauenleben, auf das wir bayerische Frauen, aber auch die ganze deutsche Frauenwelt stolz sein kann und stolz ist.«[75]

1933–1942: Die kometenhafte Karriere endet in einer Tragödie

1933, mit der Machtübernahme der Nationalsozialisten, endet Carry Brachvogels kometenhafte Erfolgsgeschichte in einer Tragödie. Ein Schicksalsschlag folgt dem anderen.

Nun wird sie auf ihre jüdische Herkunft reduziert. Nur das zählt noch. Dies ist umso erschütternder, als sie den jüdischen Glauben, in dem sie aufgewachsen ist, nicht praktiziert, sondern zeitlebens für Assimilation plädiert. Konsequent setzt sie dies wie gezeigt in ihrem eigenen Leben um: So bleibt Tochter Feodora nach der Geburt konfessionslos, Sohn Heinrich Wolfgang Udo wird katholisch getauft.[76]

Im Rahmen einer Rundfrage zur »Lösung der Judenfrage«, die 1907 von dem Berliner Arzt und späteren Politiker Dr. Julius Moses (1868–1942) veranstaltet wurde, hat sie eindeutig öffentlich Stellung bezogen: »Als Monistin kann ich die Judenfrage nur vom Standpunkt der Rasse aus betrachten, niemals unter dem Blickwinkel der Konfession […]. Für Deutschland scheint mir möglichste Assimilation das Richtige: Mischehe und Taufe der Neugeborenen. […] Für Strenggläubige können meine Äusserungen natürlich nicht den geringsten Wert haben oder höchstens ein Ärgernis sein. Ich sehe das ein, bedauere es, bin aber meiner Weltanschauung nach völlig unfähig, mich in die Gedankengänge eines konfessionellen Bekenners zu versetzen, gleichviel ob dieser Jude, Christ, Muhamedaner, Buddhist oder was sonst sein mag«.[77]

[75] Zantner-Busch, Dora: Drei bayerische Dichterinnen. In: Fränkischer Kurier, 16. Juli 1924.

[76] Vgl. Polizeimeldebogen Karoline Brachvogel (Stadtarchiv München, PMB B341).

[77] Moses, Julius: Die Lösung der Judenfrage. Eine Rundfrage veranstaltet von Dr. Julius Moses. Berlin/Leipzig 1907. S. 111.

Carry Brachvogel glaubt an keinen persönlichen Gott, begreift sich nach ihrer eigenen Aussage als »Monistin«, eine Art Pantheistin, und plädierte immer für ein selbstbestimmtes Leben. Doch mit der Selbstbestimmung der Person ist es ein für allemal vorbei.

Wie viele andere auch erhält sie 1933 Berufs- und Publikationsverbot.[78] Besonders tragisch: Der Schriftstellerinnen-Verein, den sie selbst gegründet hat, entzieht ihr am 3. Mai 1933 den Vorsitz. Die damaligen Mitglieder und Freundinnen teilen ihr dies nicht persönlich, sondern schriftlich mit: »Am 3.5 kamen einige Mitglieder des Vereins zu einer privaten Aussprache zusammen, um den nunmehr gebotenen Rücktritt der 1. Vorsitzenden zu beraten, worauf am 15.5 unter dem Vorsitz von Gräfin Baudissin dieser Rücktritt nochmal besprochen und beschlossen wurde, einen Abschiedsbrief an Frau Brachvogel zu schreiben, der ihr für ihre 20-jährige Arbeit für den Verein danken und von allen Mitgliedern unterzeichnet werden sollte. Dieser Brief wurde auch geschrieben und an Frau Brachvogel gesandt«. Am 4. Oktober 1933 wird einstimmig beschlossen, den Münchner Schriftstellerinnen-Verein aufzulösen. Das Amtsgericht München bestätigte die Auflösung des Vereins am 13. November 1933.[79]

Um der Gleichschaltung zu entgehen, löst sich auch der »Bund deutscher Frauen« auf. Das bedeutet das Ende einer eigenständigen Frauenbewegung in Deutschland.[80] Der Münchner Verein für Fraueninteressen bleibt zwar bestehen, wird aber in seiner Arbeit in den nächsten Jahren immer weiter beschnitten. Vermutlich entgeht er der Auflösung, weil seit 1935 Gisela Mauermayer-Schmidt Vorsitzende ist, die auch Mitglied der NSDAP war.[81]

[78] Als Jüdin war sie in der Reichskulturkammer verzeichnet. Vgl. Karteikarte Carry Brachvogel der Reichskulturkammer, Wiener Library / London. (Bundesarchiv, R55, 21300).

[79] Im Mai teilte der Vorstand mit, dass Carry Brachvogel vom Vorsitz zurückgetreten sei und Gräfin Baudissin die Führung übernommen habe. Vgl. Lütgendorff, Martha von: Der Münchner Schriftstellerinnen-Verein 1913–1933, S. 6f. (Stadtarchiv München, Vereine 2168); (Staatsarchiv München Pol. Dir. München 5664).

[80] Zur Thematik Frauen im Dritten Reich vgl. Frevert, Ute: Frauen-Geschichte. Frankfurt am Main 1986. S. 205.

[81] Über die Zeit 1933–1945 finden sich in den Jahresberichten des Vereins für Fraueninteressen kaum Informationen über die Vorgänge im Verein seit der Macht-

Ab 1933 verschwindet Carry Brachvogel Schritt für Schritt aus der literarischen Welt. 1933, 1934 und 1936 findet sich jeweils noch ein vereinzelter Essay.[82] In Kürschners Literaturkalender von 1936 ist Carry Brachvogel nicht mehr verzeichnet. Einer der wenigen Freunde, die ihr in den folgenden Jahren noch erhalten bleiben, ist der Übersetzer und Schriftsteller Wolf-Heinrich von der Mülbe (1868–1942).[83]

Ein weiterer Schicksalschlag trifft Carry Brachvogel 1934. Ihr Sohn Heinz Udo, ein damals bekannter Filmjournalist, stirbt am 16. März 1934 mit 45 Jahren in Berlin an Diabetes. Er hatte nicht nur die erste Filmausstellung Münchens mitgeschaffen, sondern war zeitweilig auch Pressechef des Emelka-Filmkonzerns gewesen und zuletzt auch als Unterhaltungsautor aufgetreten.[84]

Fortan teilt Carry Brachvogel ihr weiteres Leben und Schicksal Seite an Seite mit ihrem Bruder Prof. Dr. Siegmund Hellmann. Auch dieser war eine bedeutende Münchner Persönlichkeit, seinerzeit ein bekannter Historiker und Mediävist, der auch in freundschaftlich und beruflich engem Kontakt zu Max Weber stand. Obwohl er vor der Jahrhundertwende zum Protestantismus konvertiert war, erhielt auch er wegen seiner nicht-arischen Herkunft 1933 Berufs- und Publikationsverbot; seine Professur in Leipzig, die er seit 1923 innehatte, und seine Bezüge wurden ihm entzogen.[85] Sein Sohn versucht ihn immer wieder nach Davos zu holen, seine Tochter, die 1933 nach

übernahme der Nationalsozialisten. Vgl. Lindemann, Renate: 100 Jahre Verein für Haueninteressen. In: Verein für Haueninteressen e.V. (Hg.): 100 Jahre Verein für Haueninteressen. München 1994, S. 63.

[82] Die Essays »Die Maulschellen der Weltgeschichte« (1933); »Madame Rousseau« (1934) und »Modeminister und Mannequin« (1936) wurden veröffentlicht in: Monatshefte für Literatur, Kunst und Wissenschaft. Zeitschrift der Buchgemeinde. Berlin.

[83] Auskunft von Josephine Brachvogel.

[84] Vgl. Sterbemeldungen Heinz Udo Brachvogel. In: Münchner Zeitung, Nr. 78, 1934; Sterbemeldungen Heinz Udo Brachvogel. In: Münchner Zeitung, Nr. 81, 1934.

[85] 1896 promovierte er in München, 1899 habilitierte er sich in Mittlerer Geschichte. Von 1899 bis 1909 war er Privatdozent, von 1909 bis 1923 a.o. Professor an der Universität München. Vgl. Heimpel, Hermann: Hellmann, Siegmund. In: Neue Deutsche Biographie. Band 8. München 1969. S. 483; Hellmann, Siegmund. In: Biographisches Gedenkbuch der Münchner Juden 1933–1945. Band 1. München 2003. S. 559.

New York emigriert war, in die USA.[86] Erfolglos. 1938 müssen auch Carry Brachvogel und Siegmund Hellmann die Zusatznamen »Sara« und »Israel« annehmen.[87] Siegmund Hellmann zieht zu seiner Schwester und zu seiner Nichte Feodora in die Herzogstraße 55.[88] Seine Briefe von 1938 bis 1942, die er an Familienangehörige in der Schweiz schreibt, sind vorsichtig und zurückhaltend formuliert; sie verraten nur wenig über das Leben der drei. 1938 stellt er in einem Brief an seinen Sohn die Aussichtslosigkeit einer Emigration fest; in diesem Kontext äußert er sich auch über die Zukunftsperspektiven seiner Schwester Carry und seiner Nichte Feodora: »Tante C's Aussichten sind nicht viel tröstlicher, am besten noch die von Feo: Sie hat als junges Mädchen eine wirtschaftliche Frauenschule absolviert und war zuletzt 12 Jahre lang als Loggistin, Sekretärin [...] im Kunsthandel thätig, hat also zwei große Möglichkeiten vor sich, während Tante C's und meine eigenen Wege überall nur im Dunkel liegen.«[89] Am 17. Juli 1942 erhalten die 78-jährige Carry Brachvogel und der 70-jährige Siegmund Hellmann ein Schreiben der Gestapo München mit der Mitteilung, dass ihr Vermögen beschlagnahmt worden sei, und der Anweisung, sich ab dem 20. Juli in ihrer Wohnung Herzogstraße 55 für einen Abwanderungsprozess bereitzuhalten.[90] Am 21. Juli erscheinen – nach Zeugenaussagen von Feodora Brachvogel aus den Jahren 1946 und 1956 – Gestapo-Beamte in der Wohnung der Familie und holen Carry Brachvogel und Siegmund Hellmann ab. Beide werden in einen Omnibus verfrachtet, der vor

86 Auskunft Marianne Ming-Hellmann: Immer wieder versuchte sein Sohn Heinz Hellmann, ihn nach Davos zu holen. Das wurde von den Schweizer Behörden verwehrt.

87 Vgl. Kennkarten von Carry Brachvogel vom 21. Januar 1939 (Stadtarchiv München); Betreffend »der Führung deutscher, bzw. jüdischer Eigennamen durch Juden«: Vgl. Schreiben vom 10. Dezember 1938: Siegmund Hellmann an das Polizeipräsidium München (Staatsarchiv München Siegmund Hellmann, Polizeidirektion Nr. 13748, V-16, Nr. 61 / 38, 55).

88 Vgl. Polizeimeldebogen Siegmund Hellmann (Stadtarchiv München, PMB H204).

89 Brief vom 11. November 1938: Siegmund Hellmann an seinen Sohn Heinz und seine Schwiegertochter Friedy Hellmann (in Privatbesitz).

90 Vgl. Schreiben vom 17. Juli 1942: Geheime Staatspolizei / Staatspolizeileitstelle München an Siegmund Hellmann und Carry Brachvogel (in Familienbesitz); Vernehmungsniederschrift / Zeugenaussage Feodora Brachvogel vom 28. Januar 1956 (Staatsarchiv München. KD 2 / II Tgb. Nr. 4702 / 55–63 / 64).

dem Anwesen steht und in dem sich noch weitere jüdische Mitbürger befinden.[91] Die Fahrt geht über Milbertshofen, denn von dort schickt Carry Brachvogel noch eine Postkarte an ihre Tochter Feodora:

»Liebe, geliebte Feo, ich schreibe nach einem guten Abendessen und dto Kaffee! Morgen früh geht es weiter, von Th. [Abkürzung für Theresienstadt] höre ich nur Gutes. (Dein Kuchen zum Kaffee war herrlich!) Bekannte sah ich bisher nicht. – Vermiete nun nur so rasch und gut wie möglich, – Hoffentlich ist bei euch alles in Ordnung?? Mache keine weiteren Versuche, – sie sind zwecklos! Sei mutig, lies keine Zeitung. Wir grüßen euch vielmals! Deine alte zuversichtliche Mama.«[92]

Es ist das letzte Lebenszeichen. Am 22. Juli werden die Geschwister in das Konzentrationslager Theresienstadt deportiert. Acht Tage später holt die Gestapo Siegmund Hellmanns Möbel und seine überaus wertvolle Bibliothek aus der Herzogstraße 55 / 1 ab. Bis heute gilt diese als verschollen.[93] Weil Carry Brachvogel ihre Wohnung noch vor der Deportation an ihre Tochter Feodora, die als »Mischling« galt, überschrieben hatte, verblieb ihr Eigentum in der Wohnung.[94]

Vier Monate nach der Ankunft in Theresienstadt stirbt Carry Brachvogel am 20. November 1942, ihr Bruder Siegmund nur wenig später am 7. Dezember 1942. Auf beider Todesfallanzeigen vermerkt man als Todesursache »Marasmus – Altersschwäche«.[95] Erst nach Kriegsende 1945 erfahren die Familien Brachvogel und Hellmann,

[91] Vgl. Erklärung Feodora Brachvogel vom 21. Februar 1946 (Notariat München IV) (in Privatbesitz); Vernehmungsniederschrift/Zeugenaussage Feodora Brachvogel vom 28. Januar 1956 (Staatsarchiv München, Polizeidirektion Nr. 1374/63).

[92] Postkarte vom 21. Juli 1942: Carry Brachvogel aus Milbertshofen an ihre Tochter Feodora (in Privatbesitz).

[93] Vgl. Vernehmungsniederschrift/Zeugenaussage Feodora Brachvogel vom 28. Januar 1956 (Staatsarchiv München, Polizeidirektion Nr. 1374/63). Auskunft Marianne Ming-Hellmann; Auskunft Dr. Joachim Schröder.

[94] Vgl. Vernehmungsniederschrift/Zeugenaussage Feodora Brachvogel vom 28. Januar 1956 (Staatsarchiv München, Polizeidirektion Nr. 1374/63).

[95] Vgl. Ghetto Theresienstadt/128. Todesfallanzeige/Sterbematrikel 12627: Brachvogel, geb. Hellmann, Karoline Sara, gest. 20. November 1942; Ghetto Theresienstadt/249. Todesfallanzeige/Sterbematrikel 14000: Hellmann, Siegmund Israel, gest. 7. Dezember 1942.

dass Carry und Siegmund bereits 1942 in Theresienstadt gestorben sind.[96]

1945 wird das Haus in der Herzogstraße 55 durch einen Bombenangriff zerstört. Feodora Brachvogel kann nur eine kleine Kommode retten und zieht später ein paar Straßen weiter in die Clemensstraße. Nach dem Krieg arbeitet sie bis zu ihrem Tod beim »Bayerischen Blinden- und Sehbehindertenbund«. Mitglieder der Familie Brachvogel und Hellmann berichten, dass Feodora eine außergewöhnliche Persönlichkeit war, sehr tolerant und beliebt. Sie hatte ein sehr gutes Verhältnis zu ihrer Mutter und immer deren handgeschriebenen Manuskripte getippt. Feodora soll es zu verdanken sein, dass das Leben Carry Brachvogels und Siegmund Hellmanns von 1933 bis 1942 einigermaßen erträglich war. So habe sie zum Teil auch für den Lebensunterhalt der drei Personen in der Herzogstraße gesorgt. Auch Außenkontakte fanden durch sie statt. Als Feodora Brachvogel 1961 auf dem Münchner Nordfriedhof eingeäschert wurde, gab es eine große Trauerfeier.[97]

Würdigung und Aktualität Carry Brachvogels

Die Suche der Frau nach einer neuen Identität in einer sich wandelnden Gesellschaft war ein zentrales Thema von Carry Brachvogels Schaffen als Autorin und Feuilletonistin – so wie für viele Autorinnen der Jahrhundertwende.

Als Mitglied der Frauenbewegung unterschätzte sie dabei auch nicht die Bedeutung politischer und ökonomischer Voraussetzungen für eine wirkliche Gleichberechtigung der Geschlechter. Das Ziel gerechter Entlohnung war dabei eine ganz zentrale Forderung.

Carry Brachvogel und ihre Mitstreiterinnen haben schon damals propagiert und antizipiert, was heute noch immer aktuell ist: Der Münchner Stadtbund veranstaltet seit 2008 jedes Jahr am 21. März den Equal Pay Day im Rathaus und auf dem Marienplatz; es ist die ungleiche Bezahlung von Männern und Frauen, die im Mittelpunkt des Aktionstages steht sowie die Forderung nach gleichem Lohn für gleiche Arbeit.

Mit ihrem Lebensstil, ihren Ideen und ihrem politischen Enga-

[96] Vgl. Erklärung Feodora Brachvogel vom 21. Februar 1946 (Notariat München IV) (in Privatbesitz).

[97] Auskunft Marianne Ming-Hellmann; Auskunft Josephine Brachvogel.

gement erscheint Carry Brachvogel heute als eine ungewöhnlich moderne und emanzipierte Frau ihrer Zeit. Ihre damaligen Ansichten sind hochaktuell: Wichtigkeit der Arbeit und des Berufes, der Selbstverwirklichung und Selbstbestimmtheit. So wirkt sie für uns auch als eine Visionärin der modernen Frau. Schon damals hat sie so gelebt, wie es heutzutage viele Frauen tun: alleinerziehend und berufstätig. Den Schicksalsschlag, den Tod ihres Mannes, hat sie als Herausforderung begriffen und konstruktiv reagiert, fortan ihren Lebenstraum als Schriftstellerin verwirklicht und sich zudem auch noch sozial, gesellschaftlich und politisch engagiert.

Doch modern ist Carry Brachvogel noch in ganz anderer Hinsicht: bezüglich der Wertschätzung ihrer »Heimat«. Sie hat diese geliebt, sich mit ihr identifiziert, sich als Münchnerin und Bayerin begriffen. Ihre Heimatliebe hat sie auch in ihren Werken umgesetzt. In zahlreichen Feuilletons hat sie Bayern beschrieben und dem »Weiß-Blauen Land« ein Loblied gesungen. In ihren Romanen bilden immer wieder München und das bayerische Umland die Kulisse. Sie erwartete aber auch keine nationale Heilung durch Volkstumspflege; womit sie letztlich ebenfalls Recht behalten hat: Auch wir lehnen heute alles Volkstümelnde ab.

Carry Brachvogel war eine herausragende Frauengestalt Bayerns. Tatsächlich wurde sie jedoch seit 1933 vergessen. Neuauflagen der Werke Carry Brachvogels, die damals sehr populär waren, sind nach dem Ende der Herrschaft des Nationalsozialismus nicht erfolgt.

Zwar gibt es seit 1992 einen Carry-Brachvogel-Salon in der Münchner Seidlvilla, seit 2012 sogar eine Carry-Brachvogel-Straße im Stadtbezirk Bogenhausen, aber tatsächlich kennt kaum jemand ihren Namen, niemand weiß, dass sie ehemals eine bekannte Münchner Schriftstellerin, Frauenrechtlerin und eine kulturelle Größe dieser Stadt war. Es gab vereinzelte engagierte Versuche, sie einem größeren Publikum bekannt zu machen, so zum Beispiel der Radiobeitrag von Monika Meister aus dem Jahr 1990[98] oder im Jahr 2012 die literarisch-musikalischen Abende »Münchner Mädels« von Monika Manz und Susanne Weinhöppel, an denen sie Texte von Carry Brachvogel vortrugen.

[98] Vgl. Meister, Monika: Lieben nicht bis zur Selbstvernichtung. Die Schriftstellerin Carry Brachvogel. Beitrag im Bayerischen Rundfunk, Rubrik »Bayern – Land und Leute«, 24. November 1991.

Eine umfassende Würdigung und Anerkennung ihrer Person, insbesondere auch ihres literarischen Werkes, hat aber bis heute nicht stattgefunden. Dass Carry Brachvogel vergessen wurde, hängt möglicherweise auch damit zusammen, dass all das, was die bürgerliche Frauenbewegung propagiert hat, seit 1933 über Jahrzehnte nicht mehr angesagt war. Das aktive Wahlrecht und der Lohngleichheitsgrundsatz wurden wieder abgeschafft, die volle rechtliche Gleichstellung erst wieder durch die Verfassung der Bundesrepublik erreicht. Erst seit ein, zwei Generationen ist all das wieder aktuell, was Carry Brachvogel und ihre Mitstreiterinnen propagiert hatten.

Die, die im Rampenlicht steht, damals wie heute, ist die femme fatale Franziska Gräfin zu Reventlow, der Star der Münchner Boheme. Carry Brachvogel hingegen und andere Münchner Künstlerinnen und Schriftstellerinnen stehen demgegenüber im Hintergrund oder sind vergessen. Reventlow lehnte die moderne Frauenbewegung mit ihren Zielen ab, sie war kein Mitglied im Münchner Verein für Fraueninteressen, engagierte sich auch nicht gesellschaftlich oder politisch, sondern segelte allein unter der Fahne der Selbstverwirklichung, sah vor allem in der sexuellen Selbstbestimmung der Frau das Befreiungspotenzial und plädierte für ein neues Hetären-Dasein der Frau.[99] Ihre Zeitgenossen sahen in ihr einen neuen Frauentyp, mit ihrer Lebensweise und ihrer Einstellung zu Erotik und Sexualität wurde sie vor allem zu einer erfolgreichen Projektionsfläche für Männer. Aus heutiger Sicht stellen der Lebensentwurf von Franziska zu Reventlow und die Lebensentwürfe Carry Brachvogels und vieler anderer Frauen der bürgerlichen Frauenbewegung zeitgenössische emanzipatorische Gegenpositionen dar.

Die vorliegende Neuausgabe von »Im Weiß-Blauen Land« versteht sich als ein Anfang zur Würdigung der Autorin, ihres Werks und ihres Engagements für ihre bayerische Heimat. Möge diese Neuausgabe dazu beitragen, Carry Brachvogel ihren längst verdienten Platz in der Münchner Kultur- und Stadtgeschichte zu verschaffen.

[99] Vgl. Reventlow, Franziska zu: Viragines oder Hetären. Züricher Diskussionen. Zürich 1899. 2. Jahrgang, Nr. 22.

Editorische Notiz

»Im Weiß-Blauen Land. Bayerische Bilder« erschien 1923 im Knorr & Hirth Verlag München. Das vorliegende Buch folgt dieser Ausgabe und korrigiert nur offensichtliche Druckfehler stillschweigend.

I. R.

Verwendete Literatur (Auswahl)

Arbeitskreis »Frauenleben in Bayern«: Carry Brachvogel (= Vortrag zur Eröffnung des Carry-Brachvogel-Salons in der Münchner Seidlvilla am Nikolaiplatz / Schwabing). In: Landeshauptstadt München (Hg.): Frauenleben in München. Lesebuch zur Geschichte des Münchner Alltags. Geschichtswettbewerb 1992. München 1993, S. 233–240.

Biographisches Gedenkbuch der Münchner Juden 1933–1945. Artikel Karoline (Carry) Brachvogel. Band 1, München 2003. S. 190–191.

Heuer, Renate: Carry Brachvogel (1864–1942), Schriftstellerin. In: Treml, Manfred / Weigand, Wolf (Hg.): Geschichte und Kultur der Juden in Bayern. Lebensläufe. München 1988. S. 211–216.

Karl, Michaela: Carry Brachvogel: Die Frauenrechtlerin. In: Karl, Michaela (Hg.): Bayerische Amazonen. 12 Porträts. Regensburg 2004. S. 17–31.

Meister, Monika: Lieben nicht bis zur Selbstvernichtung. Die Schriftstellerin Carry Brachvogel. Beitrag im Bayerischen Rundfunk, Rubrik »Bayern – Land und Leute«, 24. November 1991.

Ritter, Judith: Carry Brachvogel – eine Schriftstellerin des Münchner jüdischen Bürgertums (Magisterarbeit, München 2005, unveröffentlicht).

»Starke Frauen« in der **edition monacensia**

Carry Brachvogel

Alltagsmenschen

Roman. Herausgegeben und mit einem Nachwort versehen von Ingvild Richardsen

Leere und Langeweile prägen das Leben der bürgerlichen Elisabeth nach der Hochzeit mit einem gut situierten Mann. Auch die Geburt ihres Kindes kann ihren Drang nach Aufbruch und Abenteuer nicht schmälern und so stürzt sie sich in eine verhängnisvolle Affäre mit einem Legationsrat.

ISBN 978-3-86906-538-0, 200 S., Klappenbroschur, € 14.90, September 2013

Dietlind Pedarnig (Hg.)

Bayerische Schriftstellerinnen

Ein Lesebuch. Mit einer Einführung vonEdda Ziegler

Die unbeugsame Liesl Karlstadt, geniale Komikerin, Lena Christ, eine der bedeutendsten bayerischen Erzählerinnen, die zeitgenössische Autorin Ruth Rehmann, in der Friedensbewegung engagiert, oder Emerenz Meier, schriftstellerische Naturgewalt und beeindruckende Volksdichterin – sie alle waren und sind »starke Frauen«, in Bayern geboren und von dieser Kulturlandschaft geprägt. Mit ihren Texten bewegen sie, hinterlassen individuelle Spuren und halten nicht selten der Gesellschaft ihrer Zeit kritisch den Spiegel vor Augen. Die Anthologie würdigt ein Stück bester bayerischer Literatur und ist zugleich eindrücklicher Beleg weiblicher Stärke in all ihren Facetten.

ISBN 978-3-86906-536-6, 200 S., Klappenbroschur, € 16.90, Oktober 2013

Lena Christ

Mathias Bichler

Roman. Text der Erstausgabe von 1936

In diesem autobiografisch beeinflussten Roman huldigt Lena Christ ihrem geliebten Großvater – bei ihm und seiner Frau verbrachte sie die wohl einzigen glücklichen Jahre ihre Kindheit. Voller Wärme und Mitgefühl schildert sie den elternlosen Mathias, der sich Anfang des 19. Jahrhunderts im Leitzachtal im südlichen Oberbayern durchs Leben schlägt. Er will kein Bauer sein und flieht aus der Enge seines Dorfes, um das Glück zu zwingen. Es wird ein bitterer und lebenslanger Kampf um seine große Liebe Kathrein. Ein bäuerlicher Abenteuerroman und gleichzeitig das kraftvolle Sittenbild einer Epoche und einer Landschaft, geschrieben in der unverwechselbaren Sprache einer der bedeutendsten bayerischen Autorinnen.

ISBN 978-3-86906-302-7, 220 S., Paperback, € 16.90

Lena Christ

Madam Bäurin

Roman. Text der Erstausgabe von 1936

Ein verpfuschtes Leben kann man es nennen, das Lena Christ geführt hat. Sadistisch misshandelt als Kind und Jugendliche durch die eigene Mutter, immer schwer arbeitend bis zur völligen psychischen und physischen Erschöpfung. Schließlich ein trunksüchtiger Ehemann, der wieder nur Gewalt als Verständigungsmittel kennt. Sechs Kinder in sechs Jahren, zwei davon Totgeburten, ein schweres Lungenleiden und immer Geldnot und Existenzängste. Das Schreiben war für Lena Christ wohl der einzige Ausweg, ihre Biografie überhaupt zu ertragen. Für ihren letzten Roman »Madam Bäuerin« wählt sie ein heiteres Thema: Die Geschichte eines Stadtfräuleins, das aus Liebe zu einem Mann Bäuerin wird, und das »Happy End« entsprachen wohl nicht nur dem Traum ihres Lesepublikums von einem emphatischen Leben, sondern auch ihrem eigenen.

ISBN 978-3-86906-301-0, 124 S., Paperback, € 9.90

Mechtilde Lichnowsky

Der Lauf der Asdur

Roman. Text der Erstausgabe von 1936

Die Unzufriedenheit mit dem eigenen Geschlecht zieht sich motivisch durch das Gesamtwerk von Mechtilde Lichnowsky. In ihrem autobiografischen Roman »Der Lauf der Asdur« versteht sie es darüber hinaus meisterhaft, das Leben in den gehobenen Gesellschaftsschichten zur Zeit der Jahrhundertwende sozialkritisch zu beleuchten. Dass dabei die Stadt Lohental eine Chiffre für München und mit der Asdur die Isar gemeint ist, wird schnell deutlich …

ISBN 978-3-86906-467-3, 208 S., Paperback, € 14.90

Mechtilde Lichnowsky

Der Stimmer

Roman. Text der Erstausgabe von 1917

Drei Stunden benötigt Raymund Egger, Klavierstimmer und Protagonist dieses tiefgründigen Frühwerks der Schriftstellerin Mechtilde Lichnowsky aus dem Jahr 1917, um einen Flügel zu stimmen. Schon bald umkreisen ihn und seine Auftraggeber, die Bewohner eines bildungsbürgerlichen Hauses, Themen wie die Grenzen der Sprache und ihre Verbindung zur Wirklichkeit, innerer Reichtum und verdecktes Künstlertum. Nicht zuletzt beginnen sich auch bald zarte Bande zu knüpfen …

ISBN 978-3-86906-537-3, 144 S., Paperback, € 12.90, Oktober 2013